我們[illegible]伴兒

恋上雨后天空的那抹纯蓝，不许飞鸟过，不许白云走，唯允风轻抚，又恐把蓝吹皱……

徐艺嘉 著

作家出版社

那些我们曾为之倾倒的爱情和友情，不过是场肉搏。

——题记

说在故事之前的几句话

这个故事中的主人公具备处女座的典型人格特质。追求完美，爱较真，常和自己过不去，偶尔会伤及他人的感情。要命的是还矫情，冷眼旁观，擅长分析，把周围的每个人窥视到露骨，深刻到可以掘祖挖坟。而这么做的后果显然是自绝于人民。你讨厌她吧？可她又如此善良，近乎到懦弱，害怕破坏，㞞人一个，事后又鞭笞和谩骂自己。有人说她神经质。她在世界的热情和冷漠之间碰撞，冰火交织。

她迷恋美，不惜对美的人和事付出到底。她一副假清高的面相，全是虚晃，一遇上爱，便飞蛾扑火，主动挣破她视之如命的面子。她爱过两个男人，又疯狂崇拜过一个女人。新的起点对她都不容易，需要那么多的勇气摆脱过去，对她这种顽固恋旧癖，每一次都如同破茧。她挖掘出他们的全部美德，愈陷愈深，然后眼看着他们一个个离她远去。

我看着她跌跌撞撞，走得迟疑。她对世界总不够宽容，可又有什么办法呢。

她是如此惧怕孤独，最终的最终，她要如何继续旅程？我也没有答案。一切充满未知，希望你和我一同去追寻她的脚步，她的结局里或许就有你我的影子，或者说我们的宿命。

你也可以不把它当做星座系列里的一本去读。抛开星座的外壳，它讲的还是文学亘古不变的母体：爱与恨，男人与女人。不只文学，人生也就是这么回事儿。如果你曾体验过爱情、感受过友情，抑或是曾为这两者的交织徘徊过、迷惘过、痴缠过，相信你会在这本书中读到过去，读到疼痛与挣扎，当然还有爱与温暖。

祝我们好运。

目　录

contents

第一章…1

第二章…14

第三章…38

第四章…53

第五章…72

第六章…95

第七章…109

第八章…124

第九章…137

第十章…162

第十一章…189

第十二章…208

第十三章…229

第十四章…249

第十五章…272

尾　章…294

后　记…303

第一章

我跟知了掰了。

即便掰了，我们还死缠在一起，一起吃饭，一起上下课，一起散步，一起打球，一起睡觉，一起欣赏俊男靓女……一起个没完没了，没终没止，简直可以地老天荒。

真他妈虚伪！而虚伪是我俩在T大的唯一收获。

我们把这标签贴在表层，逐渐深化到皮肉里，渗入肌肤，待它腐烂，便伪装成保护色，让我俩重新大放异彩，可与花魁媲美。我们每天就带着重重盔甲一起行事，劳心劳力到骨子里。

看看其他女孩儿们的二人世界：一群群、一对对都是有说有笑的，肩并肩，手拉手，亲密得叽叽喳喳，吴侬软语，一个人的眼里映着另一个人的眼，容不得第三者插足。

而我和知了，我们走路一前一后，看不出谁跟着谁，拎着各自的包，想着各自的心事，甚至避免眼神相撞，却又有种说不清道不明的默契。下课了就会自动走到一起；一方有事，另一方不动声色地恭候。不像有的女孩，等情人约会般，眼睛死盯一处，焦急得恨不能一下暴长十公分，脖子做长颈鹿状，就差打出一块广告牌，昭告天下朋友：本小姐在这儿呢！

我们呢，哼，我们相互挤压，相互消耗，相互折磨，彼此窥探又怀着恶意，却谁也离不开谁。我们是小丑，我真想对着我和知了的灵魂作呕。

这天，下了课，到食堂，我们照旧对面而坐。

知了又点了那份让我受不了的白菜萝卜汤。

多少次我暗地里发狠，想把那要死不活、色泽瘦弱的汤迎头泼在她脸上，再啐口唾沫。她就好那口，怪谁呢？我记不起她自打什么时候起现回原形，俗态毕露，连点菜都千人一面，千面一腔，如此没有创意。我心里嗤笑，表面上却不露声色。

我瞟了她一眼，但没有看她。为了防着作弊时如间谍般敏锐的知了，我对这些暗里来阴里去的动作招数颇为熟稔，我决不允许因为我的一点失误而让她侥幸及格。

我曾一度因此害怕自己得斜视。

她也在看我，同样没有直视我的眼。

我怀疑自己看错了。

我又装作不经意地瞟了她一眼。

她真的在看我。

如果不是“身在此山中”，我想那情景一定非常可笑：两个人偷偷摸摸地看着彼此，视线贼溜溜、毛茸茸地扫视过一排不相干的事物，各自停在一个诡异的角度，趁对方知觉放松时侵入，却在半路中遇到敌方两相交缠的视线。这过程好比饿狼捕食，先佯装小憩，再扑入猛攻，没料及两相行动，便当场鸡飞蛋打，血肉模糊。

我和知了的目光相遇，短兵相接，那目光便停了，死了。

我猜想她有话对我说。

我们各自不自在地闪开眼，我们不习惯对视。

果然她开口了，清清喉咙，如同整理淤积的下水道，她问我：你最近好吗？

哈！如果不是在公众场所，我真想放声狂笑。我们每天死缠在一起，彼此为伴的时间过得如此艰难而缓慢，一天可以凭空长出四十八小时，简直是拨弄着秒针过日子，而她居然恬不知耻地问我最近好吗？她真蠢！她想挑衅？她想修补我们的旧日情缘？没可能！我不会给她机会了。她是在向我示好吧？肯定是！

我盯着她庞大臃肿的体态，那身形装下两个我还富富有余，我有些可怜她。

我表情散淡，挺好！

我想这回答可进可退，没一点儿屈尊向她示好的意思。

她再续前话：你觉得我们这样有劲吗？

我涣散的神经瞬间集合起来，脑子一阵发蒙。什么意思？她想散伙？

她的突然让我紧张得嘴唇都发虚。我琢磨着摊牌的阴谋她策划已久，就是要攻其不备，出其不意，我恨透了她的阴险。我一时不知道该怎么应对，又担心一个不小心，失了口，连目前这种名存实亡的关系也在我嘴上葬送掉，只得强打精神，紧急拼凑出一副声色俱厉的眉眼，语言却绵软得不具备任何攻击性：你怎么能这么说呢？！我恨不得为自己的嘴拙跳楼。

她逮到机会爆发了：我受够了！你明知道是怎么回事。

我虚伪得直想扇自己耳光，可我真的害怕失掉她这个可怜可鄙的陪伴。它是我在T大得以浮生的最后一根稻草。

我嘴上装傻：怎么了？我们一直是好朋友啊！

她嗤笑出声，露出一口白牙，她是如此明目张胆，她用唇齿在追杀我。

她举起汤碗，又重重放下，“砰”地一响，汤洒出一半，沾在她手上：我需要换换口味。

我抬起眼帘看她，那下面掩藏着我蔑视而又哀求的目光，我厌恶我自己这副嘴脸。

就好像这汤，我每天都喝白菜萝卜汤，每天都喝，喝成习惯，喝成依赖，可是总有喝够的时候。

她居然把我比喻成那令我作呕的汤，前一秒我还想把它泼在她脸上，可现在我成了那秽物，她想像丢残汤一样丢掉我。

我死死看着她，看她还能用什么辞令侮辱我。我在熙熙攘攘的人群噪声里任她鞭笞。

她动用了别的手段，她只是拿眼睛——她身体上唯一美丽的物件——看着我，我恍若又看到了在我们身上业已灭绝的哀伤和真诚浴火重生。

放过我们自己吧。她说。

不行！

我真的拿汤泼了她，她的脸成了一锅鸡蛋汤饭，我抽了她耳光，一个接一个，那声音在偌大的食堂引吭高歌，反复回响。知了匍匐在我脚下，口吐鲜血，乞求我原谅她，所有的人都在鼓掌为我喝彩。我赢了。

这不过是我贫乏而自大的想象，我什么也没有做。

我笑她，恨她，又心疼她。而她不在意我的疼痛。

我们成了真正的敌人。

曾经的我俩好得可以同穿一条裤子，友谊堪比模范，差点树碑立传。

物极必反。我们两个，在时间的旋涡里被动旋转，走了一个来回。

事情始于灰狗。

一个灰狗，萎顿的模样，怎么就摄了知了的心魂？

我又想笑了。想想吧，一对丑八怪的爱情。

这都是T大惹的祸。

知了曾对我说，开学那天，她曾猎狗嗅食般激烈地视察校园。行动之前，她心情颇好地买了根牛奶冰棒。第一根吃完的时候，她有些沮丧。在她挨个精细扫描的一百零一个人中，没有一张男人的面孔，而且每个女人都比她漂亮。她浪费了别人的眼神，也许是偶然。知了整理了一下心情和肠胃，又买了一根冰棒。这一次吃完的时候，知了被校园里横亘出来的车水马龙阻住了去路。来往的车辆卷起一溜儿烟土，车轮冷漠地碾过前一辆的痕迹，后来居上。回头一看，已经到了学校另一端。

知了的大学时代以隆重的悲剧开场。

T大小而精致，装不下知了硕大的芳心，这颗心整整苦等寒窗十八载，急需灌溉。

我就是在这颗心膨胀到快要爆破时扑上去，帮助灭火的。说帮助也不尽然，算互助吧。没办法，谁叫芳崖处处不留爷呢。

一间狭小的宿舍，空间被颇具海盗气质的阿姆抢先掠夺了一半。

剩下三人，分食残余的七零八落领地。

我带着中学时代的羞怯和高傲走进这个空间。她们后来都这样形容我。

阿姆操着纯正的粤语普通话落落大方地跟每个人主动打招呼、问好，俨然户主一般：初次见面，请多关照。由此透露出沿海经济特区人骨子里的开放和精明。

我记得她当时在整理什么，好像是在包书皮。那东西距离我有如尘烟往事，我的书一概惨遭我手下蹂躏露出累累白骨。她的桌子白得像一张失血的脸，衬出其他几个人火烧火燎的脏乱。我对这落差感到腻烦，于是没理会她突出形象的客套，目不斜视地迈开步子，样子很有些凛然。现在想起来真记不起这么做是出于羞怯，还是出于高傲。

一片混乱中，又晃进来一个女孩儿，从头到脚传递出一种漂亮的气息。就是有这种女孩儿，其实她们长相一般，面孔被一层脂粉打磨得光润如玉。但你就是觉得她漂亮。她所有的漂亮都急于献给看客，任你在第一眼敞开怀地欣赏，不留余味。她很能拿捏个中伎俩。那时我们还年轻得幼稚，是一群乌合之众、井底之蛙，除了咸子，谁都还没来得及领略化妆品的魔力。咸子披花戴叶地登场亮相，引一干青蛙坐观天上云雀。

阿姆赞叹道：哇，你的脸蛋好好漂亮的哦！那尾音长而带弯，勾得人心里起腻。

我拿眼尾扫了咸子一眼，她羞怯地笑笑，似承受不住阿姆的不吝赞美之重。

咸子目光似星火计划地冲我微笑。此后，那微笑便雷打不动地挂在她脸上，简直是块金字招牌，引得我多少次直想在上面题词。我目测她每次微笑嘴角上扬的弧度都在30度，不差毫厘，成功背后一定经历过千百次演习。哦，我痛恨数学。我想打碎那30度的面具。我要时刻克制自己的破坏欲。比起阿姆明面上的招摇，我对咸子脸上的阴暗更为腻烦。我很不识时务，把咸子的面子接过来摔在地上。

只第一面，我便拿笔在阿姆和咸子的心里画上清晰的防线，于是，我只剩下知了。

无意中，我撞到一个身材异常肥胖的女生身上。她的身材超逸出我的视觉想象。我有些发蒙，盯住她一头少年白发，一时无法判定她的真实年龄。我嗫嚅着说声对不起，她既害羞又冷漠地走到一边，在尘土飞扬的新生宿舍里大嚼薯片，和着漫天飞舞的甲醛味道。

哦，她到底是何方神圣？她那副爷爷不亲姥姥不爱的神情简直跟我臭味相投。

知了跷着二郎腿，边吃边开了罐红牛饮料，爷们儿般豪迈。我在她臃肿的丑女特质中挖掘出一种破罐子破摔的潇洒范儿。对面一个女人风风火火、大包大揽地在打理知了的东西。她修长的白色手指快速交替，上下翻飞，卖弄地将知了破乱的床铺化腐朽为神奇。她是知了的母亲。她比知了美。我看她顶着一头浓黑的头发，顿觉知了生不逢时。也许上辈子互相欠了对方的，这辈子抢着做母亲还债，却不小心搞乱了套，两相难堪。谁知道呢。

突然，母亲转过身，对着她的前世冤家，气急败坏地吐出两个字：还吃！

知了厚实的脸竟然红了，生动的眼仁在鱼尾形的轮廓中游动。

我发现知了生着一双漂亮的眼睛。真漂亮。两坨红晕在知了脸上疯狂蔓延，好似两片火烧云。

咸子的老成世故表现出来了。她头不抬眼不眨地忙碌自己的事情。

阿姆则咋呼地朝这边望望，憋着一脸藏不住的欠揍笑意。

我恨不得拿枕头闷死那笑。

知了简直不知该如何下台。她母亲似乎已经习惯这种场面，依然继续忙碌着。

我闷热得想要窒息。九月的天，半干不湿地总在变脸。我讨厌这种湿气，冷得没有风骨，热得不够浓烈，一点都不敞亮，模糊暧昧。我神经质般地奔到窗前，猛推开窗户。我经常这样干。一股清新气体瞬间涌入鼻腔，带来苟且偷生的快感。每当这种时候，恶俗的尘世让我无比眷恋。

阿姆敏锐地嗅到了母女间拉扯不清的火药味儿，借故摆脱，鸟儿一般跃出门外，留下厚厚一摞包了白书皮的新书，都板着同一副面孔。咸子乌黑的秀发垂在两肩，头顶卡着红色发卡，标准的小红帽扮相。我抱了一摞书到柜子里摆。咸子的柜子在我下面，柜门开着，引诱我往里探虚实。里面塞满了各色衣服，我从未见过谁的衣柜如此缤纷。它们皱巴巴地揉成一团接一团，我在大街上、地铁里、无数个拥挤的场合的无数个女人身上见到过这些款式。

咸子正在套被套，门“砰”地一响，从外面冲进一伙儿人，男男女女，憨中带蛮，刺楞楞往屋当中一站，感觉像要抢劫。我脑袋嗡地一响，定神一看，说一伙儿也不过四个：一对中年夫妻，年轻的一男一女。咸子逐个介绍，这是我爸！我妈！我哥！我姐！

哇噻，亲戚真全。家谱大全！

我亲姐！咸子粲然一笑，仿若亲姐是她捏在手里的中奖彩票。

介绍完毕，咸子继续套被套。手捏住一个被角，又套进另一个，把被子的下半身挤进被套，费力地抖动两个被角，以期其余部分自动整顿。被子不配合，拧做S形，好似白蛇翻身。

他妈的！笨死！下来！

浑厚的男高音，堪比帕瓦罗蒂二世，导致我脑膜发生一次强震。我惊回首，寻找名门之音。那声音里略带呲呲剌剌的杂音，典型的中国盗版，好似声道里被烟灰、酒精、油烟、赌债、汽车尾气所污染，脏乱而粗暴，又年久失修，严重老化，实属重大安全事故隐患。

于是乎，我死死盯住那个男人看，试图破解其基因图谱。然，现实版的男人却非常令我费解：他蔫头耷拉脑，一副顺从生活和女人的模样，缺乏底蕴和气场，明显是个孬种。

正在疑惑之际，那声音突然又发飙了：操！快点！瞎磨叽！

天啊，声音居然是她发出来的！女人男声，简直不可思议。她身上套一件大一号的灰蓝色男士西装，下身裤子好似多种咸菜酱汤的混合物，黑蓝紫绿极其丰满，脚上一双硕大的土黄色皮鞋，头部极具张力，似乎快要龟裂，大有持续突长猛长之势。中国传统妇女裹足是熊市，民国以后放足是牛市，而这双脚是改革开放以来的房地产泡沫。她眉头拧得跟银根紧缩一般，挤压成形状丑陋的“八”字，好像打她出生起就连遭三反五反、人民公社、大跃进、文化大革命，穷凶极恶，延续至今，天生一阶级斗争坯子。

此刻，她正严厉地瞪着她的小女儿——咸子。我怀疑她在送女儿来接受高等教育之前，俩人打了一架，她肯定扇了女儿一个嘴巴，不然咸子的嘴角就不会有点向左倾斜。

肯定没那么简单！我呆愣了仅一秒钟，便怀着恶毒的欢乐心理去看咸子。我感觉这一家人完全可以排一出精彩话剧，主题我还没想好。

出自母亲口里的秽语对咸子产生了影响，她正四肢并用地顺着床梯往下爬，像只被驯养的猴子，一脸乖顺。咸子灵巧地往下一蹦，习惯性地用手梳理一下头发，一缕青丝迎面撞上我的眼。她当什么都没发生过似的，冲我友好而自信地微笑。

我莫名其妙地开始恨她。我刚来个“档案解密”，探出她艳丽衣着背后的家族内幕，趁机撕掉她装腔作势的微笑，她却不给我机会，让我扑了个空，跌了个狗吃屎。

我寻求同类援助，扭过头，正巧碰见知了妈幸灾乐祸的眼神，带一股优越的上层人表情。我撤退，又去看知了，她嘴里居然悠闲地塞满了薯片，跟时尚女孩儿一般。

不知是女人男声，还是闻所未闻如此低俗恶语场面。今日，令小女子我眼界大开。

咸子妈一把扯过咸子的豆腐渣工程，三两下将窝脖在被套里的被子拽出来透口气，重新往被套里塞。那动作凶狠而精准，似要将怨气一并塞进被套里，成心让咸子夜夜顶着怨气做噩梦。咸子跟哥哥姐姐商量着，开始规整其他物品。咸子爸垂首听命，哪儿都派不上用场，永属后备人员。

知了的牙齿又开始活动了，薯片重在她口腔里泛滥，咀嚼的动作有些拧巴，好像下巴脱了臼刚刚复位。

房间里其他人员都在各自忙碌，刚才那闹剧般的一幕幕似乎只有心思细腻的我特别在乎，别人似无暇观摩，各自埋头自扫门前雪。

我心有不甘，大有广而告之的冲动。咸子怎么可以这么轻易地过关？如溜滑鲇鱼一般趋利避害，又似草原上一只精于生存伎俩的狐狸！从那时起，我便判定她内心坚挺，处事圆滑。她的五官心肺似乎靠一种防腐剂维持表面繁荣，如同花店里掺了药水的鲜花一般，经不起时间的推敲。

我鬼魂附体般地和咸子铆上了劲。我要她像知了般厚实抗造，海绵吸水，一旦外部的恶意飞来，便海纳而化之，而非四散逃遁。

我看咸子父的存在实在多余，便漫不经心地问：您家是哪儿的呀？

咸子父浑身一震，愣愣地看着我。那神情好像这辈子没人跟他主动搭过话。

我感到咸子和知了的视线正密集地向这个方向汇拢。

岐县！咸子爸回答。

哦。果然不出我所料。

我接下来想附应一句草肥水美民风质朴之类的造作句子敷衍过去，但一时口拙，没说出来。

知了妈接了话茬。她用手点着我和知了，脆生生地：那你们以后得一起玩儿啊，都在北京，家离得近，互相有个照应。又添了一句，颇为不满地：我看这儿城市里的孩子不多啊，怎么搞的？

我瞥了眼咸子。她果然红了脸。她飞速看了我一眼，垂下眼帘。我想她在心里记了我的仇。这让我感到格外欢畅。只第一天，我便让我灰暗人生的起始有了一点别样。如同一幕刚上演的连续剧，日后我才发现，咸子那一眼是这出戏的戏眼和精华。

我猛吸了一口气，感觉吸进一腔的清凉舒爽。刚刚的得胜让我头脑膨胀，清新的空气进入到喉部的一瞬我仿若站到了世界之巅。我甩甩头，没想到又迎来别具纪念意义的一个眼神。

知了在盯着我。

她仍高高在上地嚼着薯片，肥胖得一身无骨横肉。她睨着眼睛，一副普度众生的菩萨相，又好像高傲而安详的母系社会原始部落的首领。她眼神冷淡而绵软，多半是受惯了奚落，美丽的瞳孔也最终放弃了抵抗，变得疲沓懈怠了。我在她冷冻的脸上寻到一丝缝隙，里面藏着共谋者的热络。那是女孩儿们之间心知肚明的眼神，我捕捉到了。

她认同我。

她不声不响不疾不徐地在观察所有人，循着他们的发丝、攀着他们的眉梢捋清脉络。我事后才知道她这一套侦察勘探于无形的本领沿袭自她的姥姥，又经过她母亲，总共三代人的努力。她比我更早地憎恶阿姆，厌弃咸子，她正巴不得咸子当众出丑呢。即使我们都不认同她母亲，误打误撞地和她站到同一个阵营里。

知了咧开嘴冲我笑笑，拿捏在半张又不全张的尺度，笑容冷漠腼腆。她“啪”一声，又打开一罐红牛，有些把酒言欢的意味。如果可以，我本想劝下她，她真不该再喝。也许是过于兴奋，拉拉环时用力过猛，拉环划破了知了的拇指，殷红的血珠即刻涌出，在白胖的拇指上来回滚动。

庞大的知了傻掉了，脸色煞白，嘴唇上布满苍白的褶皱，虚汗一层。她晕血。知了四指紧握，竖起大拇哥，那造型好似在称赞什么人真棒。她对着拇指发颤。

知了妈咋呼一声，几尽跳起：怎么搞的？你个祸精！

她很爱说怎么搞的，把一切罪责往外推。

知了求助似的望着我。

我赶忙翻找创可贴。我举着创可贴往知了面前送，递到一半，被知了妈一胳膊挡了回去。

这个怎么能行呢！她说。她撇下整理了一半的知了清一色雪白的内裤袜子，取出一个特大号专业药箱，快速找出消毒液、棉球、纱布等一系列产品，在知了的拇指上按工序行事。

知了后来告诉我说她妈妈是校医，她打小便在五脏六腑里埋藏了大剂量的消炎药。

知了妈炫技似的对知了的拇指实施抢救，一边进行系统工程，一边骂知了不小心、不注意、不会照顾自己云云。

我很难忘记这样的开头。因为怕血的知了流了血，这便为我们日后的友谊蒙上歃血为盟的色彩。并且我们再次取得了一致。就是“怎么搞的，你个祸精”真不如那句“他妈的，笨死”。

第二章

我逐渐发现，T 大是个密集盯梢的场所。

到处都是盯梢与被盯梢。

一间宿舍，恰好够四个人的屁股挪动回旋，经常是你擦着我我蹭着你，有时不免擦枪走火。但区区十几平方米，容纳不下我们四颗心脏，每个人心里都有千万顷的阴暗地，沟沟坎坎，一眼望不到边际，还看不见，摸不着。并且由于个性腼腆，内心的阴暗潮湿得不到晾晒，如同我们肮脏的米色窗帘，遮羞布一般掩藏着屋子里的真相，谁都懒得去触动、拉扯。某些自以为是、私欲极端膨胀的时刻，我们竟会忘了自己污浊丑恶的内核，那想法愚蠢得好比把地沟油当做香油，把粉丝奉为鱼翅，把白水臆想为琼浆玉液，竟然还喝得酩酊大醉。

我们的脑子真他妈能扯。

表面上，我们话不多。

多半靠眼皮的张合、睫毛的或明或暗来做风向标，私下里对人打钩或画叉。我们踮着脚尖，攥着拳头，也掂量不准隔壁肚皮里的那颗上蹿下跳的心，白费力气。

偶尔也有情绪高涨、秉烛卧谈的时候。一个激动劲儿上来，想压也压不住。

话题多半由阿姆挑起。

阿姆纯属事逼的母亲——事妈！她的天赋与可爱尽显于此，其他人围绕主题展开讨论，有点像小型论坛，像模像样。偶尔中间谁的一句爆料新闻劈腿介入，比如某对男女早在几个月前的考场上就看对了眼，后来天公作美碰巧成了校友，两相一勾搭，报到当夜就在网球场后头的小树林里幽会。隔天又一番爱恨情仇，走在路上各自挽了新的男、女友，往往四个人的关系又出于某种摆脱不掉的原因错综复杂，两两相交，搞得四人明明早就算计好了老死不相往来，却又抬头不见低头见，简直苦不堪言。或哪届校花当年报名参选了校电视台主持人，在美女如云的激烈角逐中为提高出镜率，和领头的男老师发生了关系，被人看见一大早从男教师的宿舍里走出来。学校的宣传片在外流走，不少鱼龙混杂的经济公司聘请她当“野模”。如今她是电视节的冉冉新星，各时尚媒体争相纳入的宠儿，他还是二流学校的临时员工，考研再次落榜。当年要不是他的再三推举，也许成就不了今天的她。再就是某明星社团打造了一对模范情侣，男帅女靓，四年来形影不离，互相服务对方成长。大四毕业前夕还有人看到他大清早买了清粥包子等在她宿舍楼下送饭，她下来，娇柔地拎过外卖纸袋，留给他深情一吻，旋身绰约地上楼去，继续她的美容觉，羡煞旁人。他们相约毕业后携手做北漂一族，可她在毕业一周内闪电般结婚，他则黯然离京，回了老家。现在她成了豪门少妇，刚生下一个可爱宝宝，每天在网上疯传照片，标题不是“我老公真帅”就是“老公我爱你”，四年的恋人在她生孩子那天默默转发了一张照片，从此在网上销声匿迹，而有人怀疑那孩子也许是他的……这些话题是我们各自搜刮的边角料，卧谈时抽拿出来分享，如同一次华丽的野炊，东拼西凑来的美食总是格外香甜，隔天想起来还能颇不满足地咂咂嘴。每当此类话题出场，便引起一场轰然，于是原来的主题弃之如敝屣，急茬茬地赶忙转向，见风使舵。

谈论起别人永远兴味盎然。发生在不相干人身上的奇闻窘事总让我们乐此不疲，在寂寥的秋夜如同萤火虫般跳跃着点亮我们枯燥索然、缺乏弹性的神经。这个时候彼此之间、上下床之间的隔膜爆破开来，四个人的团结气氛空前高涨，简直可以手牵手，心连心。

距离产生美。真的！

那些话题女王本就占领了我们无力攀登的高度，如今经过口口相传的包装，她们莫不是置于时代浪潮顶端的巾帼女杰，成就之大，魅力之足，手腕之强劲可媲美吕后，赛过貂蝉。话锋稍一偏转，指向自身，我们便偃旗息鼓，无力应对，各自的心劲儿又使上了，尴尬得不知如何让方才炽热到沸点的亲昵迅速冷却。

怪只怪我们太过普通，无可挖掘。

除去咸子，其他三个人一水儿的清汤挂面，披头散发，坦荡而真诚地暴露着缺点。

知了庞大的身形自不必说，即使一身黑色打扮也掩饰不了肚子上的三层肉和下面颤巍巍的屁股，再加上一头白发，远看整个一黑白双煞的混合体。

阿姆能说爱道，力道常集中在嘴部，以致唇齿突出如突尼斯，尤其从侧面看支棱出鼻子以下下巴颏以上的半截儿，整体构造不那么令人满意。

那时我也还不懂遮掩的艺术魅力，每天早上对着镜子奋力把所有发丝紧紧箍在大脑顶部，像顶着一头黑色大蒜。不慎有一缕发丝垂落，也毫不手软，顽强地拎起再如数盘上去，徒留一副清淡的眉眼，降低了脸部分辨率。

咸子本可以作我们的指导教练，可让她以失去优势为代价，哼，打死她都不会干。无关痛痒的小事她倒是很乐意帮忙，帮这个喊个到，帮那个带个饭，留下美名。

这就是我们的团队，可笑，稀拉，暗中倾轧。

阿姆是卧谈的领队，冷场时我们往往朝拜似的盯着她突出的唇部，看那里如何往外蹦出可耻而激动人心的消息，她生来快人快语，能把平凡普通的生活巧妙包装，带来快感。

一次知了在上厕所，阿姆没敲门便扑入，四目相对，还没待知了反应过来，阿姆“啊”一声尖叫跑了出来。

不一会儿，知了恼怒地提着裤子出来，看阿姆没事儿人一般坐在桌前和老妈视频。知了气不打一处来，质问阿姆为何不敲门就进厕所。

这时的阿姆又不是尖叫时那个好似惨遭强暴的她了，摆动着双腿，操着港腔洋调道：哎呀，这点小事算什么了啦？上次咸子上厕所我也进去，人家也没说什么啦。不过你是站着的啦，但是没关系哪。你下面有的我也有呀，没什么好看啦。

知了无语凝噎，招架不住阿姆带自沿海特区扑面而来的开放风潮。

一旦话题围绕我们内部打转，阿姆便如此这般对着三人品头论足，激起群愤。

不出意外，知了总是身先士卒挨枪子的那一个：知了哇，你细不细第一年落榜很愁苦呀，复读一年太用功，染上白发病啦？接下来便针对我：雅雅呀，你高中学习那么好的哦，在那么棒的中学啦，连我都听说过，怎么考到这里呢？细不细你们班考得最差的哇？还有哇，你总说没有考好，那你下次考年级第一给我瞧瞧哦！提起咸子，她总还留有余地：哎哟！咸子，你细不知道啦，晚上我们一起去看节目，我旁边那眼镜仔还问我你是谁，有没有男朋友的啦。

咸子低眉浅笑，不动声色：是吗？谁啊？我没注意呀！

于是阿姆对眼镜仔的生辰八字如数家珍，咸子听在耳里，记在心里。阿姆又说：咸子啊，你的小脸蛋是蛮靓的啦，可是跟隔壁那个阿妹比差远啦。要是你俩一起去我们那边选美，肯定你输啦。我到处跟人家说她是系花耶！

咸子也不恼，绕开自己单说系花的事儿：她能当系花？我原来班上随便一个女孩儿都比她漂亮。

阿姆：哦？南北方眼光有差异的嘛，可我就是觉得她比你漂亮啦。

在三人熄灭了对阿姆传播八卦、增添夜生活色彩的激情之后，内心蕴育着对她的沉闷怒气之时，阿姆恰如其分地总结起自己：我爸妈没读过大学，才高中学历。我们那边都那样的啦。但是我很感谢我父母哦，尤其是我妈妈。她知道来这边对我好哦，就一定要我来，她还要说服我爸爸给我拿钱。我爸什么都不懂的啦，他给我买三四百块的衣服觉得很便宜，买本书二十块就觉得贵死啦。我下面还有弟弟哦，他读书都没有贵过我的哦。我将来要接我妈妈周游世界，不管我爸爸啦。

阿姆没能悬崖勒马，见好就收：来北京真的很好哦，我们那边都没见过故宫那么宏伟的建筑哦。

知了淡淡地彰显本地人的优越感：那地方有什么好去的？门票那么贵，进一个屋子花一次钱，外地人才稀罕去呢！

阿姆嘴张成鹅蛋形：不会吧，你北京人怎么都没去过咧？

阿姆还在继续，直戳四个人的痛处：不过T大怎么那么变态，男生这样少咧？路上都看不到半点男人哦，更别提帅哥喽。我看咸子还有希望啦，我们几个很难交到男朋友的喽。她的手指逐个点过去，她自己，知了，然后定格在我身上。呜呜，雅雅你说怎么办才好哦？知了你就不用考虑了啦。喂，咸子你到底有没有男朋友的？你说没有，可我看你成天发短信打电话的哦。你不要藏着掖着啦，有就说嘛，机会留给我们啦。

咸子抿嘴微笑，娴静地摇摇头。

谈话到此为止。我们的纯情在阿姆的撺掇下出了岔子，结了疙瘩，对彼此的仇恨死灰复燃。

阿姆粗鲁地闯进我们的世界，打家劫舍，把那点儿矜持的秘密掀了个底儿朝天，临走还不忘点把火。于是无人应腔，阿姆张张嘴巴，吸入几口浑浊的空气，结束了单口相声的表演。只觉口中畅快，按计划说够了一天词语的总量，并且三陪一练习普通话，收获颇丰，并未发现无意中得罪了谁。

知了在我的床板顶上笨拙地翻了个身，假装酣眠。

我想她的心被捅了个血窟窿，此刻正汩汩往外淌血呢，火势在她心里蔓延，烈焰蹿得老高，直逼房顶。我当然知道，谁叫她和我一样敏感。各人心头带了些阴影入睡，面壁舔舐伤口。

阿姆的鼾声第一个响起，更使得其他三人蹿火。

第二天一早，各自相继懒懒地起身，赶着上八点的早课。阿姆七点四十五分被咸子的嗲音唤醒，从床上一跃而起，拍拍扑棱着的短发，看着床下由于空间局促，来往间碰撞扭捏的三人，大叹怎么一睡就到七点三刻了捏。谁知她怎么会造完了孽，睡眠还如此有质量，痴睡到大天亮。阿姆抄起桌上的卷纸冲向厕所，知了三步并作两步，肥大的屁股左右摆了两摆，抢先进了茅房。阿姆挫败地把纸往水池上一扔，一时气急，忘了刚制定的在宿舍只说普通话的学习原则，骂了一句：气细啊（神经病）！

混战再次由眼神展开，视线私下里交织散射，含沙射影，内蕴秋风扫落叶的劲道。我们的白眼剜得入骨，简直深入脏腑，以致口眼歪斜，整张脸别开生面。全体少言寡语，单单阿姆一股初生牛犊的劲头，扯起嗓子底气十足，内功深厚，吼到日落西山，恨不能让北斗七星集体南移的做派，所以常成为众矢之的。

日光明媚。我们在明媚中誓将阴暗进行到底。

一出门，我们迅速蜕皮，向日葵般迎光仰面，变身为阳光少女。

走在宽阔的林荫道上，我们再次汇入竞争的洪流。

T 大是所外语学校，终日为洋音西调缭绕，教室里、水房中甚至厕所里都泼洒着一股异域风味。网球场后面有条蜿蜒曲折的小路，由鹅卵石铺制而成。路当中设一座凉亭，古香古色，四面望去皆为校园一景，如同窥视一自成方圆的天地。此路颇有些闲情逸趣，早上几分钟内一路贯通，至少有五个国家以上的诵读声入耳，宛若误闯了联合国基地。

阿姆便是在此路上延宕了数日，回宿舍招摇地宣称她掌握了多国语言的入门法则，掰着指头算下来，已经学会了十三个国家的“你好”怎么说，接着一连串分布在世界地图上各个板块的八百年互无往来的国家语言如同国际互联网般在她嘴里连在一起。

到了夏日傍晚，众人吃饱饭打嗝的时间，小路上空笼罩着一层昏黄中微透着紫红色的暮光，宛如披一件紫红绸衣。绸衣下面的网球场上，活力四射、身着运动短裙的女孩儿们挥汗如雨，配合绿色网球“砰砰砰”力道劲足循环往复的声音舞动身躯，屏神凝听，整个世界似都囊括在这青春的韵律里面。这时的小路是情侣们的天下，在梧桐树枝蔓的掩映下，恋爱中的男女在T大找到了唯一可供栖身的场所，以致每当我这个时候散步其间，隔三步岔五步地，不是踩到了这一对男方的脚，就是惊诧了纠缠在一起吻得如火如荼的两具身体，打扰了他们的兴致。他们或是促膝密谈，或是深情拥吻，双手在彼此的衬衣里上下游动，在对方身体上倾泻火热年纪不知疲倦的满腔热情。他们的言语、动作像是有组织般，共同注入到网球拍下“砰嚓嚓”的口令声中，好似合着圆舞曲迈开的精巧狐步。

我不得不承认，这些情人是T大里少数的幸运儿。女生们尤其如此。

就拿我们所在的文学系来说吧，一个系二百人，男生二十个，恰好占到十分之一。有时系里集合活动，排成一个方队，男生无论摆在哪里都不成气候，索性委屈地挤在一起，添补边角余料。这二十人里，一米七以下的占到十个，与文学挂钩，让人很自然联想到那句话：诗人都是思想的巨人。而T大里面思想的巨人多半是实际的矮子。剩下的一半里，行为怪异的占四个。几个月接触下来，公认性格有缺陷的有三个，最后的一个一经打听早已名草有主，觅得另一半，让文学系的女生全无任何遐想空间。

班上一共四个男生，合成一个宿舍。一上课，这个男生今天不想去了，那两个跟着也就不去，唯独第四个想去，可又不好意思一个人去，于是全军覆没。班上女生位列数行，像是女子学堂，于是知了等人学习起来自无驱动力，个个悻悻犯困，面容萎顿。

学校里十几栋女生宿舍楼都是最新的流行款式，装修考究，内外兼修，散落在校园的各个角落。唯独那座孤零零的男生宿舍楼赤裸着改革开放前的时代印记，坚持走朴实路线，从里到外都破罐破摔地亮起一排排骨。但那不起眼的红砖小楼却占据了独特的地理位置，扎根在校园正中央，镇压四方阴气，因此也就格外扎眼，引万众女生瞩目。用风水术语讲，叫万人中央镇压四方。

T 大男女比例本就失衡，而文学系的女生比例是整个 T 大的超标户，性别上有压倒性的绝对优势。对于文学系的女生来说，宿舍里绝对见不到男生，教室里很难见到男生，食堂里可看到寥寥男生。除了男生宿舍外，篮球场是唯一可以集中见到男性的地方，男生因为奇货可居而变得格外金贵。

全校性的公共选修课上，咸子选了“阿拉伯概况”，一进教室满屋子的男性面孔，金灿灿一片，忙奔回宿舍汇报，搞得一屋子熙熙攘攘芳心大乱。

阿姆听罢垂涎地说：哇噻，我们学校的男生都被你看光光咧！

第二天，阿姆就去改选了和咸子同样的课程。

傍晚在小路上幽会的女孩儿们是溃不成军的集体中少数的叛逃者。由于有了伴儿，她们行走起来横冲直撞，螃蟹般张狂地扩张地盘儿，说起话来底气十足，语调丰润，声带发音与单身干旱者明显不同，一言一语的抑扬顿挫似在歌咏爱情，嘲讽孤独。在 T 大容积狭小而女生人口密集的封闭世界里，她们是沐浴爱情的捷足先登者，和阿姆每到一个新地方都要提前住入，以便观察如何应对新形势的心理一样，又如同卓富远见的股票投资者，她们在第一时间瞅准刚一开盘就不断下滑的熊市市场，且不管日后是否有贬值的隐忧，一鼓作气往死里占上它几万股再说。于是她们的每一次亮相臂弯中都挎着另一个，或者干脆整个人横倒在另一个的臂弯里，从容而安闲地招摇过市，脸红气喘地在课间饭后与同道者交流美容或是整容心得，探讨到底丰胸还是提臀哪样才能更加博得男友的喜爱，让彼此的交欢来得更加完善。她们快乐似神仙，以是否有伴为标准组建了密不透风的小圈子，圈内花香蝶踊，莺歌燕舞，和风拂面，四季如春，好不和谐惬意，并且还具备极佳的瞭望视角，以观摩圈外大量单身的女子军团们之间究竟如何竞争角逐。

每天早上 7：50 至 8：00 的课前十分钟，是整个 T 大最有看点的时刻。它的灰蒙与沉闷被彻底激活。校园的主干道上，千姿百态姹紫嫣红的女生齐刷刷亮相，撇着猫步走 T 台般粉墨登场：短上衣，长上衣，裤子，裙子，裙子套着裤子，裤子外头翻着裙子，帆布鞋，靴子，坡跟，高跟，平底，红的，黄的，白的，紫的，绿的，胖的，瘦的，高的，矮的，不胖不瘦中不溜的，不偏不倚的，中性的，古典的，高雅的，平庸的，大众漂亮的……熙熙攘攘，满园春色。碰见另类的，或是个别令人瞠目的打扮，无须驻足观瞧，后面必定还有更另类、更瞠目的等着你。男人见面，相互交谈；女人碰头，相互打量，暗地里摽着劲儿地比拼。楼梯拐角处相遇的一刹那，或是电梯门打开的一瞬间，女孩儿们的眼珠骨碌碌地乱转，从头到脚，再从脚到头，品头论足。

电梯里，密闭的空间里人贴人，乳碰乳，各自屏着呼吸地彼此侦查。微距离观察，连同睫毛眼线粉底粉刺都能搜索个遍，十秒钟之内迅速把一个活脱脱的女生在内心里解剖完毕，但凡是女性都把这套流程烂熟于心。旁边的那个三围如何？五官如何？对面的发质怎样？妆感的薄厚怎样？斜后角那个脸蛋倒是不错，是不是整容整的？还是刷大白般连扑了十几层墙皮般的白粉？卸了妆以后可堪比恐龙？她嘴上生了浓重的汗毛，是不是腋下也同样复杂？到了夏天她敢穿无袖紧身上衣吗？哦，对了，她用什么牌子的粉底？她有男友吗？有暧昧对象吗？在当小三吗？在搞三、四、五角恋吗？她是骑在硌死屁股的自行车后座上喝着风咧着嘴笑还是在宝马的华贵的白狐毛软垫上打碎了牙往肚里咽眼眶里包着两汪辛酸泪号啕大哭？整套现象系统带有掘古刨祖一般的执着和锐利，如同拿着根长而尖的刺探针往皮肉里探，扎进了骨髓还一个劲儿地往外挖。

我最喜欢站在电梯里观察众生相的同时心里窃喜，琢磨着真该把这些眼睛拿摄像机录下来专门开个展博会之类的，保管叫好叫座。那些眼睛如同一粒粒游动的蝌蚪，又有如高中物理课显微镜里的微细胞生物，满电梯里攀爬游走，在滑溜溜的电梯隔板上毫不滞涩，身手利落的程度堪比蜘蛛侠。这时候如果一个女生的手机响了，而听筒里又隐约传来男人的声音，那么惨了，她吸引的便不再是蝌蚪般的眼睛，还包括一干人等的耳朵、嘴巴、鼻息，总之调动了一个集团的全部立体感官，那效果和兴奋度如同刚在五星级电影院观看了一场电影，制作阵容超级豪华，涵盖了武打、情杀、苦情、侦探、悬疑等诸多元素在内，并得了百十来个大奖，恨不能冲出地球、走向火星的一线国际大片，痛快之淋漓难以用语言形容。经蜘蛛侠们过滤般的交替扫描，一个女生的存在感就不仅限于她自身了，她背后还包含了她和男人沾边的所有林林总总、鸡毛蒜皮的全部社会总和。也许由于粘贴不到位而半耷拉着的假睫毛或是粉色手机里飘出的一两句男女拌嘴都可成为不久之后课上课下的谈资，那堂课也往往比平时来得兴味盎然。

我时常感觉这套观察体系之严密和细腻使得鲜有女生能侥幸逃脱，数学好的可以用概率来计算。何况女人对女人的标准只可能抬高，没可能降低，用脚指头想也能想到。据我观察，每天这十分钟的强迫型展示是对T大女生最有力度的鞭策，比警钟还警钟，达到了三省吾身的哲学高度。

我眼见阿姆在林荫道上进行了无数次往返后所出现的诡异变化。她新置备了一个带有小镜子、小梳子和小夹子的粉红色三件套，大小刚好够放在裤兜里，有事儿没事儿就拿出来照一照，梳一梳，不断检阅并改进面容。一周之内，她的头发帘从无到有，从整齐变成斜拉，再从斜拉变成整齐，最后额头两侧各开了个豁口勾成桃心状，说是今年流行的最新款式。每当看她举着面小镜自我欣赏陶醉我都乐得不行，并引来知了的恶意嘲笑，再怎么变也改不了祖辈传下来的阿里山人模样，快省省吧！我都替理发师暗喜，她的钱简直太好赚。偶尔想拉她一把回头是岸，想想还是算了，何苦呢，帮衬不成反倒惹一身腥。

以阿姆为轴心，能辐射出一整个群体的女生面貌。系里那么多张清汤寡水的脸，隔上那么一两个月便从中诞生出一朵芙蓉。那芙蓉在上课路上或是电梯里的眼神碰撞中渐次抬高下巴，昂首挺胸，随着头发眉毛额头耳朵鼻子的修饰，气质也今非昔比，可感到一股自信生发出的妩媚，不多时身边便收获到一两个似伴儿非伴儿的魅影，从被动的捕食者升级为从容的选择者，档次连升三级，身价亦水涨船高。

我们四个也在走。不停走。

在房间里我们八只眼活动，到了外界，我们置身在更广阔的探索与被探索之中，沉溺在眼珠的黑白映像里。一旦被探索，我们便更加渺小，简直想找个地缝钻进去，以减少存在感，毁灭我们曾活动在T大的蛛丝马迹。每张面孔上的瞳孔都好像机器放出的两条X光射线，精准地滤过我们的身体，这更突出了我们内心的丑陋。

我们走。走得如临大敌，步步惊心，不得不团结起来抓主要矛盾，如同走过漆黑夜里的墓地，紧张地凑合在一起壮个胆，以此昭告世人：尽管我们一无所有，但至少在两步以内的空间还有彼此，还有个人肯靠近，还不至沦落到被整个世界抛弃。有谁讲着不好笑的笑话，其他三个定会像其他叽叽喳喳的女生一样高声大笑，如同演戏。我们的力量太过微弱，但在此时也必须抱成一团应对其他的外力与敌意。落单的人是那么不堪回首，谁看见了都会假意关心地上前问一句：怎么，一个人啊？接下来等着看你脸红语拙。

走着走着，有了进一步的内部分化。

总是这样，一切的所谓“集体”最终都会土崩瓦解，成为历史遗产。

我和知了越挨越紧，到了手拉手、胳膊挎胳膊的亲密程度。咸子自然和阿姆凑在一起。

这很自然。

对于某个基因突变似的骤然间变漂亮的女生，咸子和阿姆总是保有警觉。俩人特别善长抓典型，阿姆会揪住女生群里的新星观察类比，找出亮点，并依靠广泛交友活络的做生意模式迅速出击，尽可能与该女生结成闺蜜，并炮制出一套与之类似的装扮。她总有东西和本领可与人交换。人好不容易来到首都，却不幸跌入文学系，阿姆感觉“甚荒唐”。好在粤语是时下的热门语言，有不少人主动登门造访拜师学艺，让阿姆自觉这个年代掌握一门富庶地区的家乡语言简直比小语种还受人追捧。

每当夜幕降临，宿舍四人便齐聚首，各自在床上拉着帘子上网，不大的空间被分割成数个不相往来的异度空间。阿姆标新立异，大摇大摆地和上门的女伴不着边际地一通胡诌乱侃，之后搬上沉重的灰色钢椅左磕右碰地出去对着大厅的镜子进行双语交流，粉碎一室的宁静。阿姆学习归来时常常面色潮红，又一番舞舞扎扎，对着空气说心得。她分不清平舌音和卷舌音，女伴就从“四是四，十是十”教起。偶尔她也自编学习资料来增强记忆，比如：咸子爱打“篮”球，知了很“懒”，雅雅爱给我出“难”题……

咸子能交换的手段是赤诚和热情，她热络地服侍着阿姆，从起床到吃饭，从出操到点名，从睁眼到闭眼，一揽子工程。咸子时常带阿姆回近郊体验家庭温暖，烘得阿姆心里比火炉还热，感觉受到了皇妃般的待遇。阿姆返回宿舍会感激涕零地大谈咸子的好，说咸子家的茅屋如何为秋风所破，门关不上，窗子呼呼冒冷风，由于没有热水器只能在两间茅屋的瓦片缝隙中洗澡；说洗澡时候真担心被某驾恰好经过的飞机来个航拍传到网上，那这辈子就没脸见人了。咸子为避免这种危险情况发生，左蹦右跳地拿着布帘遮蔽阿姆的裸体，疏忽中露出一截胳膊或是半拉屁股便引来阿姆足以穿透耳膜的尖叫惊呼。

阿姆还讲水的故事。咸子家洗脸没有热水，每天早上咸子妈烧上一锅水，花花绿绿的暖壶排成一排，跟祈雨的灾民一般。咸子端一盆热水来孝敬阿姆，并在阿姆梳洗完毕后就着残水洗自己的脸，毫不在乎。

大年三十晚上，七大姑八大姨的一大家子围坐在一起吃年夜饭，长辈率先动了筷子，第一块鱼肉却落到阿姆碗里。阿姆抬头，一圈儿陌生的男男女女皆露出咸子般春风化雨的笑容，催化出阿姆两行清泪，就着鱼肉吃到肚里。说到情动阿姆已经哽咽，讲自己在北京如何形单影只，独在他乡为异客的孤独感每每在节日里突然爆发，很流行很传染。作为报答，阿姆隔三岔五地把自己从香港淘来的剩余护肤品倾泻给咸子，并在咸子出去约会之前借给她用高级品牌的手包和香水为其包装。

她俩的故事真他妈动人。每当阿姆谈论起话题女生，咸子便微笑不语信耳听阿姆与该女生结交的各类细节，取其精华嫁接到自己身上，再故作聪明地否定其不足，由此来美化自我。

这两个女人一唱一和地结成对子，她们优势互补，相互利用，并乐此不疲。她们或许终其一生都在为粉底、口红和假睫毛而消耗自己的能量。

这是我和知了所不屑的。

咸子即便百般聪明，估计在此时也万想不到有一天她会和阿姆鸡飞蛋打，互相仇视。而那个时候，咸子所有的秘密都成了填补我们茶余饭后打盹儿前的笑料话题。

知了之所以叫知了，源自她声音的尖锐刺耳。

多数时候，知了很冷漠，但要是为一件事儿激动了，大笑起来，那声音像极了夏日枝头上扯着脖子没完没了吱哇乱叫的知了。那声音不但刺耳，而且刺心，仿若指甲刮着黑板的声响，眨眼便能崩断所有人的神经。

名字是阿姆取的。

阿姆常说，我要是男人我就娶知了哦。

知了刚要咧开嘴乐，阿姆赶紧接上后半句，放在家里防盗哦。

知了对阿姆极其不满，我知了的价值难道仅限如此吗？小家子气的商人就是这样，连开玩笑都首选保护私产，一生难过大气门槛！

知了很久以后告诉我，第一天来宿舍报到的时候她同我一样，战战兢兢，左右碰壁。对于社会交往我们都属白痴，并且我们都记得她母亲的话怎样在众人面前刺伤她。她说她也不喜欢阿姆，排斥咸子，她不过是个低档的时尚女孩。知了恶狠狠地补充，站街的那种。而她母亲竟然在这些货色面前侮辱她，让她觉得连她们都不如。在我戳破了咸子的身世后，她稍微好过点。也是在那个时刻，她开始认同我。这么说来，我俩真还真是物以类聚，算得上一见钟情。

知了外冷内热，等到熟一点便掏心掏肺。为了表示义结金兰的忠诚，共处一室没多久，她便向我坦述她自认丰满而略带痛怆的十八年漫漫人生路。

要认识知了先得追根溯源，从她爸妈讲起。

知了爸是典型的知识分子，年届五十，事业成功，在同龄男子中气度不凡，属于越老越吃香的类型。他和知了妈的关系很微妙，倒像是日后我和知了相处模式的翻版。知了说，表面看她爸妈关系和谐，但她知道爸爸只是在报恩。

我问报什么恩？

知了很神秘的样子，只说两人是在“文革”时期她爸爸因家庭背景“不清白”受迫害时认识的。

这让我想到小说里的段子，一个武林侠客不幸落难，总会得到善良朴实的女孩相助。那年代什么八竿子打不着的人都能机缘巧合绑到一块儿谈恋爱。

知了妈不喜欢工作，觉得累，不如闲在家每天去逛街逛超市舒坦，后来把街上几十家店都逛烂了，就近去了学校医务室当校医，天性洁癖又多疑。知了妈工作以后比没工作时候还闲，于是家务做得更勤。饮水机每天清洗一次，床单被罩一律乳白色，一周来一次大撤换，每到周末好几台洗衣机同时开足马力以满足她对于纯洁的理想追求。后来她又迷上了烹饪，所有食物从洗菜到下锅绝不许他人下手。没过多久，她就不做家常菜了，寿司火锅烧烤海鲜包意大利面，吃的都是中西合璧的产物，连知了班主任都说她要是不好好努力考上一流大学真对不起她妈。每天知了水瓶里的颜色都不一样，今天是紫红的玫瑰茄，明天是橙黄的金菊，后天是棕色的明目减肥的决明子。再后来知了妈对知了在外面买的面包饼干也不满意了，改由自己烤箱生产，用的是顶级的特制橄榄油。知了看妈妈在餐桌前舞弄着精致的餐布眉飞色舞地说着牛奶可可和杏仁的搭配比例，一遍遍地追问知了爸味道能否和法国西餐厅媲美，便觉得这女人已经走火入魔到无可救药，只差自己生产制造水和氧气了。当然她对知了爸的监管也更周密。这是她生活的重头戏。知了说，她爸的手机电脑里从来不存什么秘密文件，很有做老公的自觉，每天回家之前暧昧短信等一概删除干净，仅留几条工作内容。没办法，家贼难防，再隐秘的东西都能被知了妈敏锐如 X 光般的眼睛察觉并曝光出来。

如此这般也便罢了。但生活不如意者十之八九，这种貌似清静的日子过了没多久，便有“第三者”介入——知了姥姥。老太太更是魔高一丈，退了休来知了家养老，安插在居委会工作，就是那种你不小心进入小区肯定被胳膊上捆绑红袖标满眼怀疑一切打倒一切的老太太所盘问，又真假难辨地耳背，听不清你解释什么的志愿者。人家都说三个女人一台戏，知了家是三辈女人两台戏，一台戏对付知了，另一台戏对付知了爸。父女俩在四口之家的日子过得很是拧巴。

有时候知了妈会因为抓不住知了爸的把柄而气恼。凭她敏锐的直觉，她嗅到他的“清白”背后肯定藏有“不清白”的底色。白床单睡久了能变成黑床单，他怎么可能一直如刚洗过般洁白？

知了爸非等闲之辈，早几十年便晓得如何不让知了妈翻动他的底牌。

男人对付女人最有力的法宝不是愤怒，不是责骂，而是阻截女人的任性，让感性动物折损在理性动物裹挟着冷暴力的温柔里。我对你多好啊，给你提供安稳的生活，你还有什么不知足呢？把你妈也接过来养了。我用舒适和谐堵住你的嘴，知恩又图报。你没话说了吧？你非要说，那就是闹。女人啊，你闹吧，闹吧，一闹就把脸皮扯破了，脸一破感情就扯没了。闹够了就消停了，我不接招，不理你！这叫情感太极！这叫境界！

隔靴搔痒的日子让知了妈对生活生出了黏腻的厌恶，她感到自己像粘在巨大蜘蛛网上的蝴蝶，怎么展翅也难以起飞，生活的破网渐渐无法打捞她的美丽。她曾经叛逃过，行囊都打好了，站在车水马龙的街道，她却步了，仿若背着包袱裹着小脚初入大城市的乡下老妪，迷失了方向。长久的安逸如同温水煮青蛙，她的勇气和魄力早就沸腾完毕，何况这里还有孩子、母亲和她割舍不掉的又爱又恨的丈夫。她回了家，把皮包扔在沙发上，哭着进了屋。

那时知了还小，她眼里妈妈不过和往常一样出门逛街回来，看神色又好像包裹了什么不得探究的小秘密。她的心扑通扑通地跳。

爸爸把她抱过来，把着她的手拉开了妈妈的包，里面躺着一大沓人民币。爸爸似乎放心了，猜到她最坏的打算也没他想得那么糟糕，于是半开玩笑地对知了说：哇噻，看妈妈带了那么多钱呀！说完夸张地撇撇嘴，两手一摊做无奈状。

知了跟着嘿嘿傻笑。

知了妈不走了，却把在生活里积攒起来的怨气撒在知了身上。知了长得不如意，她不从自身找原因，反而奚落知了爸的种不好，家族人格也有问题。知了小时候被奶奶带过一段时间。老太太老糊涂了，把孙女往死里塞，饭后又开罐头当甜点，咽不下去强行往嘴里送，怎么瓷实怎么来。底子打得太好了，日后减肥都没用。

后来据说知了妈实在看不下眼去，经过一番家庭斗争才争取到知了的抚养权。

这以后便有了知了的故事。

知了上初中，到了爱美的年纪，也开始跟同龄女孩儿比较，寻找差距。

知了敏感了。她的体重严重超标，一上体育课如同受刑，不是鼻子流血就是肚子痛得恨不能打滚。她只好千方百计地躲着不上，紧急时刻还装过晕倒。

渐渐地，同学间有了坊间流言，知了在小小年纪就体会到了“伤害”的滋味。

到了豆蔻年华，知了对后面座位上一个长相白净、笑容和煦的男孩儿生出了爱慕。由于自卑，知了一直和男孩儿哥们儿般称兄道弟，把酒话家常，男孩儿从不像其他人那样嘲笑她，顶多偶尔耍点小恶作剧，拿她当知己。不知怎么的，知了就喜欢上他了，可能是恰巧某一天他穿了件顺眼的格子衬衫，而她那天心情不错。一旦喜欢了，知了再跟他说话便感扭捏，躲闪回避。他并不在意，照常给她发些嘘寒问暖的信息。她通常不回，却把他的每一条信息宝贝般珍藏在手机里，每晚枕在头下睡觉。偶尔坐在车上她偷偷翻出手机，对着那些知冷知热的句子脸红心跳，一抬眼，却发现反光镜里折射出妈妈敏感的眼神。她一惊，手机差点翻身落马。

一天，男孩儿递给她一封带有红色桃心印花的信，伏在她耳边告诉她，等下课他有话跟她说。她一阵瑟缩颤抖，不知该如何应对突如其来的幸福。余下的时间，老师讲的什么知了一个字也没听见。

终于挨到下课，男孩儿羞涩地低下头，握住了知了无措的手。

知了周身的血液都涌到头部，心脏怦怦地剧烈跳动着，她真怕他也听到这心跳声，恨不得手能掏进身体里把心稳住。

男孩儿开口了，说他遇到了一生挚爱，求她千万成全他，他实在没勇气，请她一定代他把那封信交给班花。

知了呆住了。

后来知了躲在被窝里无数次回忆起这个情节，只觉是个极恶俗的段子，还有刀刻般疼痛的屈辱感。这屈辱如一帧老旧相片般留存下来，奇怪的是相片里的画面与男孩儿无关，充满镜头的是反光镜里她妈妈那双略带嘲讽和了然的眼睛。她想是那双眼睛让她露了怯，没了底气，慌了手脚，以致每一次伤害都结结实实地招呼在她心上。她知了要作斗争！不在沉默中爆发，就在沉默中灭亡。再沉默下去没有出路。与天斗，与地斗，与人斗，其乐无穷。

在这方面知了积累了足够的经验。她自小生活在两位“特工”的阴影下，耳濡目染练就对人对事敏锐的观察力，再和她妈斗起来便感觉棋逢对手。

知了每个假期被她妈拽去医院针灸减肥，颇见成效，不到两个月的时间能瘦下去二十来斤厚实的肥肉，脸、胳膊、肚子、大腿都见细溜。

接下来的一个学期里，知了便能在她妈每周让她称体重的空当中不动声色地加重，这次多半斤，下一次多二两，蚂蚁搬家似的把体重加回到原点。每次称体重知了妈都捕捉不到太多异象，可到了假期再去针灸，一上称指针又蹦回原点。

知了妈和针灸师恍悟，她们都被知了耍了。

知了后来想想，上课、考试、暗恋、针灸的岁月如同风扇般的年华，从没停歇过，转悠得连自己都糊涂了。

我真心疼知了，再怎么跟她妈斗，也不能拿自己的三围来较劲，到头来伤身又伤心。

难怪开学那天，她妈的“还吃”两个字能重重打到死猪不怕开水烫的知了脸上。

长期斗争的产物。

不过毕竟血浓于水，知了多少继承了她不愿承认的妈妈矫情基因。家里规矩太多了，朋友来串个门，她妈也要给门把手消毒，拿着湿纸巾弯腰撅腚毁灭罪证般地依循客人的路线擦干手纹脚印。还有吃药，知了妈多年来陆续给她喂了不知多少的消炎药，不管什么病先塞上消炎药再说，而且邪了门似的认准了联邦牌。联邦，联邦……

知了看她妈手舞足蹈的样子，活脱脱一个卖假药的。就跟电视广告上一个节目轮番插播无数次的轰炸效果一样，知了真还就跟联邦铆上了。

阿姆感冒，上呼吸道感染，知了痛快奉上联邦消炎药。

过几天，阿姆还给知了的是普通包装药。

知了扫了一眼摆摆手：不要了，又不是联邦的。

阿姆撇撇嘴：臭讲究还真多！好不容易建立起来的一点好感，顷刻间被联邦一扫而光。

我和知了逛小卖部，为了一袋锅巴跟知了借了零钱。

我还给知了的钱她迟迟不肯接手：这钱真脏！

我说：不是赃款，我自个儿的。

知了：我说它太脏了，我的钱都是新钱，我妈从银行取的。

我不服：你所有的零钱都是从银行取的？不可能吧?!

知了：对啊，都是我妈去银行破的，每周一次。

我反感：那我没零钱，改天破了给你吧。

知了：你今天就得给我，我今儿回家，我妈要查我钱的。

我不耐烦：你就把这个拿去吧！

知了：不行，她要发现的，发现我钱对不上会问我的。

我晕：问你就说借人了呗！

知了：不行，她不让我借钱给别人。

我无奈！

为了全方位接受知了，她的这些言行都在我的认可范围之内。

知了学习成绩平平，但酷爱读书，基本上一两天一本的速度，阅读范围尤以外国文学为主。在她看来一部小说就是人生一块角料的缩影，一本本看下来，说不定就拼图般凑出了整个人生的真谛。知了致力于编制她的人生真谛，周围频得高分、入围班内前十的同学，一概被她称作行尸走肉的考试机器。虽然卷面上分数低人一等，但内心充实。她不但皮肉结实，筋骨强健，还有文学气息缭绕，实打实的文学青年。上课别人认真听课、做作业的时候，知了沉浸在自己的文学梦境里遨游。

美妙如梦的日子在中考失利时戛然而止。拿到成绩那天，知了在十二层的窗口俯瞰北京的街道，握着栏杆的手心微微沁汗，感觉就这么一直站下去，可以凭空蒸发在令人绝望的城市空气里。

事后知了妈说，当时的知了看着让她在旁边只敢看不敢劝，怕一个劝不好她就能纵身跳下去。

知了说当时她觉得这辈子完了。再后来的叙述就白水一般没有味道了。

知了爸妈为了让她能读好一点的高中，把她送回老家上海，读了两年，高三又“曲线调动”回北京，可惜元气已折损大半，高考再次落榜，连三本都没上线。

知了后来又半吊子努力了一年，好歹考上T大，又遇到了我，缘分呀!

讲到这里，知了叹了口气，像是遗憾，又像是满足。她曾经在考试的关口烧毁了一次青春，如今想在T大里寻求第二次青春。然而这里漫山遍野的女人让她失望以后又绝望。

我抱住她，依偎在她身体上，感到这肥硕暄软的肉体是我在T大赖以生存的唯一依托。我真心不希望她瘦下去，我是如此依恋她的肥胖带给我的安全感。她厚厚的油脂遮蔽了我的自卑和懦弱，她温柔的肥胖滋养了我的罪恶。

她和我如此相像。我不顾一切地交代我自己。告诉她我父母荒谬的结合，和她谈父亲的婚外情，和父母行将破裂的婚姻，还有我从未摆脱的恐惧。

我们都是不识时务、不容于世的呆瓜。我们前赴后继地攀爬着走过十几年的人生道路，自有了敏感的认知起把每一年都过得那么漫长，充满煎熬。回忆里涂满了哀伤色调，而实质上又没碰到过什么真迈不过去的门槛。我们骆驼般自我负重，但又有如此相似的彼此为伴。这感觉真实而美妙。我们什么也不图，只因志同道合而走在一起。男人算什么？女人之间的友情可抵得过爱情与亲情的双重组合。那些同床共眠颠鸾倒凤的夫妻也不如我们掏心掏肺，我和她的拥抱坚不可摧。

相比之下，阿姆和咸子算个什么东西？那俩人的结合简直就是世俗利益的产物，捆着当伴儿地吊男人。吊吧，别把自己掉井里头就行。我和知了才不会去打捞尸体。我们只顾拥抱。

T大里什么也没有，可是有我，有知了，就够了。我俩可以一起荒芜到老到死。

我们相对垂泪，都有末路天涯之感，因此更加不理解咸子和阿姆何以把日子过得那么升腾。

第三章

很快，我和知了之间有了“第三者”，我们爱上了同一个男人：桀哥。

他的亮相如同他的字迹一般潦草。

桀哥教我们写作，多么神圣的学科。课堂上的他简直就是我和知了的精神家园。

嘿，别以为他是大众情人，只有我和知了能桩桩件件刨数出他的优点缺点一并来爱。

说起来还要怪T大，僧如此多，粥如此少，米汤都捞不上，我和知了只好把桀哥当菜叶儿煮了喝，由此才挖煤掘宝般意外收获了他的魅力。

福爷远比桀哥吃香。在执掌一片文学天地的男教师里，福爷当属“掌门人”。讲授主要文学课程的三位教授均系男性，形成“三足鼎立”之势。职业和文学艺术沾边的男人，活得多半任性，带有文人的傲骨。当然也可能是为了装装样子泡女人，两者兼而有之者居多。

网上流行的Q版诗词道出了当今白领的生存状态：

“房价让人晕呀，小桥流水人家，房贷压垮瘦马，高价不下，没房人在天涯。”

想象不出福爷、桀哥等是如何为房子、车子而烦恼而带着文学脚镣跳舞的，单是看他们在课上沉浸在文学伊甸园里冒傻气，时常混淆了上下课的时间，实在没有多余的精力缠绕在现实生计上面。不似写字楼无数方形窗子里的白领们，匆匆的脚步下、紧蹙的眉头里全都背负着物质的重荷。他们是精神的浪子！

福爷四十岁上下，眉清目朗，风流倜傥，学识渊博，谈论起文学，古今中外，引经据典，精彩连篇，吸引讲台下一片女粉丝“哇”声一片，被称为文学系的“少女杀手”。他的课堂，随处可见上下年级前来捧场的女生，许多人因不满升到高年级没了福爷的课，便一路追随跟读下来，满眼都是崇拜和敬仰。

在众多粉丝里，阿姆毫无悬念地当选为福爷的首席追随者。经众人多次观察核实，阿姆明显是在一边吞咽口水一边聆听福爷那温润浑厚的男中音，爱慕如潮水在她周身涌动，她抑制不住兴奋地直拍咸子的肩，身体的每个细胞都在大声尖叫！

看见福爷左手无名指上的婚戒了吗？哇噻，他好多年前就被套牢喽！有传言说福爷曾在风华正茂时虏获了某市长千金的芳心，本可以倚靠这优势平步青云，但福爷血气方刚时绝对爱情至上，说什么也不愿成全那千金，只好牺牲自我，远离仕途，安心教书育人。听上去好像古代落魄文人惨遭牵连而流放，更增添了几分神秘色彩。

在阿姆的想象世界里，得到福爷爱情的女人必定是位温良贤淑的古典美人，琴棋书画样样精通，上得厅堂下得厨房，总之和她阿姆除了性别一致，没一样可以放到一起类比的特质。这样想心里舒坦些，可以在绝对安全的距离爱慕福爷。

有时候幻想这东西真是最好的保护伞，让你和现实隔一幅朦胧而梦幻的时空，可确保心头那娇嫩如花朵的念想四季如春。

阿姆在百度贴吧发起了“我爱福爷”的论坛，自立门户当版主，不知从哪儿搜罗来了福爷的私人照，甚至包括他私家狗的照片，一起贴到网上，引来无数怀揣同一个梦想的少女道出了心事。还真有女生痴心不改，发帖说怀疑福爷一直单身，那婚戒是他故意戴上打发花痴少女的，惹得阿姆总惦记着掰过福爷的无名指一探究竟。

红哥也算得上个人物。红哥其貌不扬，身高和体形都好像缩过水，鼻梁上架一副老式的长方形大黑框眼镜，讲课的时候一边扶眼镜身子一边往前探索，好似随时随地能从房檐里透视出个什么古董来。他教现代汉语，b、p、m、f、d、t、n、l，主谓宾定状补，哪个放哪个前头，哪个摆哪个后头，哪个跟哪个是冤家对头，哪个跟哪个只能手拉手，哪个跟哪个隔空眉来眼去。说白了，这是个专责“拆卸”的学科，遣词造句明明几个音节搁一块儿，搁嘴里嘟噜出来一串儿一串儿的那么顺溜。还真就有人想不开，非把整体往散装里整，枯燥得让人太阳穴都跟着抽筋。这课是大课，全系一百多号人挤作一团上，课上前四节“从娃娃抓起”，g、k、h、j、q、x 地齐声朗诵，一派畸形的齐整。

受工作影响，红哥做事耐心而有条理。望着日渐空落的教室，红哥还是按部就班地在上课伊始拿出点名册。一见那十六开的白册子，底下的人便各自开始活动。要么装猫扮狗地一个人声捏着嗓子当几个音调使唤，要么在这个座位上答了“到”，转眼工夫再腾挪转移撺掇到另一个位子上冒名顶替。红哥头不抬眼不睁，铿锵地念下去。点完最后一个人名，收起册子。红哥微微一笑：双簧啊！大家都跟着乐。

临到期中考试，红哥的地主本性一下子蹿上来，学子们平日里积淀下来的小罪小恶一起秋后算账：想让我给你们多画重点？没门。

老师！老师！再透露点吧，求求你了！就一点！

就一点？好！红哥清了清嗓子说了句：第三大题简答题的第二小题，最后少印了个句号，这是我能提供的全部信息。

红哥拥有令人称羡的美满婚姻，他太太比他大，却白皙高贵。夫妻俩时常互挽着在文学系那栋楼的林荫小道上来回来去地散步，累了在小凉亭里歇歇脚，然后继续。红哥对太太爱护有加，听说一次遇到红哥夫妻俩散步，听见红哥在太太耳边体贴低语：你可不敢晚上再躺床上看书啦，眼睛都看坏了。文学系的学生茶余饭后喜欢谈论系里这对中年模范夫妻，特地为他们二人编了句奥运盗版歌词：手拉手，校园走……

福爷和红哥的课是在讲授，而桀哥教的写作是在创造。

这是两个完全不同的工种。

知了说，只有俗人才会在死硬刻板的讲授阴沟里翻船栽跟头，她知了要栽也得栽在写作的时代浪潮上。说这话时她两眼熠熠生辉，我两眼贼溜溜地发亮。

桀哥年纪轻轻，打扮邋遢放荡，油亮的几撮黑发常年挡住半边脸，只讲到激动处才往上撩撩，愈发显得潇洒而酷毙。桀哥对文学的痴情长久地停留在学生时代原地踏步，那时候流行打扮是女生脖子上挂一串钥匙，男生耳朵里夹一副耳机，手里拿一黑色半导体收音机，以致他到现在都对戴工作证的知性女人或者走路上听 MP3 身体来回摇摆的潮男抱有好感。

那时候文学风气盛行，校园里成立了无数文学社和诗社，好像人人都是社长。

桀哥这一激情回忆引来稀稀落落的笑声迎合。

桀哥声音低沉而雄厚。这时代文学课上的创作话题鲜有人问津，课堂上睡死一片，于是我和知了肩并肩挺直的两副腰板便成为旗帜。知了平时蔫个半死的体内细胞在这时全部激活，血液循环加快，新陈代谢全部提速进入高铁时代，一堂课下来要跑好几趟厕所。这家伙再跑几次白发根部奇迹般生出黑发也难说。即便她不出声，坐在旁边的我也能感觉到她骨子里的躁动，想象出那些因子活动得有多么欢快热烈。

完全不同于福爷的冷静理智，桀哥走的是“沉醉文学”路线。他的理论根基是，处于创作状态的人，即使表面正常，内心也是非常态的。桀哥拿自己举例，大学时候吃了一个月咸菜就馒头，攒钱买了一部复读机，为了啃下经典原著一口气学了五门语言，一天到晚嘴里叽里咕噜的，夜里念叨着睡不着，白天走在路上上下眼皮都在交战。

咸子第一时间解读：这不鼓励我们“变态”呢吗？

桀哥见没人肯“变态”，沉痛地发问：你们有几个是自己选择来学文学的？左顾右盼一周，总共举起四只颤巍巍的手，占全体八分之一。其余的呢？不是爸妈逼来的，就是专业调剂过来的。想当作家的有几个？这回彻底没手了。我和知了对视，默契地摇了摇头。心里想也不敢举呀，作家是多傻帽的职业啊！

桀哥摆摆手，黑发把脸遮得只剩下一只眼睛，他知道这课只能讲给自己听了。

仅仅隔着几米的距离，桀哥没有窥测到其实知了内心早就非常态了。她正以一天一本的夺命速度阅读中国文学经典，慌慌张张而又神神叨叨，好像后头有野狼在追。

桀哥说文学这东西是伟大的，它能改变宇宙运行的规律和速度，把时空固定在一个点上，像是贾宝玉、林黛玉，这些人永远是你的朋友，青春不老，停留在十六七岁的模样。

知了深受启发，梦话里都是宝黛钗。

桀哥讲创作体验。

知了为了感同身受，开始记日记，每天几百字的练笔，再到课上听那体验就感到心有灵犀一点通，在共鸣处暗送秋波。

那些话同样有力地砸在我心上。我卖弄地告诉知了，我真能理解他，我从幼儿园开始就记日记了，从箱底搜罗出来摞成一摞，没准也著作等身。

当然，我们跟桀哥相比都是赝品。他到这把岁数了也很少露出常态，他好激动，激动起来能从椅子上蹦起来狂书。他的上课程序通常是这样：先在黑板上写下当堂课的题目，然后旋身坐下，跷起二郎腿悠然地点着一根烟，略作思考开始讲述。动情时跳起来抓过一支粉笔，在四块小黑板拼接的幕布般的黑板上奋笔疾书。桀哥多年练习草书，一般人看不懂。他双臂来回飞舞，斗大的字体写不了几个便霸占了整块黑板的面积，野草般排布着。他写满了擦，擦了再写，边创造边毁灭，好像不在黑板上直抒胸臆，一写为快，整个人就要燃烧掉。粉笔灰雪花般纷纷落在桀哥的黑发和身上，背影看上去天苍苍野茫茫，驼背弓起的角度恰如行将塌陷的山脉，看得我和知了心疼极了。

桀哥抛下粉笔，转过身，裸露出激情中狼狈的脸庞，红白交错，几缕黑发蜷曲着，蛇一样冰冷地趴在前额。此时头发花白的他跟知了的满头白发遥相呼应，一阴一阳，构成一幅八卦图案，很哲学，很有意境。

桀哥讲课身体经常处于失重状态，颤巍巍的，搞得我和知了用焦虑的眼神支撑他身体，生怕他一个不小心从讲台上跌下来天才夭折。

桀哥不激动时就保持沉默，不卑不亢地抽烟。两根红塔山抽完，徐徐吐出几个字：就这样吧，下课！

于是，红男绿女异常兴奋地收拾好书包往外走，闹剧般结束。

我和知了依依不舍，在门口回过头来看桀哥。他依旧坐在那把残破的椅子上，一根接一根地抽烟，整张脸在烟雾缭绕中忽隐忽现高深莫测。

我俩担心他，同时又感到庆幸。尔等不听课才好呢，就我俩听，桀哥等于带研究生了，远离世俗红尘，每天进行精神洗礼，岂不快哉！

我和知了一遍遍地就桀哥是否幸福这一话题争执不休。

知了说他多幸福啊，生得那一副奇崛的样子，还能赢得我俩这样馋嘴咂舌哈巴狗似的，少女情怀总是痴呀！

我说知了你快算了吧，别高估自己了！你这样子怎么看怎么不像“少女”啦！

知了恶狠狠地瞪了我一眼，沉醉地说：我们可以帮助他！

我瞧着知了那副痴相，阴阳怪气地说：我们能给他什么呢？给他吃？给他穿？说直白点，也满足不了他务实的生理需要。我们巴望我们的，他继续穷困他的，压根没什么关系。一边炕头热不怕，怕的是热错了地方。

要说我俩是马屁精，那真是连蹄子都没拍上，抻长了胳膊连马尾巴都没够着。桀哥那匹任性烈马蹄子一抬跑了，我俩充其量能摔个狗吃屎，再啃进一嘴泥。

我唾沫横飞地比喻着，再看知了时发现她格外沉默。我看不见她的脸。

这时候我俩站在宿舍楼道的拐角处，穿着棉线睡衣和毛绒拖鞋，一副卡通扮嫩相。即便裹着羽绒服，风还是从脖子的各个方位360度灌进来，冻得直打哆嗦，透心凉。离我们不出五步的距离挺立着硕大的垃圾桶，里里外外堆满了垃圾，恶臭扑鼻。

我也跟着沉默了。

是啊，我们算什么东西？

突然，知了眼睛一亮，又恢复了自信：雅雅，你这么想问题可就俗了。桀哥是什么人？怎么能套用小女人的心思去揣度呢？人家是有大情怀的伟丈夫。你看他课上的表现，讲到“移情”时，他举的例子是：花儿啊，我爱你！因为你长得像我奶奶！多么艳丽的俗套！再比如讲到“文学的自我超然境界”时，他说，你们在学校里都有过这种时候吧：一个人走在路上，感觉风轻花香，心情舒爽，干脆忘掉食堂的伙食吧！多潇洒！多气派！多有风骨！再看他怎么评价《满城尽带黄金甲》吧，说导演脑子不知道怎么长歪了，非把家庭悲剧移到皇宫里头，成了闹剧。人物也完全没性格，那皇后和宫女找了半天没看出半点区别，连袒胸露乳的程度都一样。多犀利！多精辟！就连对学生的讽刺挖苦也别具风味。有堂课上的主题涉及创作心理，桀哥正沉浸在“无意识”的学说里，低着头喃喃自语。他偶尔抬了一下头，瞥了教室一眼，一下子跌出梦幻，回到现实。偌大一个阶梯教室，前六排空荡荡，后几排零星地坐着几个人，彼此之间相隔老远，一个个蔫头耷拉脑的样子。桀哥败兴地摇摇头，忽然他就笑了，轻轻地幽了自己一默：我看“无意识”是你们最擅长的东西。

知了竟记忆得这样细致，我佩服得湿润了眼眶。

太阳早已坠落，黑夜特有的冷酷气息正从地面向上升腾，顺着管道水泥和天花板一路攀登，直抵我和知了的脚底板。我们跺跺脚，急欲摆脱，却无力摆脱，瞬间弥散在我们身体周围，侵袭我们的四肢和头脑，令人也不由得沾染了这种冷酷。

我俩在冷酷中热烈地交谈，拼力抵抗心与心之间的排斥与距离，努力让两颗具有强大阻力的心慢慢接近。我们有时厌恶对方，却不乏相互激情，恨不能用一个灵魂占有另外一个灵魂。

灯光并不合作，声控灯每隔几秒便急不可耐地黯淡下去。有什么关系呢？我俩用竞相跺脚来追逐光明，同时发泄情绪。我和知了舍不得停歇，有太多太多的思想需要交流和表达，谁先停下来就说明谁理屈词穷，谁就是孬种和软蛋。光洁如镜的大理石地面承受着我俩的轮番脚踏撞击，我们需要光明，我们要互相看着对方的眼睛说话，我们拒绝玩黑暗。

实在太累了，我们就采取蹲姿继续舌战。

时常有人经过，有人出来倾倒垃圾，有人似乎也在寻找黑暗角落与情人私语，见到我俩只能悻悻走开，另寻密处。人人都在看我俩，而我俩却旁若无人，思想激烈交锋、碰撞。

夜已经很深，我和知了的战场四周遍布思想，剩饭、饮料瓶、报纸、时尚杂志横七竖八地躺在地上，尸横遍野。

这里孕育着我们对桀哥纯美的感情。真好！

终于，我们说累了，疲惫而满足。

整个楼道除了我俩空荡荡的，连和男友吴侬软语的女孩子也躲回窝里去安眠。她们谈的是爱情，我们谈的是信仰。桀哥就是我们的信仰，强大超过爱情。

接近宿舍，我跟知了不约而同地放轻放缓脚步，像戴了枷锁。

是的，每天的美妙时光就那么吝啬的一小会儿。一进宿舍，我们的全部灵感与激情皆化为乌有。

房门号是911，和美国遭受恐怖袭击一个日子。冥冥之中，注定这里必有暴乱和战争。

我推开门。

屋里咸子和阿姆相聊正欢，看见我们神色一黯，从热度直接跌入冰点。

我内心蹿起一股怒气，心想，我和知了忍辱负重躲出去说话，把温暖舒适的安乐窝让给你们，你们在屋里又洒香水、又沏咖啡的，大力营造小资产阶级情调，可见了我们怎么就跟见了仇人似的敌对情绪如此严重？我们背后说你们坏话了吗？掘你家祖坟了吗？

一想到将要忍受四年这种生活，我的头立马硕大无比。

亲爱的回来啦！咸子笑眯眯地说。

我"嗯"了一声，坐回自己床上，随手拉上床帘，营造出一小方天地留给自己。

外头那两位又说话了。

不知从何时起，我对她俩的声音产生了变态似的抵触心理。我害怕看见她们的嘴，只要那四片红唇起承转合，两副白牙暴露在光天化日之下，她们发出的噪音便搅得我头昏脑胀，神情恍惚，无论做什么事都无法集中精神。我胡乱抓过MP3，随手把缠成一团的黑色耳机往耳朵里塞。自从开始讨厌咸子和阿姆，我必须伴随着音乐才能入睡，这已经形成习惯。

播放器里传出某大学的原创毕业歌曲，音调伤感。我真希望这一天快马加鞭落到我头上，好摆脱眼前这两个烂仔。

阿姆和咸子的声音无孔不入地顺着音乐的边缘传进我耳里，富有魅力的男中音转成了背景音乐。

阿姆：咸子哦，今天看演出，坐我们旁边那个男生问你是谁，有没有男朋友呢。

咸子：谁啊？

阿姆：哎呀，就我那个老乡，肥仔嘛。

咸子：没注意呀！

阿姆：怎么没注意咧，你还和人家说话呢，我看见了。

咸子不语。

阿姆：他家条件很好咧，离我家很近的哦。过年他妈妈还包过红包给我捏。你要是毕业跟他结婚，包你过上少奶奶生活啦。

咸子羞涩地笑了一声：我爸妈和我姐都想让我毕业早结婚呢，是我自个儿非要来上大学，不然他们想让我高中毕业就结婚的……

没法继续听了。

我真想拉开帘子冲咸子大声吼叫：你丫来上个屁大学呀，直接找个有钱的包养起来多实惠，来这儿装什么高雅嘛！

我“呼啦”一声扯开帘子，目光锁住知了。一看她眼睛我就知道：同盟。

知了正看桀哥课上提过的小说，韩庆邦的《海上花列传》，并准备学点吴语方言，培养小女人的资质。这时候她很默契地转头看我，眼里闪动着心照不宣的内容。我们长时间地互相注视，故意发出“哼”地嗤笑声，对彼此的精神都是个安慰。

咸子朝这边看了一眼。我确定她瞥见我和知了的把戏了，却没理会，开心地冲我俩道：雅雅，知了，咱们一起打扫一下屋子吧，太脏了。那语调好像要迎新年。

谁在乎呢，不过就是个睡觉的地方，还要收拾？

我俩懒洋洋地起身，慢腾腾地把椅背上厚实的衣服搬到床上，再拖着椅子出去。白色的巨型椅子甩在身后，像一具僵尸。等到我和知了返回屋里的时候，咸子和阿姆已经利落地一个开始扫地，一个举着抹布四处擦呢。看样子她们天生就是结婚生孩子、伺候老公的下场。

我根本对她们不抱幻想，别告诉我世俗脂粉气的女人准备搞文学，玷污了文学。

我套上胶皮手套擦洗洗脸池，在水龙头和梳妆镜上抹大把的洗洁精。镜子上白花花一片，厚实的泡沫翻腾着。

知了，你刷厕所吧！阿姆分配道。

知了的脸青红交错，粗壮的血管急促跳动，褪掉往日在阿姆和咸子面前的老成持重，指尖点着自个儿的鼻子：我刷厕所?!

怎么了哦？阿姆耸耸肩。

我他妈才不刷呢，谁爱刷谁刷！知了一副备受屈辱的口气，白发像桀哥一样垂到半边脸上。

阿姆气不过，扔了扫帚双手叉腰：你骂谁哦，气细！

知了：收垃圾的才刷厕所呢！你让我去吃屎啊？

阿姆：你自己爱吃就吃啊，谁管你！

阿姆和知了像两只斗架的公鸡，彼此各不示弱。

阿姆来北京以后，充分调动了一切可支配资源，生活过得充实而悠哉，只半年就几乎顶过别人混了好几个大学，赚翻了。她听音乐会，看话剧，每次都携内行人前往，给她分析讲解，去一次就接受一轮“头脑风暴”，懂一行的皮毛。回来发现宿舍里的所谓“文化人”皆宅男宅女型，很少主动接触社会新鲜事物，也不进行自我救赎，还把持一副清高的模样，听啥啥不屑，还不懂装懂，你敢问她就敢接，细一琢磨全都是胡诌八扯。

阿姆悲叹，连她这等“后进青年”都知道探索中国文化，没想到皇城子孙却如此不求上进，好像一台电脑就能满足他们的全部生活需求。说白了，男生电脑就是游戏机，女生电脑就是影碟机，那些人鬼大战和烂俗的韩剧情节足以调动他们空虚的内心世界掀起一波三折的情感高潮，简直不可理喻。

阿姆想，她如果在这块宝地修炼十几年，绝对以赶英超美的速度超越这帮白痴，若干年后说不定也是一泰斗。

就拿现在来说吧，阿姆干完了本职的值日任务，还大公无私地亲授知了刷厕所的常识。知了的脑子半天转不过弯来，一直撅着的屁股对着阿姆的嘴巴。

在强大的阿姆面前，知了到底还是服了软，正弯腰撅腚地拿着红色塑料桶往厕所地面上淋水，另一手持刷在洗刷刷洗刷刷！她动作极其伸展，笨拙地把力量都使到一处，毛衣全撸到了下巴颏，露出白嫩的肥肚和一对晃晃悠悠的胸脯。

阿姆监工一样在喊叫：哎呀！那里没有擦到呀！池子里再泼点水啦，没看见还有屎吗?!

知了直起腰，龇牙咧嘴地捶捶肩背，冲阿姆：你去帮我倒盆水来！

阿姆夸张地指着自己的鼻子：啊？你居然要我干？太丢人了！你们都不会刷厕所咧，我们在家都是天天刷的。

知了不高兴了：我就这水平了，以前没干过这行当。难道你以刷厕所为荣吗？

阿姆摇晃着脑袋，露出一口白牙：当然啦！女人啊，连刷厕所都不会，将来谁要啊？

本来单说厕所的事儿，阿姆一句话又指桑骂槐地把知了给噎了。

此话一出，我的心好像被刺了一下。为什么除了我，别人就不知道保护知了的敏感区呢？

刚刚刷完厕所的知了傻愣愣地站着，一点儿不知道该怎样应对宿舍里比大自然生物链还残酷的适者生存游戏。

她跟我认识的那个知了是那么的不同。我的知了和我在校园漫步，路遇一打扮时髦的女孩儿：粉红色大墨镜把脸遮得很娇小，脚穿黑色长靴，一手牵了只相貌金贵的白色长毛狗，俨然一副贵族少妇装扮。

知了启动她全方位的洞察力，微距离观察到那女生的背包里各类高数、经贸的教科书，判断这身行头所传递的身份纯属该女生梦想，现实中还未脱离学生一族。俗语云，理想很丰满，而现实通常很骨感。知了又继续推测，这女生住在四人一间的宿舍里，那这狗又如何处置呢？于是她附在我耳边细语：你说这人和狗怎么住呢？是不是她住上铺，狗睡下铺？

试想那人狗共眠的情境，我俩哈哈大笑。

如是才华的知了遇到阿姆只能生干气。知了穿着单薄，阿姆很会送温暖：知了你不冷啊？

知了斜视她一眼：当然冷啊！

阿姆又有话说了：哇，那你要多穿点啊。你要是病倒了，我们三人都抬不动啊！

这女人小市民的精明真让人恨得牙痒，她总能阻断知了释放自己的通道，憋得脸上起包。

我刚要帮知了还嘴，咸子拿着一张五彩缤纷的传单抢先道：明天社团招人呢，咱四个一块去报名吧！

阿姆欢呼一声：我就等着这天哪！赶紧做个面膜，明天美美地去迷死帅哥！欧啦啦！

咸子研究着社团名录，心里不知打着什么小算盘。

我拉过知了的手共眠，心里也偷偷期盼着明天。

第四章

走廊里站满了人，像混乱失控的医院挂号大厅。

由于空气不流通散发出的臭气差点把我熏倒。

我跟知了胡乱扒拉了两口饭就匆匆赶过来，还是没排上号，好像全校的人都赶来排队了。

阿姆早就打探好了，社团是T大结交男女朋友的风水宝地，男女搭配，干活不累，一来二去、眉来眼去、颠来倒去好上的例子太多了，可以用泛滥来形容。为了不错失最后良机，她前一晚买了面包和咸子共享，一边上课一边囫囵地往嘴里送，下课铃声响起饭已经吃完了，急忙忙地风速驰来，恨不能立马把自己推销出去。阿姆想，看来她爸妈的个体生存法则全世界都通用，这年代不管你走到哪里，干任何行当，不会营销自己能生存吗？连美国总统选举还要四处演讲拉选票呢。

我和知了显然慢了几拍，大眼瞪小眼看着像火车站春运售票一样排着长长队形的竞选人流，无可奈何地站到通讯社招聘队伍的尾巴，心灰意冷地等待着不是希望的希望。

一个戴黑框眼镜的女孩送来两张报名表，让我们面试之前填好。

我接过来一看，前面是些基本信息，姓名、系别、手机号、宿舍号、QQ号一应俱全，只觉一旦入社，身在何处都能被挖掘出来。后面给个人荣誉、特长爱好留下大块的填写空间。受多年应试教育的严格训练，我用斗大的黑色碳素笔填满了整张纸，把自己吹捧得长袖善舞，猛一看绝对才华横溢。可我还是心有不甘，恭候在面试间门外做好走过场似的淘汰打击准备。

几个高年级的学生穿梭在队伍里瞎指挥，一副过足权力瘾的样子，连额头上渗出的汗珠都跟皇冠上的明珠一般熠熠闪光。

这里没有T大惯常的冷漠氛围，每个人都很兴奋，好像给自己家里干活一样卖力。看这一个个拉出的架势，感觉通讯社属T大里的阳春白雪，想要随便进去不容易呢。

我回身看知了，她正专注地盯着什么。循着她目光我看到一对男女，俩人正在调笑，小声说着招收比例，蕴含纯洁的男女关系之情。

我开始有点紧张，不知道知了是否跟我一样局促。

屋里有人喊我的名字。

我用力紧握了一下知了的手，提心吊胆地走进去。

面试现场。四个打扮知性的女孩儿并排坐在我对面，既和善又不苟言笑，端着我学不来的架子，气质面貌皆不同寻常。

一个女孩主动向我介绍她旁边的一位：这是社长，童谣。

童谣，真诗意的名字。我打量她。她戴一副草绿色眼镜，皮肤细白，算不得漂亮，但娇小可人。

童谣和善地问我：你怎么看待大学生逃课现象？

这问题真尖锐。

上T大以来周围所有人秉承“选修必逃，必修选逃”的课业理念，不厌其烦地跟各科老师玩着猫捉老鼠的游戏。班上那4个男生现在已经是“逃课小分队”的头目了，其中的头号分子颇具音乐才华，曾在几次晚会上精彩亮相，边弹吉他边清唱自创曲目，从服饰到行为均属嘻哈风格，虏获了不少另类女孩的芳心。该男生为了艺术事业抛弃了学业，学江湖隐者的做派，不到考试决不露面。我和知了在逃课这方面也未能免俗，除了桀哥，其他人的课都逃过，并从一开始的小心谨慎到自由放逐于山林的草莽英雄快感。当然了，教室可以不去，课可以不听，分还是不能不要。T大培养的学生有一半都等着昂首挺胸迈出国门，走向世界。因此热盼offer天天到，G点步步高，分数是硬指标。我和知了到考试前的一夜可以同时补上一学期好几门的课程，奖学金照拿，当然考完背的什么早已化作粪便冲进马桶了无痕迹。

我抬起头，同时看到八只眼睛，不知该盯住哪只才好，想到“擒贼先擒王”，我问童谣：想听实话吗？

童谣果然来了兴趣，眼里冒光：当然讲实话啊！

我说逃课这是个必然结果，原因有二：第一、许多人十几年来读书的唯一目标是考上大学，这目标不是一个人的，是全家人的，甚至是全社会的期盼，而对于未来的职业规划并不明确。这就导致大学生上了大学会有失落感，不知道再为什么而拼搏奋斗，索性不去上课。第二、有些课听来的确没有实用性，教材多年不换，讲的还是上个世纪的事儿，不符合当下社会现实。有些读来很无厘头，比如某中共官员勤俭爱民，在岗位上病倒，到医院注射的时候医生护士震惊地发现他内裤上竟补了七八个补丁，倒是能当笑话看看消遣。一节大课两个小时，严重超载一个正常人注意力可集中的时间。老师做一个课件十年不换，与其彼此糊弄，还不如睡觉，逃课也就可以理解了。

童谣听到这里脖子往前探，像乌龟一样左右摇摆。她人坐在座位上，脖子已经和我拉近了距离，显然取得共鸣。这说明这几年来她的课也没少逃。

我趁热打铁，又加了一句：其实逃课这事儿把握一个原则就好了：逃而不殆。逃别人的课，学自己的习，让老师找去吧。

童谣点点头：你可以出去了！录取结果会在一周内通知。

我傲然地走出考场，从来不知道自己这么能扯。

知了排在我后面，一出门，我的喜悦正撞上她的不安。

我冲她笑笑：没事儿，特简单，我等着你！

知了点点头，被叫进了屋子。

我环顾左右，感觉刚刚发言的喜悦气浪正冲撞着头顶，久久不散，于是借着这股子热乎劲儿又接连去面试了宣传社和外联社。

听说外联社的主要职责是拉赞助，负责把学校周围的大中小店一网打尽，软磨硬泡把钱搜刮来办联欢。当然，谁有本事能拉来百事、娃哈哈等著名五百强企业的钱那更牛逼。大学生忽悠企业家，绝对是一段佳话。外联外联，简意就是对外公关联络，这是个内心强大表面风光的活计，女生做起来除了嘴皮子要利索，面相、身段都要过五关斩六将才行。

面试的两个女孩果然和通讯社的不是一个款式，说话办事都很成熟，老社会一般。她们虚拟了一段去可口可乐公司拉赞助的情景让我来游说，我几句话点到为止，惜字如金，自我感觉绝对精辟。

完事她俩用空姐般的微笑服务目送我出门，直到走出教学楼我还醉醺醺的，冷风一吹才想起知了还在楼里。

我跟知了眉飞色舞地讲述各种面试场景，把遇见的人颠来倒去地分析个遍，那缜密的思路简直可以庖丁解牛。

知了没有打断我。平时我俩不是这个状态，都话赶话地抢着说，激烈起来恨不得揪住对方的喉咙当话筒。

我说那表格设计得真不合理，特长一栏留那么大空白干吗，好像人人都得精通三百六十行才填得满，我连爱看电视爱上网爱睡觉都写上去充数了。哎，知了，你怎么写的呀？

无！知了面无表情地答。

我一匣子话哽在喉咙里，想了半天找出一个模棱两可的评价：挺好！精辟！

知了没搭话，摆出一副死猪不怕开水烫的赖相。

一瞬间，我觉得知了脆弱得让我扛不起。她是杆沉重的大旗，需要很多个旗手轮扛。而我压根就不是当旗手的料，且身轻力薄。谁能一辈子迁就谁呢？爹妈也不行。

我突然极度渴望能去外联部闯荡一番，活络活络未老先衰的筋骨，呼吸一下社会商业气息。

揣着这想法，我们回到宿舍。

我走进洗漱间，打算从今天起告别无意义纯消耗的熬夜，过政府提倡的低碳生活。

我准备刷牙，一咧开嘴，我惊呆了！在牙齿上方显著的位置横亘着一片绿菜叶。天呐！晴天霹雳！回想起刚刚毫无顾忌的三轮侃大山，我羞愧得只想把嘴唇彻底封闭，这辈子别再张开。完蛋了！什么都别指望了，就这副带有严重污点的尊容还想进社团？拉球吧！我真佩服那几位考官的定力，不愧是高素质的社长，果然能屈能伸，深藏不露，这么尴尬的形象也没破坏她们的良好心态，维持严肃活泼的领导风范。

全怪知了，要不是她端来的那碗青菜汤，我也不至于在如此重要的场合出尽洋相。

关键是她跟我面对面，应该及时提醒我的呀！

因为这次严重失误，我不得不收敛一下有些略微膨胀的野心。

录取结果很快下来，我同时被通讯社和宣传社录取，真叫人有些不敢相信。

而笑容大方的外联社"领导"拒绝了我。

社会上流行的段子是：可以把事儿做绝，不能把话说绝，谁说绝谁傻逼。现在看来，事儿做绝之外，还得把话说圆，再贴上微笑才算到位，让你死也死得乐呵呵的，这过程服务必须跟上。

我承认我这想法狭隘了，明显的吃不着葡萄说葡萄酸。

知了很惨，无缘社团，只好奉行不结盟的独立精神。

阿姆进了红十字社，打着健康宣传的旗号把男女的性器官挂在嘴上，当作科学普及。她现在把学普通话的时间改做男女性事宣讲，在她嘴里性器官好像时时刻刻都有受真菌侵袭感染的危险。阿姆的侧重点在于女性如何在和男友擦枪走火的一刻不要把好事变坏事，抑或遇到意外时不致让情况更糟。她一再强调堕胎是件伤身伤心的事儿，轻易别往自个儿身上揽，这事还是别实践出真知为好。阿姆讲堕胎的细节和原理，蹦出的话血淋淋的，那疼痛光靠联想就觉腿间酥软，鸡皮疙瘩落满地，这辈子不想生殖。

知了好奇，常常打断阿姆的话热烈提问，无论如何也要把普及常识进行到底。

晚上阿姆拉着窗帘在上铺边吃薯片边上网聊天，好不惬意。

知了怯怯地扯了扯阿姆银灰色的反光面帘子。

嘛事呀？阿姆居高临下问。

我想看看你那些画册。知了蚊蝇般悄声细语。

你说哪个哦？

那个啊！

哪个？

知了明知阿姆故意，还是咬着牙坚挺，脸蛋儿涨红：就你们社团的那些册子啊！

阿姆心知肚明地笑笑，老道而阴险：啊，你说 sex 的事啊，想知道早说嘛。我桌子底下那袋子看到没有？里面好多哦，喜欢哪本拿哪本。

阿姆说这话的时候犹如垂帘听政，连张脸都没露，声音如直升机在知了脑袋上方盘旋，两片脚丫子也正在知了头上晃荡并相互揉搓，这是她每天的必修课，如同广东足浴，基因使然。

我仿佛看见一缕缕粉末正从阿姆脚下仙女下凡，纷纷扬扬散落在知了花白的头发里，而知了却浑然不觉，一副巴结讨好阿姆的可怜相。一股正义混杂着友情的冲动促使我大喊一声“知了！”

知了惊异地回头望着我，阿姆也破天荒掀开帘子露出庐山真面目地看我，宿舍其他人纷纷将焦点对准我，搞得我都无法跟知了暗示什么。

知了不解地问：干吗？

我无奈地摇摇头：没事！

神经哦！阿姆无趣地放下床帘，自我继续。

知了费力地在一堆明星八卦杂志里找出阿姆说的纸袋，挑拣出两本抱在怀里，很满足的样子。

我为知了感到不公和悲哀!

当晚，我上铺的知了翻来覆去不停地烙饼，床板“吱吱咯咯”响了一夜。她暗白的素色床帘把她和我们切割开来，有缝隙的地方用各种颜色的夹子封闭得严严实实，不给偷窥者留有任何余地，那样子似乎要跟我们一刀两断。

我跟知了心床相连，她窥探的天赋早已嫁接给我，如双胞胎般一脉相承。我知道她手电筒微弱的光线正逐个扫描那些裸露的图画，想象得出这些风景加速了她体内荷尔蒙和多巴胺的分泌，搅得她口干舌燥，呼吸急促，蠢蠢萌动。

凌晨，我听到知了发出一声满足而稍显抑制的叹息，过一会儿便沉沉睡去。

我却被她折腾得无法入眠，脑子里过电影般不断闪现知了的各种表情和姿态……

这一晚，我感觉近在咫尺的知了远离了我的心。

咸子进了文艺部，那是个抛头露脸的风光社团。得知消息那天，咸子欢天喜地告诉我们：人家觉得她长得蛮可爱才录取她的。那是我印象中咸子第一次在众人面前如此高调。从她和阿姆的只言片语中得知，她表现很积极，正预备竞争女主持人的位子，争取出镜率。想想她也的确不容易，小小年纪就搜肠刮肚谋划“出位”，每天得动上万次心眼，恨不能24小时营业，挣的是辛苦钱。

知了和我的友谊表面上还在继续，闲暇时桀哥的话题仍让我们产生快感。可我知道，我们的内心已经产生距离。这种距离缘自她加盟社团的失败，缘自那个神秘而荒唐的夜晚。

社团很新鲜，社团很忙碌。宇宙有黑洞，足以吞噬一切，包括时间和星球。社团就是学校的黑洞，足以剥夺全部的时间和精力。社团同时给我带来一些明显的性格变化，我学会在与人交流上寻找到一些共同话题，甚至无法免俗地跟阿姆和咸子有了一些互动和沟通。

课余时间，我们大家都在忙社团，知了显得形单影只，苍白无力。

我无法拯救她，就像无法拯救我自己一样。

新年前夕，我们集体在超市排队购买各类降价大礼包，而知了则坚持自己在宿舍吃泡面。

失去知了的陪伴，我虽然有些落寞，却第一次感觉生活有了点奔头。

俗话说，新官上任三把火，我这个新兵蛋子上任可远远不止这三把火。我马不停蹄，精力几乎完全消耗在社团活动中。

一直到大学毕业我才发现，社团这项发明真是绝妙，功能好比猪圈，把我们这一群又一群的蠢猪圈在里面四处撺掇，让我们的神经始终处于紧张和兴奋状态，让我们激情燃烧的火花四处迸溅并且乐此不疲。当然，饲料钱还是我们可怜的衣食父母掏的腰包。

宣传社的主要工作是画海报。我三岁学画画，四岁习书法，写写画画成长至今在这两个项目上一事无成，连简笔画都不知道该如何下笔，更遑论画海报，可见学的都是些无用功。我们从小便被父母强行塞进各种学习班里参加竞争，理由是别输在起跑线上。父母的工资哗啦哗啦往里扔，花钱买个心理安慰，孩子时时刻刻都要为将来成龙成凤苦学苦练打基础，这叫教育投资。可是这种盲目投资究竟培养了多少真正有用的人才？有多少投资打了水漂？

没人用心计算过。

宣传社分组那天我格外紧张。社长口头规定两两一组，大都是擅写爱画的一组，合在一起正好舞文弄画，双剑合璧。我属于两头都不沾那种的，所以想迅速出击找个能写会画的全能选手做靠山，一个高大帅气的男生引起我的注意，并将其列入候选人名单。男人嘛，即便是到时候我啥都干不来，递递毛笔颜料啥的，他应该也不会太计较。

我瞄准他，想引起他的注意也瞄准我，而他却没在意看我，太没默契。我生性腼腆，天生不爱跟陌生人打交道，果然就在这上头吃了亏。

我刚要张嘴，一个蓝衣女生抢先开腔：我和小贝一组吧，他能画，我能写，还挺互补的。

“小贝”是其他社员对那男生的昵称，女生说话那会儿他正绽出笑颜，露出一口齐整的白牙：好呀！我没问题，就咱俩一组吧！

我愤愤地盯住那女生，看她一脸小市民的得意相，心里抱怨那男生空生得一副高大骨架，竟如此没有原则。

其他人都结成对子了，只有我还守闺“待嫁”。

雅雅，你和谁一组？社长问我。

我不清不楚地看着社长，答不上话。所有人的目光都集中在我身上，我痛感无地自容。突然，我发现有一双猫一样的眼睛格外善意地滴溜溜盯着我看。我一路搜寻过去，原来是一个瘦瘦小小的女孩儿在和我细语，大意是她想自愿和我一组。我遇到救星般毫不犹豫地选择了她，也由此知道了她的名字：欢子。

事后欢子告诉我，我也是她的救星。分组的时候她和我一样紧张，她原本铆上了同班一个多才多艺的女同学搭伴，结果那人在选人的最后一刻抛弃了她。

欢子的话打破了我仅存的一点自尊，我们不但同病相怜，而且是臭鱼烂虾摆在一个盘里了。我怎么这么倒霉？走到哪儿都和最不入流的人搭档，怎么拼搏都固守在社会底层。命运对我如此不公，我是该认命呢？还是认命呢？还是认命呢？

出圣诞海报的时候，我更深切地体会到我和欢子纯属末路组合。其他组鲜丽的图画已经铺展在我俩周围，张牙舞爪地形成一个小型包围圈，把我和欢子框在中间，饱受威胁。那些鲜活的创意显然对我们是个不小的刺激。三个小时已经过去，而我俩还在研究如何能勉强画出一个看得下眼的红衣圣诞老人。有对比就有鉴别，由于对比图案近在眼前，导致我每画下一笔都不免手软，很像老年痴呆的前兆，刺激了我对自身健康状况的恐惧。

欢子可能看穿了我窝囊废的心理，拉着我扯家常，说些漫无边际的话缓和气氛。

我真恨自己，说白了这事儿算个屁啊！可我还是紧张。

欢子说她至今还蜗居在姥姥家的一间小阁楼上，境遇堪比风靡全球的魔幻奇人哈利·波特。姥姥一共生了七个姑娘，没有一个混出名堂，到了中年的岁数还都在围城——围在老太太膝下“啃老”。其中属欢子一家的情况最为惨淡，爸爸是当代黄包车夫，妈妈是家庭妇女，欢子从小最向往的事情就是经济独立，成为暴发户。她说她永远忘不了一个场景。七岁的欢子给全家人盛饭，说了一句：咱家的碗不够了！六岁的小表弟听了，上前猛地打掉她手里的饭勺，大声质问：这是你家吗?！是我家！欢子说她爸一次在外面拉了一天的车，刚把赚的钱塞在兜里，转脸就遇到“碰瓷”的人，钻到车轮底下假装摔伤，硬让她爸爸赔钱。“受害人”从车底钻出来，把她爸揍了一顿，又抢光了一天的收入。

听到这里，我心脏忍不住剧痛了一下，不想看到欢子满脸的悲伤，可她竟在微笑。她说政府无数次发文要取缔拉车买卖了，原因是影响市容，不知道她爸的活计还能干多久。

我拉拉欢子的手。她笑笑，倒像在安慰我，继续她的叙述。她说不知出于什么原因，她自小就和周围的人处不来，情况一直持续到高中，还列举了许多残酷的细节作为佐证。那时候班上一个大姐大似的人物视她为眼中钉，发动全班女生团结起来欺负她，让她惨遭精神迫害。她帮着数学老师发作业，把练习册放到“大姐大”桌上，“大姐大”立即扯开嗓子在班吼叫：谁扔我练习册呢？欢子你这个傻逼！

欢子偶读《周易》中的“潜龙勿用，亢龙有悔”，感觉开了窍门，再不拿这些人的愚蠢折磨自己。奇怪的是，一段时间以后，“大姐大”竟然主动跟欢子示好。

欢子说，她特别感谢生命中遇到的这些人，帮助她内心钢铁般强大。欢子总结，人就一个字：贱！你越低声下气，别人越瞧不起你；你不卑不亢，不必开口，身后就跟着粉丝团，再傻的人也有比他更傻的追随。

我突然想起咸子，她唯一的优点就是懂得沉默是金，也算是变相的不卑不亢，赢得一小撮看不透人的好感，比如阿姆。

欢子讲人还得自信。应用到手头的事儿上，别人海报出得好又怎样呢？我们就硬着头皮画，也差不到哪儿去。就算差到哪儿去又怎样呢？有人说差也肯定有人说好。都说差又怎么样呢？你昂首挺胸充满自信，慢慢地说不好的人也会说好。Nothing is everything。

这时候欢子笔下一个一脸苦相的圣诞老人已经初具雏形，好像天寒地冻地把他从被窝里唤醒，强行奔走给各家各户的小屁孩儿送礼物，心里老大不乐意，也确实不够厚道。

我曾经玩过一款电脑游戏，开篇故事就说老圣诞老人在圣诞前夕玩忽职守，撂了挑子，小圣诞老人临危受命，被驯鹿队长一脚踹上雪橇，开始送礼旅程。游戏总共三道关卡，我玩到第一关终了，小圣诞老人躲避了无数的妖魔鬼怪，终于成功完成任务回到幸福村。他游走在乡村四处接受乡人道喜，却被意外困在一家农家墙角，进了死胡同，再出不来。我查遍了所有攻略，上面只交代如何对抗妖魔，甚至有对抗同一妖魔的数种良方，却没有人预料小圣诞老人竟会在自己人的地盘里遭此围困，因此我的游戏也没有后续。我为此终身遗憾。也许我没有在电脑游戏方面成为高手，始作俑者就是乡村人家那道该死的围墙。

我这才明白过劲来，欢子兜着圈子说了一晚上，关键点还在画海报。其实她大可不必如此费周章地做我的思想工作。我不和她搭伙，还能找谁呢！

那夜我们在办公室一直画到半夜一点，才把一张自信出色又要死不活的海报折腾出来。过程还出了个小意外插曲，一个喝醉酒的外国留学生误闯进来，张牙舞爪地险些要闹出事端。欢子大大方方地用她周易八卦的做人准则沉稳应对化险为夷。

联想起前几天校园里流传的强奸事件，我战战兢兢地掏出手机想拨 110。

欢子用胳膊挡住了我，对那老外说几句问候的英语，又体贴地倒了杯热水，那哥们儿一清醒过来抬起屁股就走了。

其间我一直躲在欢子身后，想着万一出点什么事，我好转身登上窗户就跳楼。

回到宿舍我还惊魂未定。那三个人正在上网，各人一副坐等跨进坟墓的老年安详态。网络真是维稳的好东西，有魂牵梦绕的互联网在，让数以亿计精力充沛的少男少女没有在这样的夜晚出去喝酒滋事。

经知了提醒我才发现衣服上沾了一大块油彩。那污渍由红绿黄三色构成，由此得出结论，那苦瓜脸的红装圣诞老人，连同翠绿的圣诞树和茶色麋鹿等一系列配套软件都化石般地凝固在我身上，以便让我和今晚的记忆常相厮守。

我眼下正处叛逆期，想奋勇和命运作斗争，于是来到水池边，拧开水龙头就往袖子上冲。不用说，颜料不仅没有洗掉，四溅的冷水还把我喷成了落水鸭。

我愤怒地握紧两个拳头敲打着水池，搞得手背生疼，同时吼了一句：烦死了！

咸子甜美的声音从里间飘来：雅雅，怎么了？

这问候让我有点感动，我走出来欲倾诉详情，却看到临睡的咸子正在试一件亮色礼服裙，照映得小小的宿舍蓬荜生辉。我们根本就是不同审美类型的两种人，物以类聚人以群分，可我们却偏偏分在一个班学习中文，还凑在一个宿舍过家家。上帝啊，你到底哪里去了？

我硬生生地把我的狼狈咽了下去。

次日晚上便是圣诞晚会。

我和知了跨入会场的时候，阿姆相隔老远拼命挥舞双臂，招呼我们过去。

我和知了的屁股刚挨上椅子，阿姆暗红突出的嘴唇就凑上来，一脸暧昧的奸笑：等会儿有好戏看的哦！

场子里闹哄哄的，浓妆艳抹的男男女女鱼贯而行，穿梭在每个角落，一个个都急着要去当明星的赶场模样。到处是气球和宣传海报。我和欢子的大作被摆在不大起眼的位置，好像专为遮羞才布置上去的。舞台上方的一串串气球是中午在宣传社办公室赶制出来的，我也是吹气球者之一，吹得腮帮子现在还发麻，隐隐作痛，隐约还可以闻得到大量粉红色气球散发出的硝烟味道。

好戏开场了。咸子以一袭昨晚试穿过的金色小礼服亮相，当胸一朵巨大的蝴蝶结，脚蹬细高跟白色尖嘴鞋，腕上系一条柔婉的丝带。她的眼睛画得只看到两大团浓黑，衬得脸庞的直径缩小了不少，五官极富立体感。她作为当晚的女主持人之一，并肩和学院里数得着的帅哥站在一起，颇有些大舞台的主持人范儿。

阿姆那边坐着咸子的亲姐，开学那天打过照面。她正满目深情地望着和她血脉相连，但基因明显优越的妹妹。

当天稍晚，疲惫的咸子在宿舍卸妆的时候，感叹今夜的成功得益于她亲爱的姐姐。她的所有行头，包括丝袜、香水，除内裤外均是姐姐亲情赞助的成果。

看起来，一个娘胎里出来的关系就是瓷实，血脉相连啊！

这会儿这对姐妹隔着舞台面对面，咸子用一板一眼但声情并茂的嗲音在背串词。这声音显然可以赢得领导、老师和一些男同胞的一致好感，我却被这声音折磨得犯困，整个人横挂在椅背上昏昏欲睡。准确地说，我今天凌晨三点刚刚进入梦乡。

知了用胳膊肘把我顶醒的时候，我正做着乱七八糟的梦，哈喇子顺着右嘴角流成一条潺潺小溪。

我有些发蒙，责怪知了为什么把我叫醒？同时又庆幸灯光昏暗，似乎没别人看见我嘴边口水泛滥。

知了手指头指着舞台。

我把脑袋也跟着转过去，和咸子搭档的男主持正在报幕。说他身边的女主持如何人比花娇，艺压群芳。原来咸子举贤不避亲，近水楼台先得月，编个节目把自个儿安排上场了。

男主持退去，舞台灯光顿时交相辉映，如梦如幻地交替扫射着，按常规这布景预示着下一个节目必是某清纯玉女的小情调曲目。果然，咸子没有悬念地换了一袭白裙，左手抱着一大号泰迪熊娃娃网罗在光柱里，沐浴在灯光制造的幻想王国里，身子刚好遮挡住后面我画的海报。咸子唱的是周蕙的老歌《约定》。这歌选得真好，不知背后是否也是咸子亲姐策划，从头到尾的旋律整齐划一，又悠悠荡荡的，留给唱歌者不少自我发挥的空间，调子拐到南中国海去也听不大真切。

咸子很聪明，知道扬长避短。我竭力避开嘈杂的谈天、嗑瓜子、喝可乐等各类干扰杂音，专注地欣赏咸子的表演，手指头也没闲着，掰数着她跑调的次数。

忽然一声尖利的口哨声响起，我们的男班长手捧一束红玫瑰上场，膜拜似的献给咸子。

身穿白裙的咸子幸福地微笑着，在阵阵助威的口哨声中接过红玫瑰。

有人起哄叫喊着：亲一个！亲一个！亲一个！

咸子巧妙地避开班长大胆凑上来的嘴，但半推半就接受了他的拥抱。

那一刻，咸子显得高贵而矜持，跟她平时的气质判若两人。在男生眼里，她好像既是窗外的月亮，又是他们心中的玫瑰。她满足了所有人对她的一种期望，一种明星般的舞台效果的演示，一种梦幻般的若即若离的审美。

人的潜力真是无限，咸子的表现就是圣诞之夜的女神。

也许是过于兴奋，男班长下台的时候脚下一滑，打了个趔趄，引起众人一片笑声。

我也乐了，老鼠偷了油才这样鼠窜呢。

接下来的表演被这富有激情的插曲一刺激，便显得乏味，咸子身边的帅哥也成了绿叶，衬托咸子这朵白花。

我转头看阿姆，她一副事先预知，没准还参与了彩排的模样。

咸子姐显得很欣慰，鸡窝里飞出了金凤凰。咸子是她亲手调教出来的，一种巨大的成就感写在她的脸上。

知了的目光有些呆痴。我猜想如果舞台上的人换作是她，她的表现会怎样呢？出人意料？情绪失态？大跌眼镜？都很难说！从咸子的表现来看，我不敢轻易评价一个人了。

演出结束了。咸子姐三两步奔上舞台和她妹妹咸子热烈拥抱。

我忽然顿悟，感觉所谓的晚会其实质在娱乐，在闹腾，在群情激荡，专业倒显得没那么重要了，而越山寨越鼓舞人心。就像这会儿，除了我，有谁还在意咸子一首歌跑了十五次调呢，她一举吸引了全系男女老少所有人的目光。

咸子刚入学没多久，就搞定了班里的一个帅哥，名声大震。

一个年轻女孩的绯闻越多，她的价值就越大，许多男人闻声都想来参拜一番，就像苍蝇围攻狗屎，飞蛾投火自尽。想必今晚那个男班长不久也会被咸子设计套牢。

哎，女人一旦聪明起来，男人就要遭殃。

阿姆也跑上去献吻，唯恐落下她一票。友情就要在这种时候出彩，不然很容易过期。

我和知了被庸俗的人群裹挟着向外移动，低调退场。我不经意回了一下头。

事后想想，事情坏就坏在这该死的回头率上。

咸子等人还处于掌声、笑声的包围中，里三层外三层的。狂欢人群的背景还是我的海报，但已经不是最初摆上去的样子。此刻那海报破败而孤零地耷拉着，拦腰被斩断，上半身半死不活地垂着，和下半身藕断丝连，眼看就要天人永隔。那丑陋的圣诞老人也仿佛复活一般，整张脸极度扭曲着，似乎在发出意外死亡前的呼号。

圣诞老人身上的颜料此刻还定格在我身上，我延续了它的血脉。一件艺术品被残忍而粗鲁地摧残了，即便它丑陋无比。

咸子站在我价值连城的海报前面，我便产生一种错觉，我的心在咸子的笑容里被摧毁。

粉红色的气球也败下阵来，大串大串地被人践踏，作为调戏和发泄的对象。它们饱满可爱的面庞在瞬间的爆破后变得干瘪残破，反差之大如同妙龄少女 PK 八十老妪，让人感叹时光的无情。这成串倒下的气球像是对天外来客圣诞老人的祭奠，它们充当了一时半刻的工具后同时走向毁灭，毁灭只是举手之劳。惨相震撼心灵。

我不知道我是被什么魔鬼力量附身了，我只是不能平静。我发觉一切弱者都不值得同情，只要你弱小，就有强势来欺辱你，摧残你，正所谓弱肉强食，适者生存。

欢子“潜龙勿用，亢龙有悔”的座右铭不管用，虽然她说这话的语气和神态曾在我体内起过短时间的激励作用，让我相信黑暗里有亮光，绝地里能逢生，困难中总有援助之手。

现在想想真可笑。幼稚的可笑！

无能之辈还在后方用阿Q精神自我安慰，强悍的钢铁之士早已在前方抡起大刀开干了。

谁会等你才出手呢。

隔天我退出了宣传社，加入了通讯社。

第五章

开始打听咸子的男生多得要排队。

阿姆不愧是生意人的后代，趁势做起了生意，贩卖各类信息给咸子和一干男生，充当经纪人。有传言说阿姆向男生介绍情况时有收费行为，根据爆料的猛烈程度分不同收费等级，接受礼物、看电影、吃饭均在其范围之内，游走在灰色地带之中。

阿姆命里注定惊心动魄。

我通过长期观察掌握了阿姆和咸子的活动规律，约算好她们逗留在宿舍的时间，尽量减少和她们接触的机会，守候住我内心的一片文学净土。

阿姆和咸子通常在夜间的幽暗时刻不见人影，那段时间可能发生的故事实在太富有想象力。

我十分憎恶集体宿舍这种人类格局，它将一群天南海北彼此毫不投缘，理想、思想、性格、生活方式迥异的人强行捆绑在一起，导致相互之间隔阂不断，矛盾丛生，爱与包容并存，真情与虚假互殴，猜忌与嫉妒像魔鬼一样附体。

人活着真累，中国人活得尤其累。这都是过去人多力量大造的孽。

人多嘴杂，活得毫无尊严可言!

在这段像做贼一样觊觎时间的日子里，我一回宿舍就习惯性地钻进床铺拉上床帘，坐在阴暗的小世界里煎熬文学。

知了跟宿舍里的人交流似乎增多了，尤其对咸子，有事儿没事儿找她搭上几句话，让她帮个小忙什么的，通过互占一点小便宜增进彼此感情。

每次咸子换了新衣服过来，都会吸引知了的目光，贪婪地吸吮其亮色。

这真叫我受不了。

在与人奋斗中，我迎来了期末考试。

考试这玩意儿对于我们来说根本就不是什么新鲜事儿，可是由于平日逃课太多，犹如在一片空地上建房，而且要比深圳特区建楼一天一层的速度还要快，几乎一天就要通背一本书，特考验我们的背功和神经。我敢说，在这方面，中国的学生绝对打遍天下无敌手！尽管考完以后突击死记硬背的东西会全部忘掉，速记速忘。

被班长通知考试的时候，我正在翻看一部《沈从文文集》，我感觉沈老的小说语言尚有艺术性可言，乡土特色鲜明。而茅盾、巴金等一干老作家的小说严格来讲不能称其为小说，语言毫无艺术特点，只能算作故事。

我皱皱眉头，又要考试!

其实，我和知了只在意一门考试，就是桀哥的文学写作。

偏偏桀哥的课程没有什么实质内容可打印下来死记硬背，这让我们心里虚虚的，没底。

考前的每一堂课我都去了，教室坐得满满的，属百年一见，就连作词谱曲的那位都光顾了，进来时领袖一般挥手打招呼，颇有主人翁意识。

这时，多透露考点的老师变得格外生动，成为大家的挚爱亲人。

咸子、阿姆黄牛耕地般兢兢业业地从头做笔记，记了好几大本，为了画重点调换不同颜色的笔做记号，敬业精神可圈可点。

临考前一天，我有些坐不住了。吃过晚饭，我去超市买了五罐雀巢咖啡并排摆在床头，天色一暗，我便开始苦背。

高中时代我曾就读一所重点学校，之所以称其为重点，是因这所学校培养出来的学生考功一流，每年考入北大、清华一百多名。虽然高考时我马失前蹄跌出全班前三十，下边没有几个垫背的，堕入红尘般被抛到这所三流学校。而这所院校校风极差名噪京城，“男不找化工，女不找二外”流传甚广几乎家喻户晓，以致我刚来到这所学校后倍受压力一直抬不起头来堂堂正正地做人。高中同学几次约我聚会，我都以各种理由加以搪塞无颜见江东父老。有外人问起我进了哪所大学时，我羞于启齿，均以“北外”来含糊其辞，蒙混过关。

然，瘦死的骆驼比马大，我因背功扎实，学习成绩鹤立鸡群，自然而然成为这所学校的佼佼者。

喝掉五罐咖啡，我几乎背了一学期学下来的五门功课，平均一罐咖啡一门功课，仅仅几块钱的成本。值翻天！

翻开书我才发现，书本全部十成新，包括标题在内的所有内容在我眼里都停留在“人生若只如初见”的陌生状态，估计考完把书放到网上仍能原价拍卖，物超所值，因此读起来有如初恋般新鲜。

后半夜，我从昏睡中惊醒，两腿在床头桌的缝隙中可怜地蜷曲着，动一动便浑身发麻。《文学概论》不知什么时候早已被我撇在地上，真是对不起它。我弯腰去捡，脖子一阵酥酥麻麻钻心的疼，原来睡落枕了。我在心里破口大骂：活该！早知如此何必当初呢，随便哪个周末匀出点闲扯淡的时间翻翻书，也不至于如此劳筋伤骨。

我看看手机，电子屏幕显示的时间是凌晨三点，这说明我还有四个小时就要起床。卫生间隐约有灯光透出来。我慢腾腾地移动脖子，发现阿姆的大头影子月蚀般映在橘红色的灯光里。哇噻，她竟然在臭烘烘地挑灯夜读呢。可她为什么偏偏要选择在那里背书呢？是特殊气味可驱除瞌睡虫吗？还是臭味相投？

这个发现给我带来了乐趣，我捂住嘴“哈哈”笑了几声，再次昏睡过去。

第二天的考场上，我听着周围笔尖在卷子上游走的“刷刷”声有些腻烦。想掏出手机看看时间，可一想到手机可能会被视为作弊工具，于是作罢。

我扭扭脖子，还是疼，真让人败兴。

突然，监考的辅导员走到我桌前，并动手拆我桌上的纸巾包装。

这家伙可真够可以的，我什么举动让他怀疑到我作案手段如此高端，把小抄打到纸巾里了？这是多么奇思妙想的作案手段，岂是我辈所能创造？

我明显感觉旁边的阿姆一紧张，迅速把缩印成册写着蝌蚪字体大小的小抄扔进书桌里。此地无银三百两，心里素质明显不过硬。

我表面上埋首执笔，往卷子的空白处划拉，眼角余光瞄着男辅导员。他抽出一张纸，打开，擤擤鼻涕，转身离去。

我松了口气，典型的自作多情一冤案。

可监考老师的举动明显破坏了我答题的兴致。勉强填上最后两道题的空白，我迅速起身交卷。

在这同时，另一张试卷也同时交上，竟是平时不学无术，服饰色彩搭配诡异的吉他男。

我居然和该君并列第一交卷，这感觉有些说不上来是褒是贬。

考完后阿姆瞪大眼睛问我：怎么能那样早交卷咧，害得我对时间都没了概念，手下频频出错。

咸子说：以后你看雅雅交卷了就知道最起码还有半小时才到规定时间。

阿姆一翻白眼：她一交我还以为只过了半小时咧。

那次综合考下来我拿了二等奖学金，咸子三等，知了和阿姆作伴空手而归。这是后话。

考古代汉语之前阿姆又苦恼了，没有范围，繁体字，要掌握所有文言文的字词解释翻译，还要熟背一大堆诸如“古书注解”等一大堆凡夫俗子一辈子都没听说过的所谓“常识”，搞得大家对选入课本的圣贤名家普遍缺乏好感。

单单司马迁一篇千古流传的《报任安书》注释翻译就长达数十页，搅得咸子摇头晃脑，直叹司马迁为“极品男人”，后一细想其所受的宫刑，遂恶毒地改为“极品人妖”。

知了对“男人”、“人妖”等敏感词汇倍感兴趣，马上以“野史研究专家”的姿态自居，接茬说汉武帝也不幸沾染“断袖之癖”，由此推断司马迁和“男宠”的身份脱不了干系。之后又根据对某课文的细读读出深意，说孔子曾到某国，恰巧遇到那里的国君带着妻妾和男宠出门，国君让孔子坐在他男宠的旁边，意图很明显，是让孔子也成为其男宠。孔子自觉很受辱便逃跑了，如此躲过一劫云云。

桀哥的课留到最后一门考，搞得那些只会背书的一群人心里惴惴不安。

阿姆连续在卫生间熬了几夜，眼眶日渐发青，脾气也暴躁了几分。她愤愤地从卫生间出来，质问咸子：他什么意思，知道我不懂创作那东西啦，难道要我呕给他吗？

知了很得意。她鼓起勇气私下向桀哥请教过几个问题。桀哥有如明星参加记者发布会一般，一边迈出教室门一边仓促作答，态度和他名字吻合，带着贵族式的傲慢，却仍然带给知了无边的满足。

其实桀哥的考试很简单。当堂放映了一部姜文的《太阳照常升起》，要求写篇一千字的影评。那时候姜文还没有狠砸钱携演员班底全国巡演的宣传策略，那片子由于太过深刻，不但拥护者寥寥，连开口骂娘的都没有。桀哥放映前表示，这是他近几年看过的少有几部国内经典，但可惜的是他那场观影人数只有两对半。

知了上桀哥的课状态一向很好，考试也不例外。她神秘而关切地跟我耳语：你说他是那一对里的，还是那半对的？

我摇摇头：你去问他！

观影完毕，知了流下了真挚的热泪，而我还在消化前后错节的片段。故事讲到这程度真叫一个拧巴。知了拍得掌心通红，一遍遍地说：太棒了！太棒了！随后提笔如飞，好似胸有千军万马，不激情抒发出来立马就会窒息而亡。

我知道她的行为看似荒谬，但不知道为什么，那一刻她的泪水真的打动了我。

但结果并不尽如人意。试卷发下来，满分100，我94，知了93，一个跟诗仙泰斗李白同名的男生97，名列单科第一。桀哥太讲江湖义气，每个人都打 90 分以上的分数，因此 1 分的微毫差距便显示了无数倍放大后的意义。

桀哥欣赏李白那类人，光看名字就感觉豪爽。他写的文章的确精妙，课上曾赋诗一首，里面有这么一句“浮华终沦为现实的祭品，掩折于老人深刻的皱纹”征服了全班。

知了对他也很认可。一次李白坐她旁边，课代表发练习册，指着知了旁边的空座问这坐的谁？知了深情答曰：古诗人。

但李白大多数诗作晦涩难懂，常人欣赏不了。上一句和下一句之间找不到任何联系，句子间没有标点，全凭读者自行断句，居然得全班最高分。看李白摇头晃脑地吟诵“对酒当歌，人生几何”，就知道古人为什么不得颈椎病了。

我自知得到桀哥的好感无望，分数也尚可接受，最起码证明思维异于李白，还算正常。

没承想知了却很受伤害。我多次见到她的冷漠，却鲜见她那样落寞。她的泪痕还残留在脸上，一遍一遍地自言自语：为什么我的热脸贴到他的冷屁股上？为什么我的热脸贴到他的冷屁股上？为什么……这就不单是分数的事情了，事情绝没有那么简单。分数只是一个导火索，让知了长久聚集起来的激情和勇气如同多米诺骨牌般迅速地倒掉。

事后得知，知了劳心劳力、痴心苦恋的结果，换来的是桀哥连她是谁都记不得。即使他再高傲，她再丑陋，也不可以这样不尊重人嘛！

当天晚饭知了没有和我一起行动。

当我打开宿舍门的时候，一股浓烈的酒气扑面而来，地桌上并排放着两瓶二锅头，其中一瓶已经见底，另外一瓶少了一半，两袋烤鱼片已经掏空，而她本人已倒在床上不省人事。

我攀着床梯爬到上铺去看她，她嘴里胡乱咕哝着什么，脸上两行泪。

知了！知了！我摇晃她，吓得直想拨打110。

知了一副受重创的模样，外表却看不出有什么伤痕，显然是受了致命的内伤。

知了迷茫的双眼锁住我。

我冲她喊：你到底喝了多少啊？

知了指了指桌上的酒瓶：我……我还要……喝！

我大声喊道：再喝你就喝死了！

知了：我……我没事……别……别吓唬……我……我……我要见……桀哥！说完这句话，她一口气没上来，身子往外一探，“哇”的一声呕吐起来，一股酒臭迎面扑来。

我的五官和肠胃顿时大乱，强忍住刺鼻的恶臭，本能地一边给她拍背，一边大喊：快点拿水来！

阿姆腾地掀开帘子，露出一张忍耐到极致的臭脸，欲向知了发难。她头发乱糟糟的，像顶个鸟巢。

我怒视着阿姆，用眼睛告诉她最好闭嘴。

阿姆目光一弱，还算识时务，捂着鼻子缩回床铺，“哗啦”一声拉上床帘。瞧她那副德行，若生在战争年代必定是十足一汉奸。

阿姆后来和我要好的时候回忆，我当时那眼神凶神恶煞足以把她射死。就凭这点她预测我将来适合当某外企中层女主管，能把一群男下属管得服服帖帖不敢炸刺。

可是这会儿阿姆对知了的伤痛置若罔闻，没心没肺。

关键时刻，咸子穿着睡衣挺身而出，从卫生间接了一杯水递给我给知了漱口，同时拿来一个脸盆双手举着接知了的呕吐物。

那一刻我感觉咸子真正的蓬荜生辉，集爱国主义、人道主义、英雄救美于一身，令我对她刮目相看，甚至感激涕零。

日后当我回忆起咸子托举脸盆的姿势时，每每想起战斗英雄董存瑞炸碉堡时气壮山河的豪迈气概和英姿，并以此做为笑柄跟大家分享。

知了这顿呕吐同样气吞山河，断断续续、大口小口持续吐了一个多小时，不要说胃内容物，顺便把大小肠里的杂货也一并清理得干干净净，最后吐出来的只有刚刚灌进去漱口的清水，绝无藏着掖着的任何干货。

由此足以得出结论：呕吐可以净化人的身体甚至灵魂。

知了这顿净化却害惨了我们，我跟咸子像打扫战场一样从床单、衣服到地面清理个遍，整个房间充斥着强烈刺鼻的酒臭气息。打开窗户，强风灌进来更猛烈的臭味。打开宿舍门，整个楼道顿时弥漫起令人作呕的气味，传播能力超强，令一箭之隔的著名传媒大学望尘莫及。

第二天，知了醒来，对于昨晚发生的故事只记住个大概，具体细节无法回忆。

显而易见，知了在 T 大进行的第一场精神恋爱就这样夭折了。

我之所以在这场精神恋爱浩劫中没能和知了感同身受，是因为那时我正在谈一场不太算恋爱的恋爱。

起因是这样的。

那天我去通讯社开例会，知道社长童谣之上还有一位四十多岁的宣传部男性指导老师，名怀正，属于直接归党的领导，党在学校的喉舌。

怀正人如其名，在例会上正襟危坐，静观屋内一切就绪，两手交叉放在桌上，清清喉咙，宣布欢迎新同学的加入。

众人鼓掌。

接下来，怀正开始正正规规地介绍通讯社年近五旬的历史，讲它如何在上级领导的亲切关怀和热切期盼下诞生，如何变迁，何时开始铅印，告别了“铅与火”的年代，开始采用激光照排技术……又讲到从通讯社走出去的一批批校园媒体人如今如何在社会上积极活跃，成绩卓越，因在校的经历一跃而成为当今“名记”。

众人听罢又鼓掌。感叹通讯社不愧到了“知天命”的年纪，包罗万象，藏龙卧虎，培育了不少优良品种，人才辈出，使人听来就有激情，同时倍感责任、使命和压力。

真他妈专业。连说明都在吹捧宣传社如何如何牛逼，那话录下来转成文字就是一篇现成的完美软文。

纷繁复杂的自述告白过去，怀正才想起来还有童谣这样一位“领导”，有些不好意思地说：小童你讲两句吧！

童谣做人显然和怀正不是一路风格。一逮到话语权便直奔主题：校运动会马上就要开始了，现在布置任务，大家分头行动。她拿出两页纸，介绍流程，开幕式、跑步比赛、跳高比赛云云，每一项后面跟着念报道人员的名字。我只听到自己名字貌似跟在短跑后头，急急看向童谣，她已经转入下一段情况的播报，在讲注意事项。

童谣在滔滔不绝地讲述着通讯社是个高效运转的机构，原则有“大事新闻不过夜”等等，若长期干下去，定能培养能力，锻炼水平。

童谣接下去报上办公室电话，那语速不输英国的 BBC 电台，顺口溜一般。我健笔如飞，也只记住个首尾数字，不幸遗漏中间部分，徒剩头脚。我伸伸脖子做长颈鹿状，竟无人发问要求重复，好似对那号码成竹在胸，顿感自己低人一等，落后一步。

一想到第二天作为校报记者就要上场正式报道，我一夜无眠，在持久的兴奋辗转中细数家族三代竟无人扛这杆旗，我是破冰之旅第一人。

咸子果然跟献玫瑰的男班长打得火热，代他打理一切班级琐事。她拿着一摞表格进来，招呼说参赛人数不够，呼吁大家赶紧报名。

无人响应。

于是咸子只好拿宿舍人“开刀”。

我赶紧撇清自己：我明天要采访，肯定参加不了。

咸子叹气：那怎么办呢？人都凑不齐啊！

阿姆说什么都不肯助阵，局外人看热闹似的嚷嚷着：哎呀咸子你体育那么牛，再报一个好啦！

咸子来气了：我都报仨啦，跑完八百马上又去跳远，你当我神仙啊！

只剩一个知了。

知了一搭眼就知此人不宜参加体育运动。

咸子霸王硬上弓，强行做知了的思想动员。最后以一个学期不出操为交换条件，知了勉强同意可以考虑参加一个 4×100 米接力。

咸子得寸进尺，还想让知了再参加一项铁饼。

知了听了大嚷大叫：你再这样我真不报了。雅雅你快去给我买个棺材，我今儿晚上就躺里，要水晶的。

咸子急了：姑奶奶，你好歹报个项目啊！

知了权衡利弊，感觉还是报接力合适。虽然那速度堪比蜗牛，毕竟是集体合作，跑倒数第一责任也是四人平摊。

知了自入学以来，跟体育结下了不解之缘。当初选填体育课项目，她率先选了好学的乒乓球，在地下室授课，风吹不着雨淋不着，还有位体恤女性的“好好先生”当老师。可惜未能如愿，反而被调到最不想去的武术组。那武术课老师颇具造诣，要求严格，令知了日日劈叉，搞得她腰酸腿痛。知了连半蹲都费劲，更甭提横劈，横竖努力了大半月姿势也仅仅称得上马步。

咸子拿着贴有号码的纸给知了，叫她粘在衣服上。

知了上下打量那号码，正看69，反看96，问咸子：是说这两张一张贴前胸，一张贴后背吗？

我哈哈大笑，样子很激情，感染全宿舍的人跟着一起狂笑不止。

一想到明天的使命，我从床上一跃而起，穿上衣服飞奔到图书馆，借了厚厚一摞新闻写作方面的书回来抓紧研读。

第二天我起了个大早，装着满脑子半生不熟的理论就跑去实践，绝对的“现学现卖”。

现场一派混乱。操场上人头攒动，有序而无序。看台上只有稀稀拉拉的人，随意乱坐，来去自由，有人嗑着瓜子聊天，跟这校园盛世极不协调。

我脖子上挂着童谣发的校园记者证，拎着卡片机盲目地穿梭于人群。喇叭里一再传出“请不相干人员立即离开操场”的指令，吵得我心烦意乱。我特意把证件翻过来，露出正面，以证明自己是“相干人员”。

在操场兜了十圈之久，除发现知了在做赛前活动跃跃欲试，还有各种奇形怪状的赛跑姿势外，一无所获。

知了居然被安排跑第一棒，真够滑稽的！明知不可为而为之。看来组织者咸子要的是轰动效果而非名次，扬名第一，比赛第二。同跑的还有其他三人，体型均比知了健美。

知了一袭鲜绿色运动服，格外招摇。再一细看，她上面穿着专业，脚上却不知从哪儿找了双黑色皮鞋穿上，活活吞没了爆发力，不知她跟咸子是怎么想的。幽默搞笑吗？

发令枪一响，其他三个赛道上的选手箭一般弹射出去，唯独知了殿后，扭着特大号的屁股迈着小碎步踏上征程，犹如一只绿色甲壳虫在急着赶路回家，引发整个广场笑声一片。在哄笑的人群中，我发现咸子竟然也捂着嘴笑得前仰后合。这个阴险的家伙，始作俑者就是她，她居然还笑得出来？难道她所要的就是这个效果吗？她的目的达到了！

我的心像被电击了一下一激灵，血往头上汹涌，不顾一切地冲向跑道，对着知了声嘶力竭地喊：知了！加油啊！加油！

知了似乎受到鼓励，上肢摆幅略有加快，但下肢依旧沉重得不由自主。

我是干着急，使不上劲儿。

四个选手里，知了是唯一一个用匀速跑完一百米的。待她把接力棒交给第二个人，第二轮的其他三人已经跑出去小半圈。

我赶紧跑过去，递给气喘吁吁、面色涨红的知了一小瓶可乐：快喝口水！

没想到知了态度冷漠，接了水，说了声“谢了”，便走回看台，她的背影像是刚从战场上退下的伤兵。

咸子笑盈盈地迎上来，两人异常亲密地勾肩搭背，边走边说着什么。

我大为不爽，咸子是个什么东西？刚刚还在人群中嘲笑知了，现在俩人却如此甜言蜜语？而我则被知了晒了鱼干！

我他妈的怎么这么倒霉？咸子处处做好人，而我就是一经典贱货，常常充当热脸贴到冷屁股上费力不讨好的悲剧主角。天理距离我为什么可望而不可即？我有得罪过上帝吗？

我的情绪降到冰点。

上午的比赛很快结束。我举着卡片机稀里糊涂地按下上百次快门，以期捕捉到一些线索。等到肚子咕咕叫的时候，我翻找着满载了几百张照片的存储卡，思来看去也不知道充斥着镜头的那些面孔谁是谁，也记不清这些人是如何进入我的镜头。这些主角多半有身无脑，或是面目模糊，惨不忍睹。我感觉选手们都处于运动状态，自然没法采访；而观众毫无热情可言，显然也无话可说。中途我曾经试图和一处于静态的裁判攀谈两句，可人家一副拒人于千里之外的面孔，紧盯运动员的举动。待运动员比赛完毕，我刚欲上前，裁判立即挥舞着红旗高举手臂，吹响哨子，声音刺耳，顿失采访欲望。

颁奖开始了。获奖者排着队鱼贯登上领奖台，另一拨人马大呼小叫地从一个小屋里往外搬运奖品。

我心里一动，迅速跑到体育组，要来了短跑成绩单，查看前三甲。男子组的第一名不但成绩突出，还破了 T 大运动会以来的百米跑记录，名叫龙腾跃，可谓人如其名。

我又折返跑，趁着领奖队伍还没散搜寻龙腾跃。打听了十几个人，终于得以见其真身。

那天的冬阳有些刺眼，龙腾跃逆光对着我，穿着单薄的运动服，整个人轻快活跃。他代我挡住了大部分直射向我的阳光，那光从四面八方聚合在他高大的身体周围，形成一层光圈，使他看上去类似宗教图画中的某个神界使者。他爽朗地笑着表示很愿意接受采访。

我就是被那层光圈击中的。

他具体说了什么我没听太真切。只记得采访结束，我举着相机叫“一、二、三，茄子”。他笑得很夸张，我也乐了。

还好我没彻底忘了我是来干吗的。我迅速奔回宿舍，不料 911 大门紧锁，颠过来翻过去都找不到钥匙。许多女生的包和我的一样，好比机器猫的口袋，什么都有，又什么都找不到，随手一捞永远不是要找的东西。

无奈我下楼找楼管借钥匙。那大妈防范意识森严，对照花名册盘查真实身份。上面的照片是我高中照的，不知怎么回事那会儿长得比现在还要老。

大妈戴着老花镜低头仔细看，又抬头在眼镜片上方盯着我看：这是你啊？

是我啊！

大妈：哟，这照得挺显小的。你上班了吧？看累的！

我自尊俱裂，接过钥匙，鼠窜上楼。

回到宿舍我编纂了二百字的通讯稿，连同龙腾跃的照片一并发给童谣。那照片我反复看了好多次，即便被楼下大妈重磅袭击，心里仍感觉很甜。

第二周的例会上，我发现龙腾跃居然是通讯社的摄影记者。上周他因为准备运动会才没来开会。

我顿时显得有点儿慌乱。

怀正拿着新出的报纸指点江山。我就等着他快点翻到第四版我写的龙腾跃那篇，好让他注意到我。

终于等到了。

怀正打量着报纸，不紧不慢的声音丝丝往我骨头缝儿里钻：这破纪录的同学啊，原名“龙腾跃”，也是我们通讯社的摄影记者，很优秀。结果咱们同学给人家加加工，写成个“龙腾飞”。再有这照片，看看，歪着脑袋。就是给国家主席照相，他站歪了，你也得跟他说说，让他正回去啊。

我羞愧得脸蛋发烫，心里认定怀正是个伪君子，当面捅刀子。

会议结束后我拎着包就想往外走，龙腾跃发挥体育优势，一跃站在我面前：没关系的，别在意。

我点点头，只想赶紧逃走。

他伸臂拦住我，叫我拿出手机，把他的号码输进去，然后真诚地说：下次拍照可以叫我的。

我点头，点得也有些真诚。

我走出教学大楼，感觉无处可去，想来想去还是回了宿舍。

咸子不知哪来的兴致，正在朗读我出糗的报纸，看到我扬扬报纸，双眼亮晶晶的：雅雅好厉害啊，文章都上报纸了呢。

我意兴阑珊，心想如此败笔，也只能蒙蒙咸子。

我一头扎倒在床上，细想自进T大以来，诸事不顺，学业不见长进，工作四处碰钉子，爱情连浑水都没蹚上。我想到了死。上大学以后，跟高中时代的同学好友渐失联系。每次跟父母出去应酬，别人问起现在的学校和学习情况，我的回答总是闪烁其词，也能感觉到身旁父母的不自在，还有他人探寻的眼神……想到这里，不禁悲从中来，流出两行清泪，又悄悄地以被角拭去。

也差不多是在这个时候，我和知了的矛盾有了升级。

一天晚上，我在通讯社编完稿子往回走。

我喜欢夜晚散步，夜色给这所浮躁的校园披上了一层神秘的面纱，清新的空气似乎能过滤掉我内心的污浊。

宿舍楼前的空地上，一群脚蹬滑轮的妙龄男女正在嬉戏玩耍，伴着狂动劲爆的音乐舞动蛇般柔韧灵活的身躯。

我看到一个女孩儿拉着男友的手走在我前面，穿过人群，快速走到寂静处相拥。女孩儿转过身来，我能模糊看到她在激吻中露出的半张脸，竟是咸子。

那男生不是班长。

我只能看到男生的背影，高大的骨架，蓦然发现，他是龙腾跃。

我好像听到黑夜里的一声霹雳。当时我觉得这世界真他妈荒谬！所有的幸福都攥在咸子的手里。她手轻轻一松，我的幸福就摔个稀巴烂。

我想上前去探个究竟，好一次心碎彻底，明早醒来又是一条好汉。

越接近他们，我越觉得自己像个傻逼！我这是在干什么？准备自取其辱吗？如果是龙腾跃，我要说什么？我怎能如此屈辱地索要从没承诺过的幸福？如果不是他，咸子会怎么样？我搅了她的美好时光，她会记恨并嘲笑我到下辈子去。

爱情真的可以让女人发狂。

我克制着自己，如果再不离开，我一准会冲上前去拉开他们，每人赏一耳光。

我会做龙腾跃眼里的呆子吗？光这样想想都让我心里酸痛。

我强迫自己跑开，到没人的地方去痛哭一场。

我回宿舍的时候咸子已经约会完毕，正在跟阿姆闲磕牙。

咸子脸上还残留激吻过后的沉醉，两眼眯成弯月，提醒着我失去了什么。

我脸上的泪痕早已经被冷风吹干，连带把心也冷冻起来。我丧气地坐在床铺上，盯着知了的背影发愣。好像有一段时间我们没有彼此关注过了，真有些怀念她令人生厌的刺探功夫。

知了在念英文。她是个内心随时都要有骚动作为生命支撑的人，她必须每时每刻给自己找盼头。这种强迫症体现在她每晚上床前无数次摆放鞋子，以保证右脚的鞋比左脚的鞋放得稍高一点，因为她喜欢右侧胜过左侧。生活是一片荒漠，她需要钻到每一点新鲜里去探奇，同时又在细枝末节上过分保守。

桀哥事件对于知了的打击结果是：她迎合了T大的整体动向，放弃母语，改学英语，再不对文学抱有幻想。她的影像定格在我脑中的姿态是她坐着的样子，敦实的后背拱起，手持一本书执着地读着。只不过原来读《红楼梦》，现在改背GRE英语单词了。从本土到洋务，从中到西，看来知了唯一不变的是对语言的热爱。

我发觉知了的右耳的扩张程度要大于左耳。她的右边是在谈话的咸子和阿姆，我甚至可以看到她右眼右耳同时放出的射线穿行在那两个谈话者中间横飞。她压根感受不到背后还有我的两条视线在她的身上穿行。

终于知了站起来，在阿姆和咸子面前晃荡了两步，插口道：咸子，我上周回家我妈还问起你呢，她一直记得你，说你们那个长得很漂亮的小姑娘怎么样了?

顿时，我的愤怒如同食人花般疯长，张着血盆大口等待吞噬一切异己的力量。咸子到底施用了什么法宝，把知了和龙腾跃、阿姆和班长、新的和旧的、美丽的和丑恶的，全部收入囊中。她真是个野心放大的女人，从娘胎里一出世就开始打所有人的主意，连她那亲姐也被她一并拿下。

咸子姐学历不高，为了咸子能读大学早早去社会上打拼，如今也是一皮包公司的经理，像所有社会上混的人一样先把自个儿的名头搞得很响亮。咸子姐也算自学成才，将社会心得倾囊传授给咸子，衣服裤子鞋袜子买来都往妹子身上搭。咸子姐养家有功，于是在家可以螃蟹一样横着走，整个一平民女王，一回家就是衣来伸手饭来张口的主儿。饭后咸子又是刷碗又是擦地，像小时工一样忙碌着。

她爸看不下眼了，对咸子姐说：别都让你妹妹干!

姐姐不用张口，咸子舞舞扎扎就出来了：我姐在外头够累的了，让她好好歇歇吧!

阿姆问：咸子你怎么和你姐打电话那么客气咧?

咸子说：那是啊！我得让着她，好让她周末带我去买衣服。

咸子姐廉价而时髦的衣服过把瘾就扔，多半转移到咸子的衣柜，咸子就比同龄的女孩早一步打扮起来。咸子姐还新潮，不服老，趁未到四十玩一把姐弟恋时尚。男友小她五岁，大咸子三岁，长得老而艺术。三个人坐在一起的时候，男友常以年龄优势成为沟通两姐妹的纽带。如此家庭生活氛围中，咸子学会了忍让、哄人、演戏、作秀、臭美等一套生存技巧，来到T大手到擒来，游刃有余。

我想一定是我的眼睛泄露了怒火，在知了面前我从没学会隐瞒技巧。

知了笑着转身的时候看了我一眼，好像明白过味儿来，和缓地补充道：雅雅，我妈也说你很可爱来着！

这回我真不能忍了。

她什么意思，用赞美完咸子的渣滓来安慰我，打一巴掌回一甜枣，把我孙雅雅当什么人了？！我感觉五脏六腑的气流都在相互冲撞，憋得难受。

我站起来，狠狠剜了知了一眼，想把她的良心挖出来看看是红是黑。

我摔门而出。

站在曾经跟知了无数次彻夜畅谈桀哥和文学的垃圾桶旁，让我感到阵阵伤痛。散发酸臭的红色塑料桶是我们分享思想和甜蜜的见证。我面壁思过，感到四周有一种巨大的压力向我袭来，无助的窒息感一望无际，让我无处逃遁。

一种轻微的窸窣声，让我看到知了瞳孔里我变形的映像，她不知何时尾随跟踪而来。

我推搡了她一下，邪火直往她身上飙：什么意思你？可怜我啊？和咸子那种货色好上了，真行啊你！

知了没什么道歉表情，脸上每一块肌肉都停在原位：我只是不想让大家关系太僵，都一个宿舍的。

哎哟，这么说你还是为我打算哪，替我打圆场啊！

知了：我不是这意思！

那你什么意思？

知了像晚归又疲于解释的丈夫，一脸的不耐烦。

我紧奔实质问题：你又说你妈说我可爱之类的到底什么想法啊？

知了坦白：我妈其实没提你。

我真要被她逼疯了。

知了：我只是不想你难过！

哦，您赞美完咸子，还记得给我发安慰奖，真够朋友啊！没几天得咸子真传了！我不想示弱，可是泪水还是在脸上恣意流淌。

雅雅你知道我的！知了急了，我不会和朋友相处，我很怕会惹你不高兴。说真的，上大学以前我从来没有和谁像你这么亲近过，我一直在努力学着和人这样相处。

我对你的学习成果相当满意！

知了：不要这样讲话好吗？我有做不对的地方你告诉我，我一定改。我就是看你不大高兴，想你可能在意我那么说咸子了，才说我妈说你的。

你不觉得说完她再说我，我更窝心吗？

知了被逼急的样子，可她强忍着没有冲我发泄，她眼眶红了。

我对着红眼知了再发泄不出来了，像泄气皮球一下子瘪了。

我没有认错，嘴唇笨拙地哆嗦着，在越是亲近的人面前越难剖白自己的错误。

那晚我们都哭得很惨，我们还拥抱了，很久没有那样真诚地拥抱过了。

后来我得知，那个跟咸子激吻的男生真的不是龙腾跃，当然更不是班长。

他是咸子的男朋友。

因为隔天咸子就把他正式介绍给我们，还挺正经地坐下来吃了一顿饭，食堂二层，AA 制。中途我借故上厕所特意绕到那男友背后印证，果然酷似龙腾跃。看来人有的时候不能相信自己的眼睛，所谓的眼见为实都是屁话。

即便我在心里骂自己千百遍，还是压制不住对知了汹涌的歉意。可事到如今，道歉的话就更不能说了，我宁可让这秘密烂死在肚子里。

这其中有个疑点。听那男友和咸子话的意思是俩人好上有两年了，高中时期俩人是同学，男的天天中午到女的家里蹭午饭，当上门女婿，见爸妈的次数都滥了。听上去这对夫妻的关系只差一张纸，可为什么这个时候他才像石头缝里蹦出一般横空出世？男班长又是怎么回事儿？那些暧昧对象又作何解释？

我脑筋绕了几道弯，见众人没有提出质疑的意向，于是只好闭嘴。突然我灵光一现，脑海里闪过一个画面。开学初“卧谈会”还热乎那会儿，我曾就着余温问四人里谁有男友，咸子当时嘴抿成一条缝直摇头。还有阿姆多次问咸子到底有无男友，咸子的嘴蚌壳一样紧，这会儿回想起来好像没说有，也没说没有，又好像偏向没有，又好像肯定说没有。

这个发现使我有点后怕，看来我得罪了一个耍弄权术的“腕儿姐”，怎一个厉害了得，不晓得走到哪一步脚下就触雷。

咸子男友唐朝，很盛世的名字。唐朝话不多，据阿姆介绍人家老爹还是某某部的大官，身价了得。果真如此我就更佩服咸子了。当然背后捣鬼也需要魄力，这里头谁嘴一露话兜出去，咸子就是心里长一百个窟窿眼儿，嘴上也解释不清啊。要么怎么有个词叫枭雄呢，我对枭雄的概念理解正好可以套用在咸子身上。胆子贼大，心贼狠。

男友一出场就为退场作铺垫，闹了半天这是顿送别饭，少爷正准备赴美留学，一周之后就要起飞，特来向我等辞行。唐朝带着咸子特意强调，他读的是某某大学著名的法律系，将来必一番鹏程万里，也预示着咸子官太太的道路是一片坦途。

我心有不甘，咸子这家伙一眼瞅到我们肠子里，吃准了我们这几个人都是孬包，谁也没胆量戳穿她的谎言。看阿姆还喜滋滋乐颠颠地活跃气氛，露出一口马牙，真叫一个傻。那点儿机灵劲儿全都摆脸上了。

结账的时候少爷不动声色，人还没到美国，先采取美国的习惯，说咱们平分吧。接着掏出名牌钱夹很大方地付了自个儿和咸子的双份饭钱，那份情谊使我们深受教育。

咸子笑得很幸福，乖顺地半偎在少爷怀里，细声细语地和他说羽绒服的拉链不大好使。唐朝一听来了气魄，一边体贴地帮咸子拉拉链，一边嘱咐：说不让你丫买这件，你丫非买，操，明天带你丫买件新的去！丫就是贱，人搀着不走，鬼搀着直转。

此话一出我等惶然，连阿姆那么能沉住气的脸皮也有些变色。

再看咸子仍一派安闲，抡起小拳头棉花般地打在唐朝身上，无限娇嗔。

离开饭堂我们三人先行回避，咸子还要和唐朝“长亭送别”。

走在路上三人皆不语，面上都有些没晃过神的迷惑。即使再人心隔肚皮，对影成三人，我相信那一刻我们心里想的都是同一件事儿。

见过唐朝后我迎来了幸福时光。一缕阳光横冲向我，挤飞了淤积了一学期的阴翳，给我冷色调的生活增加了一点暖色。

龙腾跃开始约我了。

第六章

真正和龙腾跃约会的时候，我们已经有了一万条的短信来往作感情基石。

放假之前由于各种忙乱我们没能见上面。好像生活就是这样，时间总在无情调动每个人的生命，使忙忙碌碌成为人类普遍的一种宿命，可是到头来总挤不出时间干一件正经事儿。

当然还有我的心理障碍。我觉得喜欢一个人，搁心里想着就好，真要面对面坐下来谈，尴尬又奇怪。我需要缓冲。

龙腾跃也不心急，假期里每天发来问候的短信，说他正在做的事，聊聊他在拍的片子，谈谈他在跑的实习，夹带丁点暧昧的讯息，譬如让我等着他，譬如有机会要带我去他老家看看，请我吃地方特色菜。不知道他是有一搭没一搭，还是想放长线钓大鱼。那时候我还太年轻，因此轻信他的意图是后者。

我们第一次坐下来一起吃饭是庆祝他的生日，刚开学后的一个周末。他果然没有食言，带来一大堆礼物，一个包装精美的背包，各种特色零食，还有零零碎碎讨女生喜欢的小玩意儿。他说他上午睡觉，下午打篮球，然后再去洗澡，在这样一个特殊的日子只约了我共进晚餐。

过生日不是应该邀一群好友共度的吗？第一次见面他就把这样一个“殊遇”带给我，想不窃喜都难。

我大声说他自己生日还送我礼物，这顿饭必须我请。他推脱了一阵，只好恭敬不如从命。

那顿饭我们聊得格外开心，他告诉我从小他就爱好摄影，现在的特大号单反是自己大学赚外快买来的。他说他的专业课程很紧，每天五点半就要起床练发音，融入教学楼里一排排念外国语的“鸟语花香”里。他说他家乡一片挨一片的梯田，种茶的景象很是壮观。他说他实习的公司里女主管嘴边有一颗痦子，那痦子长的地方巧妙，使得她平凡的脸显得很性感。他还说他没有女朋友，并且正为此苦恼。

我自己也不知道为什么，他每一个无聊的段子都能引发我连绵不断的笑声，好像这辈子没听过中国话一样。在我不顾形象、笑容癫狂的瞬间，总能看到他专注地盯着我浅笑。

我说真对不起，运动会那篇稿子把你名字写错了。

他摆摆手，我还得感谢你呢，本来我爸妈起这名字是让我“跃”，到你那里我就成“飞”了，上了多大一个档次。我当时就想，这女孩儿真可爱，我一定得好好认识一下。

哈，这马屁拍得，很有水平，句句都实打实拍在马屁股上。

吃完饭他坚持送我回宿舍，到楼下他说，以后你有空，吃饭都叫上你。

我说好呀，蹦跶跶跑上楼去。

我把龙腾跃送我的礼物一样样拿给知了展示，她兴奋不已。这龙腾跃好像是我俩的共同收获，是我们遇到的真正的实战，明朗的前景让我们战栗。有了他，我们不必去像谈论桀哥那样，再准确的猜测也隔着银河系一样的距离，神苦心累。他是实在的，可触碰的，可赋予我们力量、调遣我们智慧的。他的降临像我初遇他时那样，如同神话。

阿姆听我们叽叽喳喳说个没完，探出头问：雅雅，说什么那样高兴咧？

我和知了相视，笑而不语。嘿嘿，我们也有了自己心里的人，不能掰开了揉碎了和另一个集团分享的人。重要的是，这秘密里没有咸子，它只属于我和知了。

那晚我们又去了红塑料桶旁。

知了耐心地听我叙述个没完。在饭桌上，我装作对龙腾跃的所有暗示都没有知觉，估计打死他也猜不到，我记住了他所有的言语，甚至知道这些字句写下来逗号、顿号的位置。现在我把这些记忆正叙、倒叙加插叙，又因地制宜地渲染环境，烘托气氛，一遍遍地编故事一样地讲给知了听，让她帮助判断我对他每个标点里的引申义解读得是否正确。我在对他的话作世界上最详细的注脚，比古代汉语课上用冗长的废话解释凝练的文言文笔记还全。

有时我又在他的话里想出别的思路，问知了按这可怕的臆想发展下去，糟糕的结局要如何收场？知了还没来得及回答我，我的脑细胞又出溜到别的字句上去了。

知了不停地证实我积极意义的猜测，否定掉消极意义的胡说。

对了，我就需要这个。没完没了的肯定和安慰。

终于轮到知了说话了。她不忍打断我这个面色潮红的花痴，逮到机会才敢张口。

对于龙腾跃，她再用心也只能倾注一般的精力。她心里再次有了秘密。

知了的小课桌上新增了几张帅哥的照片，原来她桌上只有一张她贴在左上角的我俩的合影。这次照片上的主角是新东方课堂上一个皮肤白净、面带桃花的男教师，和桀哥是两个类型，倒有几分像知了中学时期暗恋对象的成年版。

知了投奔外语的过程很彻底，假期报了新东方的住宿班，像圈猪一样接受高密度的训练，不彻底根除掉母语的影响誓不罢休。教知了阅读的男教师被她亲切地称作“城城”。据说城城是那种姑娘见了都不免陷入遐想的魅力男子，尤其是那双桃花眼，戴上眼镜也掩饰不住光芒。一个假期培训下来百度贴吧里已经成立了一个“倾城之恋”团了，女粉丝的数量相当可观。

究其原因，大概是因为城城能帮助知了这样的女孩子建立自信。

教课伊始他就在黑板上画了一张图，鼓励女孩子们眼光放长远，出国走国际路线。

原理是这样的。女生分为美女和丑女。美女自然不用说，走遍世界都抢手。丑女在外国男人看来具有中国特色，也喜欢。再说男生。中国人是黄种人，所以男生简称“黄男”，在国外可能遇到“白女”、“黄女”和“黑女”这么几种情况。找“黄女”肯定不行，因为有“白男”竞争；“白女”呢，说实话，你怎么看“黑女”，“白女”就怎么看你；退而求其次，你要是下狠心找“黑女”，生出来的孩子和你肤色一中和是紫色的。所以在国外你看哪个华人教授突然从研究所里消失几个月，准是回家找媳妇去了。

一干女生听了这话笑得花枝乱颤，点点蜜意挂在心头。如此听来，知了想到未来的恋爱、婚姻，憧憬得眼神贼亮。原来她遭遇这么多情感坎坷，是有更光明的路子在前面等着她，怕她在半路夭折啊。上帝阻拦你，是为了保护你！知了下定决心要去西方寻求幸福了。

准备出国的过程是艰苦的，知了在恋爱方面打算要先在本土实习，也好有个人照应陪伴。知了看报纸上隔三岔五地说什么中国现在男女比例失调，男光棍预计到2020年会达到多少多少，后面跟一可怖数字。可这些男光棍都躲到哪里去了，怎么单单离她那么遥远呢？既然城城对女孩子的心理揣测得如此透彻，抱有拯救天下单身女子的大情怀，那就先拿他开刀吧。

知了这人就爱认真，想着想着还真爱上了。她不知道城城在爱情方面是老手，那些好听的话如同利箭，扎中的不只是知了的靶心，简直对天下所有女人通用，中的全是她们心上的十环。单恋这事儿有时候比热恋还要人命。幻想出来的爱怎么不美好？言情小说和电视剧情节里的真爱情节都留着这会儿用呢。再加上距离产生的美感，简直让人赴汤蹈火。

知了这单纯到骨子里的性格让我又爱又恨。按说恋过的人也不少了，怎么她爱来爱去，永远停留在女粉丝状态，比一百年突破社会主义初级阶段还要无望。真让我急！

我一着急就顾不上仔细思量自己是什么德行。其实那时候我俩是五十步笑百步。

不知道是不是受了第一次约会时在周日晚上的影响，接下来数月里，我和龙腾跃的相见都发生在周日。他就选择在这么个连上帝都休息的日子里来安排我。

程序是这样的。他多半在晚上六七点的样子发来一条短信：吃了吗？

我不管吃没吃，也胡乱地答：没吃。还往往要间隔上十来分钟半个小时才回，以示矜持。

若真是没吃，在我饿得体内养分已不足以支撑肚皮的时候，他才慢悠悠地发问：那一起吃吧？

我不回“好呀”，也不回“这就去”，只回复一个字：嗯！告诉他我对这事儿并没多在意。

实际上那个时间段里我通常在打水，需要拎着暖壶飞跃过水房、花园、教学楼，一路狂奔回宿舍，像开着敞篷跑车般乘风呼啸，头发像发怒的猫一样全部奓起，手臂大幅地前摇后晃，折腾得玉体脆弱的暖壶吱吱呀呀地呻吟抗议，有好几次干脆和别的暖壶撞个你死我活，鸡飞蛋打。我蹲下身用手拾捡银灰色碎片的时候感觉到一种翻涌的委屈，夹带略微甜蜜的疼痛感。那时候我误把这感觉当作真情，让它在体内发酵生根，越如此越是增加了对龙腾跃的期待。

见面总不如我预期的好。他带我到学校附近的一家餐馆，菜总是由他点。

他胃口很好，间歇总听到他热络地叫嚷，“老板娘，再来一碗”。是的，他总叫老板娘，而不叫老板。眨眼间，三四个盛饭的碗碟在他面前摞成一摞。看他壮臂长腿，食量又如此之大，很容易给人造成四肢发达、头脑简单的错觉。

但好像他脑内的神经盘根错节，并不简单。他学小语种，时不时教我几句零蹦的语句，诸如你好再见早安晚安厕所在哪里。他读《共产党宣言》，读《1844年哲学经济学手稿》，讲心得给我听。当我发现我们的聚会只限于读后感交流的时候，我对前途失去了信心。这些谈资只是我们短信往来的现场还原。他好像看出了这一点，又和我谈论起感情。在爱情方面我是理论专家，只差实践，于是总是很热烈地参与讨论。

我唾沫横飞地陈述我的爱情乌托邦观点。

他微笑，眼睛在镜片后面一闪一闪的，显得睿智而神秘。令我惊喜的是，他几乎认同我所有的话，那眼神让我相信，即便他在说谎，也是深情的伪装。

我希望这样的谈话能一直持续下去，没有尽头，像我和知了在红塑料桶前的那些密语。

打断龙腾跃的是他那该死的破手机。他可以全心倾听，恨不能把整张脸伸进我饭碗里，但那手机如同暗号，只一响便打破了我们之间的默契。他左左右右地遮着腮帮子，咕哝着我听不清的方言对着电话猛聊，好像参与密谋了什么惊天动地的大案特案，正和同伙设计逃亡路线。这算怎么回事儿？上一秒他还热情澎湃，下一秒他居然不敢正大光明地当着我的面打电话。我很想追根溯源地附耳过去，顺着电话线把那头的人扯出来探个究竟，看看他或她捣的什么鬼，抢夺我一周一次的难得 dating 时光。更让我心急火燎的是，我猜想对方多半是哪个或哪几个，占用了他周一到周六的她和她们。

他终于挂了电话，扯出两个字：同学。嘴角的线条那么僵硬，好像被谁逼着为一个冷笑话喝彩。他补充说明，他有个小学同学近期要来看他。看来他人缘还真好，好像每次吃饭都恰巧有某个小学同学时隔多年心心念念想起了他，挂一个漫过千山万水的长途电话，并且准备跋涉祖国山河过来看他。掐指一算，在我和他接触的那段时间里，他的所有小学同学都能来过一遍了。

我讨厌这些，但又缺乏质问的资格和理由。这就是所谓爱情的折磨吧。我并不喜欢他，甚至有些厌恶他，可是莫名其妙地，我爱他。他如此不完美，却不能把我拽离，我想那就是真的爱吧。我把我所有的疑问和怨言都攒在肚子里百转千回地琢磨着，也因此总是食不知味，才让龙腾跃以为我的饭量堪比新生猫仔，不停往我碗里添充菜料，一个劲儿地劝着多吃多吃。

我连着饭菜和憋在心里的话一起咀嚼，见到知了时候像冲厕所般把所有的所有一股脑儿地冲进她耳朵里。

知了装作用心在听。可偶尔咸子和阿姆兴冲冲地从外面闯进来，手里拿着什么新鲜玩意儿，显摆刚去逛过庙会或者拜过佛爷，并有帅哥相伴。这时知了就会飞快地瞥去羡慕的眼神，但在我的瞪视下又转过脸来，有些不好意思。

我叹口气，于是知道爱情这回事儿只能一人承担，没办法把全部灌输到闺蜜的脑子里，她的大脑已经为她自己的秘密预留了容量。

知了的保留让我的心空出一块面积，里面虚虚涩涩的，像有无数小虫在啃食，在吞纳。

龙腾跃，你到底对我隐藏了什么？

我想抓狂。

这天我和知了走在上课的路上，迎面碰上龙腾跃。

他正和一个女生有说有笑地并肩行进，镜片后闪烁的眼睛不知道有没有聚焦在我身上。

我心里一紧，想直接走过去，装作没看见。我和知了都是“鸵鸟派”代言人。

谁知一回神，龙腾跃已经站定在我前面。

真巧，在这里遇到你。

这语言听上去很官方，像电视剧里男主角出轨被抓现行的台词。

政治作业写了吗？

还没，你不是答应帮我写的嘛。

他点头，等回头有时间的吧。

和他并肩的女孩儿嬉笑着大声问龙腾跃：你女朋友？

他摆出和那女孩儿一样无赖的嬉皮表情：不是。然后转身对我绅士地摆摆手：对不起啊！便携那女孩儿扬长而去。

知了躲得远远的，这时突然蹿过来问我：他就是龙腾跃？蛮帅的嘛！

他的出场真给我丢脸，那冷漠油滑的腔调一笔抹杀了我私下里和知了的烂漫猜测与描述，突显我整个一草包花痴，自作多情。

我有些恼羞成怒地对知了：哟呵，这会儿窜出来了，刚怎么不和人家打个招呼啊？

知了风轻云淡地耸耸肩：我不是看人家带着女伴不方便嘛。

知了的话气得我吐血，大脑想到一句烂俗的歌词：暧昧让人心痛。

我也承认我无可救药了，赶紧讨好地向知了挤出一个笑，跟她探讨刚那个女生到底是谁。

知了给我塞了颗定心丸：都那么潇洒地问有没有女朋友了，一看就是豪情奔放的女同学嘛。也罢，男人总要有几个像男人一样的异性朋友嘛。

接下来的那个周日没有龙腾跃要我一起吃饭的短信。

周一的通讯社例会上我打定主意不再理龙腾跃，特意坐在最角落的位子上，低头缩脑，尽量减少存在感。

我拿出纸笔漫无目的地瞎划拉，眼角余光瞄到龙腾跃的腿脚迈进屋，在一个位子准备坐下，顿了顿，又抬起屁股往我这方向走过来。

我生怕心跳的“扑通扑通”声张扬得整间屋子的人都能听得到。

他的身子稳定地坐在我旁边的位子上。

慌乱意识中，我想如果他表现出色，我可以考虑原谅他。

政治作业写了吗?

哦，老天，他为什么总揪着那可怜可恨的政治作业不放?那作业可能从来也没在任何T大学生的嘴里被置于如此重要的位置。

没有。

哦。

他掏出手机，对了，给你看样东西。

手机凑过来了，里面赫然一张女生照片。背景是世上任何一对情侣都会踏足的蓝天绿地，女孩一袭粉装，笑靥如花。

怎么样?我女朋友。

女朋友?!一切发生得太快，这信息像子弹一样射进我脑里，速度之快和伤害之大让我猛然间傻了。

哪个网站搜的图片啊?我嬉笑着看他。他的眼睛还躲藏在镜框后面，有着我从来没有读懂过的内容。这不是玩笑!

事后我发现，打一开始我就压根不该让自己认真。用阿姆的话说，他那手机是个无敌万能的工具，能打电话发短信，可以上网玩游戏，最好用的功能也许能充当鱼钩，发一条万能的搭讪短信，添加无数个备用联系人，一键按出，愿者上钩。类似的例子后来无数次在我们的生命中重演，当我们能悠游自在地撇着嘴角叉着手臂，用高高在上的口吻谈论这些吊妹耍姐的伪劣伎俩时，发觉自己已不再年轻。

仔细回想，我和龙腾跃从未掏心掏肺地触及过任何情感的实质。他抛出一根长线，自己躲在安全距离，钓着我在非友情非爱情的灰色地带游走，看我如何在这个一步就能跨过的小陷阱上双腿一滑，结结实实栽了个跟头。即使在这种时候，我依然无话可说，默默接受沉闷的疼痛。这就是无知的代价。

事情结束以后，知了颇为高端地总结：一个女人只有在一段感情结束以后，才知道自己是否在这段感情里犯了傻。

我有些气愤，好像我的失败注定是为她成为爱情理论家作为案例诠释的。

知了显得颇为落寞，我们对龙腾跃这一爱情名词再无戏可唱了。她除了拥有照片上的城城，心灵再度空虚平坦，圆滑柔润得没有起伏。

落寞知了的对面，坐着所有感觉都麻痹了的我。知了的声音飘飘的，仿若来自一个遥远的国度。

我记得隔着我俩的餐桌上，还有一碗面。也许是香菇肉丝面，记不清了，是知了买来的。她劝我趁热把它吃掉。她说这话时怜惜地看我。

我被她像游鱼一样美丽的眼睛说服了，夹了一口往嘴里送，像送进一个无底而无果的黑洞。我的口腔冰凉，刚舔尝到面条的肉腥味，像遭遇了什么外来不明物，立刻产生抗体，食不知味地吐掉。

我脑海里反复出现重重叠叠的四个斗大的加粗黑体字：我失恋了！我失恋了！我失恋了……我对抗这几个字像新兴的网络游戏

《植物大战僵尸》里植物抗争僵尸一样，发射了无数炮弹对准它们，可无论我怎么努力都无法通关，最终它们成功进入我骨髓深处，如黑客般迅速敏捷，身手利落，屏蔽了我的知觉。我仿若被注入了全身麻醉剂，只隐约感到一点心痛。我做梦也没想到我对爱情的种种期待会沦为这种落汤鸡式的结局，从里到外都被龙腾跃的无情淋了个透心凉。我的爱如此激烈惨淡，激烈在心里，惨淡在结局。它苦苦地期待，等候了那么多年。它一直只有旁观的份儿，站在台下痴痴地看台上别人轰轰烈烈地表演，有人告诉它，它即将要成为爱情屏幕上的主角。它激动得方寸大乱，可还没轮到它上场，幕布已经拉上了。谢幕了。发芽的结果并不总是破土而出，它还有可能被永久地埋在泥土里。

我失恋了！我失恋了！我还没恋呢，就失了！

盛面条的碗接下我初恋失败的眼泪。我盯着印在碗上T大的标识，考虑要不要把这碗面带回宿舍珍藏。

知了对我融进面条的眼泪大吃一惊。

他为什么这样对我呢？我问知了。

你为什么不能放过你自己呢？

知了的话如同大地惊雷，劈进我心里。对！就是这么回事儿，我怎么不能放过我自己呢？我为什么还要为龙腾跃这种广泛撒网的烂人行径惩罚我自己呢？事后稍作研究发现，这种半吊子经历算哪门子狗屁真爱呢？我认为知了说了一句自我认识她以来最经典的话。她对爱情一向执迷不悟，迷途不返，此话一出水平堪比爱情理疗师！

可我还是不能放过我自己。那一刻我对自己的整个生命状态充满了无助。

见我如此不能自拔，知了决定拉我去洗澡。她又说了句颇具哲理的话：让水把一切都冲散吧！

我对洗澡这事儿有点恐惧。凭借我无可救药的路痴指数，洗澡前如不经反复确认，后果会很严重，沐浴后需要在无数裸体间反复穿行，惶惶然四处查看以寻找装衣服的柜子，所到之处不慎碰了这个的胳膊肘，或顶撞了那个的屁股，常引起惊叫无数。

不过还好这回有知了为伴。知了说得果真没错，热水的确能冲刷烦恼。我内心积垢的烦恼太多，需反复冲洗。滂沱的水柱拍打在我身上，一股蒸腾奔涌的热流从头顶灌到脚趾，白色的雾气缭绕成圈状的避难场，环绕在我周围，我在其中逃避，感觉无比畅快安全。

等我恋恋不舍出浴的时候，知了已经穿戴完毕，站在一堆裸体中间无奈地等待。这世界不管干什么都得合群，不合群就没法立足。要是谁没事儿在大街上裸奔绝对能引起从街头到巷尾的围观，有如手机集拍照摄像功能于一身的优势，哪个热心市民一通拍，搞不好第二天就能成为网络达人或者报纸头条。这会儿知了把自己包得里三层外三层的，挺保守的一好姑娘，站在一群滑不溜秋的或丰腴或瘦弱的赤条条身体中间，反倒有点不伦不类。她们像出水莲藕，她像个五彩粽子，都散发着青春蒸汽。

知了所站之处就是我的衣柜，因此我可以准确无误地直奔主题，并为如此酣畅的举措搞得心情舒畅。我三两下穿好了衣服，拯救知了于裸体之中。

出女浴室大门的时候我心情好多了，可以恢复表情和语言跟知了谈笑风生，甚至感觉破败的大门上歪歪扭扭的“女浴”两个大字极富喜庆韵味。

当我披散着湿漉漉的头发，趿着拖鞋下楼，意外见到了龙腾跃。

不知是撞了什么邪，在他告知我他有女朋友的时候，我一天两次撞见他。以前他倒是神秘得很，只在约会时才现身，而一但结束“单身生活”他便立马赤裸裸地暴露在阳光下，不再需要像毒贩一样藏着掖着了。

他穿一身深蓝色短袖运动衣，怀里抱个澡盆，显然刚运动过，看样子状态不错。

这下子我周身的湿气就不再具备释放的意味了，它们全部又聚拢回我体内，变成内毒。

我带着洗过澡后的柔软和疲惫迎向他，冲他点点头，算是打招呼。

他打量了我一番，问：作业写完了？

此问一出我真想崩溃，没完没了的作业作业还是作业，他不觉得思想一贫如洗吗？我怎能看上这样一个无趣无聊的家伙。

我苦笑，摇摇头，释放出重新回归体内的骄傲与自信，昂首挺胸从他面前走过，永不再回头。

踏出大门的时候，我想，我的作业需要我自己来完成了。

第七章

开学不久，春天就来了。我们心里的响动与万物一同复苏萌芽。

这段时间阿姆很得意，生活龙腾虎跃。她奔走在红十字社的公关岗位，和十几所院校的男生均有往来，幸福指数直线蹿升。

阿姆不忘提携着咸子参加各种社交活动。

咸子为保持完美形象，央求亲姐给添置了几套新衣，并成功蹭来了还剩十分之一的某知名品牌香水，出门之前让自己一身人工艳香附体，蝴蝶一般周旋于联谊院校男生中间，勾魂索命。她的富二代男友已如期出国，据说临行前两人还打了一仗。男友出国前咸子日日垂泪，发誓效忠要死等他回来，也让他千万不要当负心汉，辜负了她的一片痴心。

唐朝心里也有些惴惴的，他了解咸子也不是个省油的灯，于是日日来电或吵或骂，给这份临别的爱情增添了不少苦痛和变数。

生涩而又伟大的恋情或许都是这样诞生的，无论路途多么遥远并曲折，甚至于危机四伏，险象环生，俩人最终磕磕绊绊地走到一起，临终前总结给儿女们爱情忠告：我跟你妈这一辈子啊，没有爱情，只有亲情！

唐朝心里缺乏安全感，要求咸子临别前日夜做伴。

咸子这头还要顾及二等情人班长的心理，不时忙于班级事务，总有照顾不周的时候。

男友于是来电大骂，咸子委曲求全，你要我怎么样我就怎么样好吗？

男友曰：我要你马上滚过来！

咸子一气之下关机。

男友打宿舍电话，咸子叫阿姆撒谎说不在。

咸子过了一会儿悔悟，便主动开机忏悔：都是我不好！我马上就过去还不行吗？我们要分别那么久呢，别跟我怄气了好吗？

咸子一番柔情缱绻，那男友终于在临走前一天成为顶天立地的男子汉，用铁血男儿的口吻告诉咸子只管等他，她的未来他会妥善安排，包括始终不同意他们在一起的他的父母，一切的一切都交给他来打理吧。

咸子感动极了，恨不能让暴风雨来得再猛烈一些，以此来见证他们矢志不渝的爱情。

唐朝走那天咸子逃课去送，泪雨滂沱夹杂雷电，差点延误了航班的正点飞行。

回来后咸子整夜整夜地播放相思曲啊吻别曲啊什么的全是悲歌，闹腾得宿舍甚至整幢大楼似乎夜夜都在开追悼会。

阿姆肃立一旁握着咸子的手表示亲切安慰，就差胸佩白花臂缠黑纱摆放花圈了。

那时龙腾跃的风波在我心里尚有阴影残留，听咸子播放感伤的曲子勾起我一番阴云往事，心里不禁酸溜溜的眼眶潮湿。

阿姆鼓励咸子多参加社会活动，多认识和结交新朋友，让心情开朗些。

其实咸子是一个拿得起放得下的人，不出三天就完全康复，根本用不着阿姆瞎操心。

晚饭后咸子边扫地边唉声叹气。阿姆询问缘由，咸子眉眼愁苦地挤在一起，说男班长发来短信。她告诉他和他不可能了，他回复说他伤心欲绝。

咸子说，看他这样难受，我也难过极了。我是从一而终的人，可能过程会犯点小错误，可是心里真正只能爱一个，落叶还得归到富二代那条根上去。

她听说男班长和前女友重归于好了，可他放不下咸子，不过咸子希望他能和那位“前科”破镜重圆好好发展，她祝他们幸福。

我和知了在旁边听这出苦情剧，感觉这几个人的关系比娱乐圈还混乱无比。

阿姆在物质上支援咸子，把自己的名牌包包鞋子拿出来给咸子用作社交装扮。时逢咸子身上出疹子长疙瘩，阿姆生怕传染，让咸子穿完当天拿着洗衣粉和消毒液双管齐下一通猛洗，杜绝魔鬼附体。

观察久了，我发觉阿姆对咸子的友情是出于真情，不只是手拉手的小资女生。我对她们俩“大限不会太久”的刻毒预期并没发生，她们仍然固若金汤，而我和知了却好像距离“大限”越来越近了。

桀哥是知了的过往云烟，谈及消逝的龙腾跃也乏善可陈。她还时常谈论起城城，可我对那桃花男实在提不起什么研究兴趣。

通讯社的例会上我每次都远离龙腾跃，他不亲不疏的也无所谓。再有跑新闻的事儿，我不会叫他跟着去拍照了，自己拿着卡片机瞎凑合。偶尔碰到他和女朋友手挽手走在夜晚的校园里，夜色暗淡，女孩儿虽身材一般，但以长发披肩遮面，隐在庐山中不肯以真面目示人。这种女生不是很有心计，就是对自己的容貌不满，以道具遮羞。

偶尔也会在校门口的小餐馆里遇见他们，不知道是不是巧合，每次总看到那女生付钱，这使我记住了她用的是超大号的红色钱包，从“周易八卦”的角度讲极易散财。

我和知了互相支撑的感情养料太少，绕来绕去总围着这几位贫瘠的男人乱转。其中两位远在天边，另一个离“名草”尚有一段距离，可也“野草有主”了。

我们各自怀揣一段不堪回首的苦难往事，再不更新生活，就要熬到相看生厌的地步了，对故人的痛恨逐渐转移为对亲近之人的憎恶。

我真不愿看到有一天我会和知了由于无聊而互相伤害。

这时灰狗被阿姆送到知了面前。

按说阿姆和知了的阶级矛盾还是不可调和，即便阿姆承认自己崇洋媚外，知了也学起了外语准备出国，俩人还不时擦枪走火。

知了学习英语的热忱不输疯狂英语创始人李阳，为练一口纯正的英语起五更熬半夜，恨不能听到一个单词就分析出是英音、美音还是加拿大音，跟鉴宝似的，听别人说英语她便喜为人师，这个腔上拐个角儿，那个调上再翘个弯儿，折腾得很。

自从知了入了这方面的道，我就没在她面前开口说过英语。

阿姆的英语一出口全都源自粤语积淀，她撇撇嘴说知了这种行为很肤浅，语言嘛，目的就是让人能听懂，重在交流，各种南腔北调研究那么透干吗。

知了对此的回答是：因为我将来要教别人，我要去新东方当老师。

阿姆：我觉得你很肤浅，去新东方当老师就是你的目标啊？

知了：不只。我要兼三份职，这是我给自己定的目标。

阿姆一个白眼翻上来：你真的挺肤浅的。

再说英语考级吧，知了认定大学考过专业八级是终极目标，一纸证书能换来铁饭碗。而阿姆说考英语是考能力的，不是考实际水平的，能力不行考词汇，词汇不行考语法，语法不行考视力，视力不行考概率，也无须太放在心上自我煎熬。

但灰狗终究还是被阿姆送来了。

灰狗是个韩国留学生，跟知了是学伴。学伴就是你教我中文，我教你外语，属于互通有无，两厢情愿型的。T大是典型的阴盛阳衰，女生多，外国留学生多，流言蜚语多，唯独男生像珍稀濒危动物一样少得可怜。然而，物以稀为贵。男生如灰狗，身在中国既不高大威猛，又和本土血统不符，但由于是稀缺物种，照样能攀上鲜花两三枝。

学校的宣传栏里贴满了这样的“交友”小条，求友双方皆致力于对另类语言的探索。遇到一方要学新语言，而另一方陪读的情况是要交少许学费的；若是双方互学对方国家的语言则为双赢，都不需要付费，皆大欢喜。且相互间对教学质量没什么具体要求，多半是在休闲中轻松聊天磕牙。聊高兴了还可以一起吃个晚饭喝个咖啡，中国学生在这种时候都显示出对发达国家小资情调的极端尊重与认同。

阿姆在本土资源中上蹿下跳，东寻西觅，依旧没什么市场，便跨国界发展。如此这般，便认识了灰狗。但阿姆也是个对男生要求颇高的人，即便成为不了伴侣，也要买卖不成仁义在，找个帅哥陪读，起码能养养眼，有益身心。灰狗显然不符合阿姆对于“帅哥”一词的定义，因此很快就被pass出局，过渡给知了欣赏，也算做件好事。

灰狗其貌不扬，韩国男人大多长成这样。一张脸，用咸子的话说，好像西红柿掉在地上，再踩上一脚，之后再粘上两颗绿豆做眼睛。

灰狗说一口磕磕绊绊的中文，听起来极富个性，妙趣横生，还有些可爱的酱汤味道在里面。他身处异国他乡，身边无亲无故，正需要有人来安慰与关怀。

灰狗和知了虽存在文化差异，但普天下的男人在某些方面还是具有共性的。

知了和灰狗做学伴一周见一次面，她从这个异国男生身上感觉快乐。为了备课，她特意回家把年代久远、幼儿园时期入门的拼音字母表翻出来，上面阿猫阿狗一幅幅生动而幼稚的画面令人耳目一新，童年记忆油然而生，彰显知了倾情奉献的国际主义精神。

知了第一次跟灰狗吃饭，地点约在学校门口一家广受好评的西餐厅，餐厅布置和灯光颇具情调。知了第一次和男生单独约会，而且用不太熟悉的西餐，紧张得动刀动叉都哆哆嗦嗦。西餐是右手拿刀，左手拿叉，知了进行倒置。

灰狗细心地凑上前问她是否是左撇子。

知了不置可否地点点头，又摇摇头，弄得灰狗一头雾水。

为了赢得灰狗对初次见面的好感，知了提前两天就开始节食，夜夜敷面膜强化面部效果。

难得的是，灰狗做了许多中国男生做不到的义举，他不但对知了的身材长相选择忽略不计，并表现出极佳的绅士风度，吃晚饭主动结账，并亲自送知了回宿舍，在楼梯口以异国风情的语调告诉她：今晚过得很愉快！

那一个晚上，知了的话出奇多，宿舍主题围绕灰狗连绵不绝地展开。

夜里知了在睡梦中嘴角都呈弯月状。

一个月后，知了对灰狗的关切已经上升到“知冷暖”的境地。

手机报里的天气预报，知了每天都把它编辑成文发给灰狗，天冷了后面加上“注意多穿衣服哦”，下雨了后面填上“记得带伞啊”，比肚里的蛔虫还贴心。

知了每天绘声绘色地向我描述灰狗，他的每一句话她都能倒背如流，简直是我从前描述龙腾跃的翻版。区别在于，灰狗说外语，龙腾跃说中文。如此看来，这灰狗要是能把什么国学著作一句句念给知了听，久之，知了定能成为国学大师。

听知了声情并茂的描述，我倒真想见识一下这个灰狗何许人也。

知了主动说：明天中午约了一起吃饭的，阿姆也去，一起去吧？

好呀！

我们在一家韩国餐馆见了面。

灰狗真像条灰狗，个头不高，目测和知了的白发一条线持平。他一袭运动服，红色的带帽上衣，深棕色裤子，背后背着网球拍，看样子热爱运动。好像所有男人都是这样，如果无法在外貌上争夺女生眼球，就靠运动活力这一特征提升印象分。

灰狗和知了坐一边，我和阿姆同坐另一边。阿姆对这事儿挺热心，看知了和灰狗发展不错，已经以介绍人自居，话也说得没边，坐等吃灰狗和知了的喜糖了。

阿姆说知了你还出什么国嘛，在国内我就把跨国婚姻给你包办明白了咧。

灰狗话不多，吃饭气氛有点尴尬。阿姆几次主动引导话题不成，拿腔拿调地问灰狗，哎哟，这么多美女陪你吃饭，你怎么不说话咧？

灰狗憨厚一笑，我有很多话想对你们说，可是我中文不好，怕说错，你们不开心。

那你就教我们几句韩语吧！我说。

对对对！阿姆和知了连忙作呼应。

任何语言，都习惯从骂人和“我爱你”两个极端方面入手教起，这是人类特性。

灰狗说一句，我们三人跟着一块儿咿呀学一句，样子特像主教带着一群虔诚的圣徒。

我们鹦鹉学舌完毕，皆昂首静待灰狗加以评论。

不料灰狗竟单独朝我微笑，眼神扑朔迷离：真的很不错！

我一阵窃喜，脸上仍绷得紧紧的，抿抿嘴道：谢谢！

知了不干了，当即揭短：雅雅，你心里肯定特高兴！

我见招拆招：我表面也很高兴！

灰狗的眼茫然地轮流瞄准我俩，显然没有领会中文博大精深的内涵。他笑嘻嘻探头问我们：你们有喜欢的运动吗？

知了抢答说她喜欢跑步，还喜欢攀岩。

我横了知了一眼，没吭声。平时上体育课，知了最恨的就是跑步，听说要测八百米，躺在床上捶胸顿足。攀岩就更不用说了，她爬楼梯都费劲儿，这会儿居然喜欢起自杀运动来，忘了要水晶棺材的时候了。

我诚信为实，老实交代自己只会打乒乓球。

灰狗听了很激动，如遇知音，说：我也很喜欢打乒乓球啊，以后一起去打吧！

分别的时候，灰狗为表达对我们几位的充分尊重，弯腰哈背地欠起身倒着走，一连运用多种中国式说法：再见！再会！我走了！告辞……然后顽皮地问我们：对吗？引得大家惊喜连连，一阵发笑。看来知了教给他的精华都在这儿了。

我用肩膀碰碰知了：还是你教得好啊！

阿姆也跟着起哄，乐得知了屁颠屁颠的。

回去的路上知了领先走在前头，看都没看我一眼。我却深情地盯着她的后脑勺看个没完，看她一头灰白长发迎风招展。

我想知了也许找到了她的幸福。

吃饭回来，我们都挺在状态。

知了脱下外套，突然转过身来面对我：雅雅，今天你看灰狗的时候眼神太媚了。今后你可要注意了，女孩子这样会给人感觉不自重。

我有如挨了当头一棒，毫毛奓起：知了你吃炸药了吧！哪根筋不对啊?!

知了抄起桌上的镜子，对着我比画：你自己看看啊，你那眉毛一挑，两眼儿一翘……你再做一次看看，就是很媚，好像要勾搭谁似的。

我声嘶力竭地大喊：你神经病吧？你太小看我了，我勾搭谁啊，灰狗那样的我看得上吗？也就你和他搭正好。

知了：别转移话题，我坐你对面还不知道？

我像困兽一样快速在屋里转圈，恨不能操起椅子往知了头上猛地砸下去。

知了则好似过去了发泄的劲儿，坐在床边不说话。

阿姆抱着双臂看我俩表演，睁一双过分惊恐的大眼，样子夸张极了。她见战火暂歇，赶紧插嘴：你们两个都冷静一下啦，一起吃个饭，开开心心的，这是干吗咧？

我感激地瞥了阿姆一眼，看来还是她识大体，可算说了句人话。

阿姆继而转向我：不过说真的哦，雅雅，你那样看灰狗确实不好哦。

怎么这宿舍里的每个女人都能让我怒发冲冠！我和她们前世都有仇。

阿姆你挑拨离间吧你！我怒吼。

阿姆忙撇清：我可没有的哦，没有必要啊。你不要生气哦！雅雅，我想可能是这样的啦。我当时不是坐你左边嘛，那灰狗咧，就坐我对面。你看他时候视线有时候要从我这里经过啦，那你眼睛一瞟呢，我用余光有看到哦，就是一翘一翘的，是很魅惑啦。

知了欢欣鼓舞地哼了一声。

我算明白了，这是她俩合谋设的圈套，专门用来陷害我。

知了真是继承了家族疑神疑鬼的基因，那阿姆又是怎么回事儿？有谁相信这两个八字相克的怪胎能搞到一起去？简直不可思议。

阿姆的手段太高端了，转让一个灰狗就能让知了如此死心塌地，并且跟我反目成仇。我们堆积起来的友谊，我们洋洋数百万言的私语，竟敌不过一次二手转让的边角货色。

到目前为止，我在T大的全部意义仅限于知了，连同我那场失败的半吊子恋爱，好像都不过是换取和知了谈资的矫情过场。她明知道我的坏脾气、我的怨言、我的不耐烦都是伪装。她明知道我莫名的宣泄其实是多怕咸子会略施伎俩便把她夺走。她明知道我触碰她肥胖的肉体是出于欣赏，而非嘲笑。她明知道在她每一次谈到她母亲时，在她专注地看T大相伴而行的情侣时，那眼神是多么令我心疼。我是如此依赖她，不能失去她。

我知道在敌人面前必须坚强，可是我双眼还是蓄满了泪水。

阿姆假惺惺地抽了几张面巾纸递给我，被我一把推开。

知了走过来：雅雅，我没有别的意思，我是好意提醒你，以后见男生别这样了，会让人家误会，对你不好。

这回轮到我嗤笑了！我真的没有什么好说的了。

知了啊知了，你的心思难道我还不知道吗！

隔天我收到灰狗的短信：晚上一起吃饭吧。

那天是周末，知了已经收拾行囊回家，取她妈妈为她洗干净的五双白袜子和五条白内裤，这是她每周的例行工作。

我心情不好留在学校，想搞清楚灰狗对知了的真正企图。别看他异国情调，看似憨厚，瓤子是好是坏还需要鉴定，谁能保准他不是第二个龙腾跃？

一想起知了为这么个来路不明的家伙跟我翻脸，我就气不打一处来。

我回复灰狗：去！

然后就有了我和灰狗的非正式约会。

他面目虽不清朗，却不可否认是个绅士。走在路上，他会主动靠车道走，让我走在里面，安全，他露出一口白牙，他夺过我的背包，说：女孩子拿太重的东西不好。中国男人普遍缺乏这种修养，尚处于一种萌顿状态。想到知了和他走在一起也能获得这般礼遇，也许是她打脱胎起第一次接受如此隆重的对待，内心激起的波涛定能翻船。难怪她跟我翻脸！

灰狗说，初次见面就很喜欢我，本来想多和我说些话的，可是因为中文不好，不会表达。

我宽容他的汉语表达，没把他的“喜欢”往歧义上理解。

他说他最近要参加一个汉语等级考试，如果能通过的话，来年他还会来中国，继续在T大学习。不错，知了还有余地。

都考什么呢？

有一道题是这样的：

男问：晚上我请你看电影好吗？

女答：看你个头啊！

选项设置：

A：男头坏了。

B：女头坏了。

C：男女头都坏了。

D：女拒绝。

那你选的什么？

我选C。

哈哈大笑，真聪明，就选那个。

就冲这个“男女头都坏了”，我开始喜欢上灰狗。他真是个可爱的男人，一个人大老远地跑来中国学习已经够不易了，他还能随遇而安，如此坦诚地接受异国官方对他的愚弄，给一个八竿子打不着的中国女孩提供笑料，可见具备多么高贵的牺牲品质。但我不确定，假若他以现有水平去应试，那他和知了配对的回旋余地到底有多大。

我笑得太过放肆，一撮头发被风吹散，粘在嘴上都没有发觉。

灰狗轻柔地撩开我的头发，露出顽皮的笑容：头发很好吃吗？

我也笑了：你要不要尝尝？

灰狗想了想，问我：你喜欢什么类型的男孩子呢？

没交往过，不知道具体喜欢什么样的。

你这么漂亮的女孩儿，居然没有交过男朋友？！

哈，我可不能算漂亮，清汤寡水的。

清？寡？

哦，就是不化妆，不修饰嘛。

灰狗显得很吃惊，抬手欲碰我的脸：所以，你这张脸，是没化妆的？

我躲开，是啊！

那真的很漂亮哦。

我笑了，发现灰狗还是个贴心的男生，不管真话假话，真诚是一种美德，我要把这发现告诉知了。

我做梦也没想到，周日晚上我面临了一场恶战。

知了彻底爆发了，把水杯摔得一地碎片。

原因是有人告诉她我和灰狗并肩走在校园里，告密者是咸子和阿姆中的一个，可她死活不说是谁，看来她和她们中的一个建立了同盟。

知了的做法激起我的愤怒，最致命的情绪是对她的彻底失望。我曾经像鸵鸟一样生活，用极端偏激的方式把自己和外界隔绝开来，活在臆想的王国里，没有朋友，也没有敌人。我只是觉得别人看我时仿佛都在谈论我，让我浑身不自在，还有恐惧。

知了让我懂得什么叫做“心死”。

我没有跟知了吵，风轻云淡地问她：灰狗和你什么关系？人家认定你是他女朋友了吗？向你表白了吗？

知了没话说了，扑簌簌地掉眼泪。

人还是只和自己相处最安全，不然就满口谎言，因为实话总不免会成为日后别人伤害你的利器。

灰狗的电话来得真是时候。他不改开心的口吻，和我这头的战场形成巨大反差。外国人就是这样，心思简单，天塌下来也不愁，有姚明顶着呢。

如果哪天我对婚姻绝望了倒是可以考虑一下灰狗，省去交流的麻烦。

灰狗：周末能一起出去玩吗？

找你同学去吧。

灰狗：他们周末都有事。

让知了跟你去吧。

灰狗：可你对我是不同的。

灰狗的语言让我体会到简约的美妙，但是我不可能喜欢他。他另类的语调会带给我们新鲜感，有特殊学龄前水平的朴素。但真遇到事情商量起来简直就是灾难，一句话要掰开来揉碎了地重复好几遍。他背的句型就那么几种，前半句一出口就知道后半句要说什么，都是虽然……但是……、可以……然而……的老套路。看他那副艰难困苦的表情，苦于无法通畅表达，索性替他说完，却赢得灰狗的惊喜夸赞，说从来没遇到过这样聪慧、能读懂人心的女孩儿。

对这样的赞美我哭笑不得。

我叹息。

灰狗问：怎么了，不开心吗？

我这边正在和人吵架。

灰狗倒抽一口冷气：怎么回事？

没怎么回事，我这人脾气不好，就喜欢和人吵架。

灰狗惊恐万分：什么事呢？

就是和朋友闹不高兴了，你说谁不对呢？

灰狗笑了，我不知道什么事，但我觉得应该是她不对。突然他很郑重的语气：你等我一下好吗？然后匆匆挂掉电话。

嘿，知难而退了。为这样一个逃兵我失去了知了。

四十分钟以后电话又响了起来。接起来，是灰狗的声音：我在楼下等你呢！

灰狗双手背后，显得很神秘。

我向他身后探，他变魔术般一下子拿出一盒巧克力递给我：听说心情不好吃巧克力就会好起来的。

他还是穿的初次见面时那样单薄的样子。

你冷吧？我问他。

冷啊！其实我在这儿等你很久了，你电话一直打不通。

我犹豫着：你这样知了会不高兴的。

知了？灰狗反应了一下，说，哦，我和她只是朋友。

第八章

灰狗常打来电话。铃声响起时我要依据心情状况，好就接，不好就不接。

我承认说这话有点不要脸，可我真的不想和知了闹得太僵。用弃妇界比较时髦的心态讲，我对她还抱有一丝幻想。

这天我生病了，头热脑晕，心情烦躁，待在宿舍不想去上课。我躺在床上漫无目的地盯着上方那块破烂的床板，在一条蜿蜒曲折的缝隙上移不开眼。我开始想这裂痕也许是知了过分丰腴的体态压挤的结果，想着她肥腻的肉体如何碾过每一寸钢筋铁骨，水滴石穿，造成这样的局面。

接着我又想了许多，内容彼此没有关系，又好像都有所勾连。再后来我脑袋完全乱了，交织着许多杂音和斑点，好像电视神经错乱以后的灰色影像，又像知了令人过目难忘、赚足回头率的悲惨头发。再再后来驳杂的幻影变成一片瘫痪的惨白，我什么都不想了。大概过了几个世纪之久我才察觉出我还活着。我意识到这辈子也许就困在这张床上，视野所及不过这一张床板，突然产生心跳加快、浑身僵硬的“濒死感”，感觉世界末日即将来临。

我用睡觉来屏蔽在人世的一切知觉，不幸再次醒来时，还是要面对该死的现实。

我更难受了。懒人活着的最大痛苦就是永远要行动，行动就有消耗，即使你躺在床上一动不动也阻止不了热量的流逝，好像谁在我体内装了把漏斗。

我和自己的思想作了半天斗争，最终跳下床，在桌头的小盒里翻出一个八百年没用过的体温计，壳子上全是岁月的驳黄。我取出内核往腋下塞，十分钟后温热的量度计带给我的数字是三十八度九。狗娘养的！我讨厌这个数字。

病情赋予我颓废的勇气。我披头散发地甩上宿舍大门，蹒跚而行，磨蹭到医务室去交代自己。医务室位于绿树掩映下的一方绝佳宝地，遥遥望去挺隐蔽一二层小楼，若你来 T 大时间不长，包你转上两圈找不到入口。

离入口五步远的位置有一块提示牌，上书：禁止在此遛狗。牌子旁边，一个年迈的老太正悠闲地带着她的京巴享受春日暖阳。哦，多和谐的一副图景！这就是生活。

我撇开这里的其乐融融，天人合一，人兽同步，执着地往白色小楼里钻。

挂完号我直闯内科。

一位女医生在内坐镇。我申诉病情，几个单字刚蹦出来，她头不抬眼不睁，大手一挥把我哄了出来：没看见里头有人呢嘛，排队！

我退出来，转而走进另一间诊室，这回是个男医生，应该好说话。我进去说大夫，我发烧。

大夫专注地盯着电脑屏幕，看神情好像在研究什么能拯救数亿苍生的重大课题。

我敬畏地缩着脖子又往前挪了几步，待看清屏幕上的内容后我发现原来这厮在玩纸牌。我又重复了一遍：大夫，我发烧！这次我的声音里现出虚弱，以期能博得他的同情。

这大夫鬼魂附身一般冥顽不灵地端坐在椅子上，还在继续玩纸牌。不言而明，这老兄已经走火入魔。我左右碰壁，想来没有第三种选择，只好退出来静候女大夫，最起码她本质上还是敬业的。

轮到我进诊室时我感激涕零，对这社会已经没有愤恨和苛责。

女大夫也开启了电脑，看得我心里一紧。

什么事？

看病。我心里的台词是：真晕，不看病我来看你这臭脸干吗。

哪儿疼？

发烧，想打吊针。

三十九度以上给打。

我三十八度九。

打不了。

就差零点一度，太难受了，打吊针快。

打不了，出了事儿谁负责？！

就差零点一度！

打不了。

我再次痛恨起自己的诚实。我只能恨自己。因为如果每件事你都不满意你都怨社会，结果肯定会是内伤。

到了中午我从被窝里钻出来，又量了一次体温。

明明动了肝火，可体温不合作，走了邪路，居然降到三十八度七。

我有些想嘤嘤哭泣，怎么走到哪里都有恶势力对抗。可我又不甘如此脆弱，两相权衡的结果是眼里包了一汪泪，欲坠还盈。

知了对此视而不见，慢悠悠地背完单词，晃动着四肢，慌慌张张出门去了。

屋里只剩下咸子和我。

咸子在扫地，无意中扫了一眼我的眼睛，忙问：雅雅你怎么了？

我告诉她医务室之行的经过。

丫傻缺吧！

和咸子熟识之后，她爆粗口的次数日渐增多，这话头一次听来如此顺耳。

咸子要我赶紧躺下，倒了杯热水给我，还塞来一片淡黄色退烧药，说是药效奇佳，能三分钟退热。

我感动了，险些向咸子俯首称臣。

但我到底挺住了。

晚上我收到灰狗的来电。他最近学聪明了，一来电不接便反复打，考验我的神经，直到我接起为止。我的神经一向脆弱，遇事爱较真，总禁不住灰狗三番五次的呼叫。

灰狗的名字如一道秘咒般锁住了我。

我告诉灰狗我病了。

他问什么病？

我说发烧。

他连忙说他有神药。

这年头药业发展迅猛，铺天盖地的广告深入人心，不是奇药就是神药，最多的就是假药。

我问他的药是不是保证一分钟退热?

灰狗一时没有听懂，我也懒得解释。

他挺认真地说，病了就得吃药，然后蹦出歪歪斜斜的两个字：听话!

我说是药三分毒，不能乱吃。

灰狗又没听懂，一个劲儿地追问怎么了?

我缓下语速，像对待一位视听障碍患者大吼：药、不、可、以、乱、吃!

他敬酒不吃吃罚酒，这回总算听明白了，吁了口气道：没关系，一次吃两片就好了，不会有事的。

这老兄真让人无语。

我承认那天我无理取闹，胡作非为，为非作歹，不仁不义，横七竖八。我说：对不起，以后没什么事儿的话，别再来电话了！然后潇洒挂掉。

温柔好脾气的灰狗，也知道何谓自尊，何况他来自一个大男子主义盛行的国度，尊严长过常人三分。

笑嘻嘻的灰狗没再来电话。我喷火筒对准他的时候，他再奉献不出巧克力来灭火了。

后来有一天我在图书馆看书的时候又接到他的来电。他问你现在有时间吗？我有个作业明天急着交，有些问题想问你。没等我开口，他又抢白，我给知了打过了，没通。

要是他没加这最后一句我倒想偶尔助人为乐，可是一牵扯上知了我就却步了，跟他说：那你过会儿再打给她试试吧，我在外面呢!

知了，我他妈的该死的还是怕失去她。

因为灰狗的介入，我和知了的关系挂了空挡，出现了小说开端的那一幕。我痛极了，怕极了，像所有面对股票崩盘暴跌时的股民，压准了知了就信死了她，一条道走到黑，说什么也不相信她会倒戈。

食堂里我亲眼看到她的背影渐行渐远，既然我的眼睛无法挽留她，我便要动用我的手，我的腿，我的筋骨，我的血脉，缠住她，捆住她，囚住她。

知了，没有她，我将面临切割连体婴儿般的痛苦，心碎如锯，血流成河。她是我的手机，是我的包，是我的护垫，是我的纸巾，是我的钥匙。出门没有她陪伴，我会心慌慌，意乱乱。

知了，没有她，我该如何面对电梯里的扫描，课堂上的探寻，小道上的漫步，宿舍里的闲聊，以及食堂里别人包藏刻毒的问候。没有她，我将不知道怎么迈出我的每一个步子，不知道如何摆动我的臂膀，不知道走在去上课的林荫道上，我的手是插在兜里还是自然垂直，不知道课间同学三五作堆谈笑时我该加入哪一堆，融入哪一伙。她们是否会心不在焉地瞟过我，以她们妙龄女生叽喳尖锐的嘲笑声淹没我的寂寞，我的孤独。

一句话，没有知了，我的生活不能自理，生命无法继续。

我双手合十暗中祈祷：我的知了，请不要抛弃我！

我打开宿舍门，看到了知了。她窝伏在布局紧凑的911房间，体态肥胖，四肢粗壮，头发灰白，眼睛美丽。出了这间屋子，没有人能见证她是一个奇迹。只有我懂她的丑陋，她的死穴，她的疯狂，她的魅力。

知了也转过头，看到了我。以往这样的对视对我们彼此都是安慰。

知了开口了，话语劈头盖脸砸过来：我问你，灰狗给你打过电话了是吗？

是！

他几点几分打给你的？

我这人关键时刻不会战斗，何况我现在怕她，依赖她。我老老实实作答：几点几分我不记得了，他说他先打给你的。

知了这下满足了：哦，那就行了。她没在我身上浪费一微秒的时间，整张脸又痴缠在 GRE 红宝书上。

咸子也在，维持她高贵的风轻云淡。她的沉默是对知了无声的支援。

知了，你他妈的。你的尖锐，你的无情，你的自私，你的冷漠……你这辈子就别想找到个男人要你！别说中国男人不要你，韩国男人如灰狗也不会要你，越南老挝柬埔寨的也不会要你，非洲男人土著男人通通不会要你！你等着哪天基因变种和外星人配对去吧！我真他妈搁心里把你千刀万剐了！

我握紧的双拳提起又放下，我永远不可能带给别人真正的威胁。

诡异的是，经过这一切，我和知了还赖在一起。我想这多半是我的原因，我们就不紧不慢、不前不后地那样走着，无话可说，无事可聊。

多少次我恨不得当众臭骂她一顿，然后彻底摆脱她。

可我做不到。按流行的说法，这叫纠结，并且纠结得非常典型。

我那一段整日神情恍惚，怕这你死我活的惨烈结局会由知了发起，抢夺主动权。

我每天心惊胆战地担心事情就会发生在今天，可我费尽心力，捕风捉影二十四小时，却什么也没有发生。当夜幕降临，我感谢上帝让我平安度过一日，怨恨他让我心悸一日，并且又将迎来新一天的恐惧。

我们习惯了彼此不说话，偶尔她一张口，我本能地瑟缩发抖，担心她会说出那事。我当时的心态恰比好死不如赖活着，我是好散不如赖搭着。

事实上我们家族在我接触的几代基因里都没有“赖搭着”的遗传，因此我相信如果我把这事儿告诉我父母，他们会空前难得地站在同一战线来鄙视我。

可我不会这么做。我的事儿他们早就管不着了。

知了的改变是全方位的，多角度多层次多类别。

她自“灰狗事件”之后对于男人的渴望不再藏着掖着了，她的欲望并不满足于曝光，那样不过瘾，她还要拿着她的欲望搁到太阳底下暴晒，最好借用操场的大喇叭二十四小时广播出来才好。她知了要招亲呢，不用比武，也不用比文。活的就好，男的就好，来者不拒，欢迎排队上门。若在以往，这样私密的话题独属我俩的夜谈范畴，如今她对谈的对象是咸子和阿姆。她也不管她们是真心关注她，还是无聊时任人主动送上八卦，她只在乎她们表面上三人成众，可以把我排挤在外。

我真恨曾经出卖自己告诉过她：我害怕有两个以上的女生当着我的面说话。

知了为把自己成功推销出去，还特意置备了行头。她的一切物资必经母亲之手，这次不知道使了什么心计，在她妈妈的眼皮子底下焕然一新。以前她的衣服偏重暗色调，现在成天把彩虹披挂在身上才甘心。

她的声音更尖锐了，声音吱吱得扰乱人神经。在知了般的声声叫唤里融入了老鼠的吱叫，简直丝丝入骨，夺魂索命。

此外她还新增了一项兴趣爱好：时常围着学校的电线柱和宣传栏打转，考古一般侦查寻求语伴的“小条”，看那些不甚标准的中文，记下电话号码，想象每一个数字后面可能发生的故事。她甚至自己精心制作了小纸条，一则启事后面挤下二十个可供撕下保存的小条，多一条就多一个邂逅爱情的机会。她的桌上随处可见撕扯过的纸张，像开了一间小型手工工厂。

已经分辨不出底色的电线柱披上了五彩新衣，被赤橙黄绿的小广告簇拥着，跟知了的衣服简直绝配。这些纸条多半出自韩国人的手笔，也有日本人，还有寥寥法国人的笔迹。他们来自不同的国度，肯定想不到有一天他们的中文手迹会同时展示在一根已腐蚀得面目全非、裸露出筋骨的烂柱子上，像一场蹩脚的幼稚园书法展览，并被知了这样一个奇特的中国女生收入囊中。她阅读它们的时候如一只饥饿的母狼，她希望每一个电话的主人都能带她进入魂牵梦萦的“香格里拉”。

知了把搜寻的宝物小心地夹在一个随包携带的小本子里，一周随机抽取一张打电话，看对方有没有兴趣和她共进烛光晚餐。之所以要随机抽取，是想让命运插手，给这份交易增添几许浪漫神秘的色彩。要是缘分天注定，管它是不是烛光晚宴呢，就是吃食堂的两菜一汤也甘心。

知了给每张小条规定的保鲜期是一周，即打给号码主人约吃饭，如果没有回复就一鼓作气追过去死缠烂打，天天 call 数百遍，若一周还没回应再转战下一张纸条。这样做的好处是，即便他人见了知了的真身就逃，也可保身边的“饭伴”时时更新。

我早就知道知了有顽强的“过把瘾就死”精神，今朝有酒今朝醉。有时她心情大好，头顶开光，偶尔和我搭上一两句：明天我要和个金发碧眼的法国帅哥吃饭耶，定在门口的西餐厅，浪漫吗？

我看着她那副变态的嘴脸，嘴上作出让步：哎呀，真好！或者，是吗，他叫什么呀？矫情得令我自己想呕。

知了收获了虚荣，醉陶陶的，双眼半眯半合。忽然她睫毛一阵蛾子般地扑扇，眼睛陡地睁得贼大溜圆：干吗？你要来找我们啊？你来了我也会装作不认识的！吃一堑长一智喽！

我直想冲过去一拳擂在她那张无耻的脸上却怎么也动不起来，恨到麻木：你捧着是个香饽饽的事，老娘我还不稀罕呢！

知了继续挑衅：稀罕不稀罕的你也没有啊！

我嗤之以鼻，不想再搭理她。

回来的知了无论成功失败，都比去前还要疯狂，满脸通红地跟大家炫耀讲述，这个老外有多么可爱，那个老外多么风趣……

只有阿姆不耐烦的时候才能堵住知了的嘴：哎哟知了哦，那个谁谁谁那样喜欢你，有没有吻你呀？下次约你什么时候见啊？还是阿姆懂套路。

知了接下来的话就支支吾吾：我们……嗯……我们到时候再联系了！

阿姆更加尖酸刻薄起来：恐怕没有到时候的机会了吧？

知了现出窘态，还在嘴硬：反正……反正到时候再说了，我这儿候选人还多着呢！

阿姆嘲笑道：哎哟，你快搞成一个中央委员会喽，我们都加入你的候选人名单吧。

众人大笑。

知了讨个没趣，没一会儿就爬上床睡觉，让阿姆吃面板一样的“后背羹”。

每每这时阿姆在我内心就矗立起一座丰碑，我将她封为高手，反应快，下嘴狠，常令对手防不胜防，瞬间崩溃，俯首称臣。而我就缺乏这种基因，越是在众人场合反应越慢，有理说不清，一百个不自信不好意思，难成大器。

同时，我又在心里可怜知了，可怜她的天赋魔鬼身材，可怜她的精神恋爱法，可怜她的阿Q精神。

阿姆这位大侠缩放有度，决不把人往死里逼，见好就收。何况她多半只跟知了在“学伴”话题上能取得共鸣，因此也绝不会把关系搞僵。

我以为知了热衷追逐的这种情感变态游戏在屡玩屡败中总有一天会幡然梦醒大彻大悟，终归会在意识到自己傻缺的那天画上句点。可惜这一天在我预言般的等待中迟迟没有到来，她中毒太深，已由肌肤渗入骨质，需要刮骨疗毒方可拯救，可惜神医华佗早已作古，神医性命被颇会拽几句歪诗的一代奸雄曹操扼杀，神医医书被其昏聩老婆付之一炬，从此天下再无人具此神功。不幸的知了！呜呼！哀哉！

是日，我跟咸子共处一室，她带给我如此讯息：她课间跟男班长谈论班上的数位女生。

咸子问：你觉得知了怎么样？

男班长答：咱班最不正常的女生！

那 × × 呢？

最起码人家低调呀！

咸子吃吃一阵傻乐，然后挥着粉拳往男班长身上抡：你好讨厌呀，人家知了也没得罪你，这样说人家！

假如知了听到这话，不知会作何反应？

我听了直想拍手称快，作死吧你！活该！看大家都怎么看你！当众人都把你当疯子看、当猴儿耍的时候，你的灵魂就已经死亡了，还有生存的价值和意义吗？

可是在庆幸之后，我内心不免又同情起知了来。也许别人并不了解她的另一面，但我了解。知了其实并不笨，有她聪明和正义的一面，也有自身的苦衷。她现在这样子似乎有些叛逆的成分在里面。她太渴望爱与被爱了，爱让她着了魔，发了狂，让她每天生活在人鬼之间。谁在爱前面拦路，她就敢跟谁拼命。

盯视知了成为我的痛苦，而靠近她早已是我的习惯。

知了好像没有跟灰狗有进一步的接触，她的目光游移在校外繁华一条街众多餐馆一明一暗的霓虹灯下，那一张又一张不属于她的脸，那一阵又一阵不属于她的欢笑声。灰狗对于她来说，只是把她领到这些脸和欢笑声的起点，而终点遥遥无期。

阿姆说看见灰狗牵个比他高出一头的韩国女生出现在网球场附近。

知了听过也并无心碎痕迹。

我知道，只要灰狗牵的不是我，她就不会跟自己的心较劲，得过且过。

因为灰狗，我跟知了掰了。

多少年后我们都不会承认，这两个男人曾是我们第一个不顾一切交付真心的瘪三。我们都在初次栽跟头的时候到处诉说苦难，随后才学会隐藏心事。

他们是我们命定的死穴，给我们未来的爱情蒙上阴影，奠下基调。

他们终究从我俩的生命中消失了。

第九章

我感觉空前孤单。

我曾经最熟悉的人，现在变得遥远而陌生。

知了的桌子就在我旁边。看她肥白的手臂搁在桌上，莲藕一样绵软糯口，引诱着我的怀旧情绪。那手臂已不再能依托我，拥抱我。就凭我对她的怒目仇视，她绝不会猜到，失去她对我而言是多么重大的损失。

她不知道才好，这样我才安全。我伪装的冷漠让她抓不到我的软肋，因此我感到自己像资本主义制度对私有财产的定义，在她面前神圣不可侵犯。

可我心里空虚。要是这会儿把我心脏拿出来用竹杠敲，肯定听得到空谷回音。走在上课的路上我一步三摇的，脚下没底，脑子发木，因此我上课露面的次数越来越少得可怜，算来算去十根手指头就能数清。

更多时候我喜欢赖在床上，什么也不干，想些人生本质是虚无的问题，甚至打算出本关于个人生命困境的哲学书籍。或者我干脆盯着床边发呆。

我喜欢在她们都去上课时盯着头顶的床板，那时没有知了的重量带给我的压力。

有时候我对着电脑看几部电影，追忆青葱岁月的影片多得数不胜数，铺满了我整个电脑桌面。我一部部翻看记录他人年华的历史，查看作者。他们当中有大师，有混子，还有从混子变成大师的大混子。他们的青年时光丰润多汁，由荷尔蒙过剩引发的暴力和爱情让生活随处充满宣泄淋漓的畅快和多姿，这激情持续燃烧到他们头发花白牙齿掉光，仍念念不忘。

我被这些年代久远、满怀记忆伤痕的细节弄得泪水涟涟，或是癫狂大笑。不过我真怀疑这些生活的真实性，为什么相比之下，他们能置身于恣意的殴斗，或是和爱侣缱绻于街头旅馆，而我只能暗香浮动，怀揣着最美好的时光，却不知该往哪里去挥洒。

到我人生目前为止，唯一让我激动和兴奋的仅限于跟知了的友谊。友谊是一个截点，那之前是挣扎。挣扎着学习，挣扎着考试，挣扎着摆脱家长无数个以“你千万不能……”、“你不可以……”为开头的句式，挣扎着长大。那之后是空白，友情的空白，爱情的空白，亲情的空白，生活的空白，一片连一片的空白，于是便更猛烈地扎到电影世界的虚幻里去。一部片子看完，如果它的情节不是那么露骨地洒狗血，我多半会沉浸其中难以自拔。

等到咸子、阿姆等上完课，叽喳拥闹着闯进门来，我倏地一阵紧张，像躲避外敌入侵一般掩盖起流泻的情绪。看她们讨论今天学了哪几个单词，老师又批评了某某某，感觉自己的世界被她们的平庸拖下了水，再难有浮出水面的指望。

哦，对了，写到这里我要做一点声明：

我记得当时我灰白苍茫的人生里还有一个例外。是的，没错。虽然我有时候犯糊涂，老是在重塑记忆时搬弄是非，可那件事我不会忘记，它对于我几乎成为一场仪式。

说来简单，就是我还保持每周去通讯社开会的纪录，为的是见到龙腾跃。哦，你可别想错，我当然不是还对那人渣抱有什么希望。我说过，他已经在我的生命里消失了。我去见他是为了让他知道我现在过得有多好。

每周一，我暂时把我的沉溺懒散收拾起来，端着一副新鲜的面孔和气息走进通讯社办公室，走那几米的步子时我两脚生风，脚掌和鞋子无比贴合，像搭伴了多年的老朋友，抬起的弧度好像能带动我滞涩生活的重新运转。

我可以感到龙腾跃还在暗中观察我，这正合我心意。

从咸子的闲谈中我已经得知，男人往往是这样，厌弃眼前的，思慕得不到的。即便他当初对得到我的爱意信心满满却没有选择我，也会对每次露面神清气爽的我生出几分好奇。而好奇是一切男人采取攻势的根源。我在他面前展露美丽的微笑，对于这点我自信得目中无人，因为在此之前我曾对着镜子练习过数百遍，把我脸上的肌肉调动到看上去最令人舒适的状态。我争取每一次跑采访的机会，让自己看上去充满能量。

童谣报出一个对我胃口的选题，我便迅速高举手臂，声带喊裂地表明我积极投入的立场，那样子很像大战在即，我作为将军意气昂扬地立下军令状。

童谣和怀正合起来构成一个磁场，让我一挨近他们就自动向红色苏维埃靠拢，偶尔我会被自己激动的口水呛着。

不了解的人可能会猜想我除去上课时间，每天早上一小时跳绳，下午两小时游泳，一周两次自行车远足。事实上我既不会游泳，也不会骑自行车，可能是进化得超前或者太过完备，人类自远古流传下来的原始生活技能到我这里均已大面积退化，基本生活要依靠现代科技才能够完成。

童谣在会上宣布说我的成长速度让她很有危机感，这话无疑是对我最大的赞美，美得我恨不能每天再早起一小时给她打早餐。

童谣行事强硬，说话掷地有声，跟钢镚儿落地似的。我听说她家境不太好，母亲早亡，父亲和继母又生了个弟弟，童谣很难得到财政支持，学费和生活费都靠自己打工挣。看看童谣就可确认咸子那类人纯属心术不正，比你苦的有的是呢，看看人家多么励志，简直都可以去参选感动中国，怎么就你正道不走直奔歪路呢？再拿知了和阿姆来比，更没得说了，那俩相形之下就是小资产阶级的腐败糜烂，无病呻吟。

童谣对我的器重就像给我配发了原始股，使我干劲冲天，一到通讯社就是一牛市，故意在龙腾跃面前拔高猛涨，精神境界比他高出孙悟空一个筋斗。任他再怎么龙腾虎跃，也怕是相形见绌，逃不出我如来佛祖的手掌心。

没想到我猜得还真准，龙腾跃由于骨子里的过分自恋迟迟摆不正自己的位置，隔三岔五出来搭讪，总能被我的妙语击得面红耳赤。不知道为什么，面对他那张欠扁的脸，我总是格外有灵感，常常语不惊人死不休。

于是对童谣的期待和对龙腾跃的讽刺成了我目前生活最大的乐趣，一有时间就没命似的往通讯社里钻，主要工作，业余学习。我生活的一小片光亮映射在小个子的童谣身上。

当林旭跟我说他喜欢我的时候，我没有犹豫就接受了他。

拿我和林旭的经验说事儿，印证那句话是对的：女孩子即使失恋了也不要哭泣，因为你不知道什么时候谁会爱上你的微笑。

林旭也是通讯社的成员。入社快一年了，我没有和他说过一句话。他像是麦当劳店前那个标志性的叔叔形象，你知道有这么个东西存在必不可少，可是所有人拥进去却鲜少关注到他，都是奔着鸡翅可乐去的。

我只记得他坐在靠边的位置，只固定和一左一右的同系男女说笑。

我曾经在校园的大马路上遇到他，试图打个招呼，当个点头之交的“点友”，可惜他总是眯缝着眼睛飘然而过，完全没把我放在眼里。后来他告诉我他深度近视，又不喜欢戴眼镜，只有目距一米之内的人物才能进入他的视线。

忘了从什么时候起，我开会时抬头就能看见林旭。他渐渐转移到我的对面，偶尔能看到他在和我对视，但又马上移开，把目光垂下。

不过我们始终没有说话，连点头之交的感情都没有。

一次童谣派给我一个紧急的采访任务，那是个规模颇大的研讨会，十几所院校的媒体头头都来参加。童谣在京郊做家教赶不回来，让我代她去参会。

我急需找一个有专业技巧的摄影记者，打了 N 个熟人电话都没能联络成功。龙腾跃是肯定不能再找的了，一时间我有点后悔在感情深处已经把他赶尽杀绝。

突然我在通讯社的联络表上找到林旭的名字。

我电话拨过去，林旭说他下午要上英语课外班，但他告诉我不要急，他尽量赶过来。

我在会场远远看到林旭，感觉像见到了救世主，遇到了好莱坞似的 happy ending 大结局。

我以冲刺的速度跑过去，问他怎么这么早就下课了。

林旭莞尔一笑，我怕你着急，没去上课。

我开心得想颁给他一张红彤彤的奖状，上书“大大大好人”。

那次开会我自我感觉良好，还作了冗长发言，赢得掌声一片。

开完会已经晚上 7:30，月亮升腾，星斗满天。

我忘记和林旭才算初识，一遍遍追问他我发言是否精彩。

林旭慢悠悠地讲，他这人头脑比较简单，听久了讲话会头晕。别人说什么他没太在意，不过我说的他认真听了，就是好。

我得意忘形地狠拍林旭肩膀：哥们儿太够意思啦！

林旭很腼腆地笑着：自己人嘛！

饿着肚子的林旭提议去校外某餐馆吃饭，我爽快答应。

其间林旭很自然地谈起自己的生活琐事，带着些微微苦恼的样子。他说上听力课，老师提问，大家都在底下做了手脚，拿答案书起来照着回答问题，只有他不幸被老师逮个正着，挨了批，老师怪声怪气地没收了他的书。再比如前一段他胃不好，足足喝了两周的米汤，等恢复了体力去打网球，一只恶心的大绿虫子，又掉到他身上，害得他一着急摔坏了拍子。

林旭的这些生活边角料笑得我牙齿直颤抖。按他的说法，好像他在生活的琐屑细节上处处受阻，芝麻绿豆大的事儿都是他的羁绊。他声音低沉，语调平静，更强化了这些真人笑话的杯具效果。

你很健谈嘛！我叼着勺子，发现新大陆一样盯着林旭。他那样子像柔弱无助的小鹿，而我不用照也知道自己的样子像劫美贪色的女流氓。

林旭眼都不抬，一边继续夹菜一边说：我属于闷骚型。

我绷不住了，咧嘴又爆出一阵笑声：林旭，真没发现啊，我觉得你可以上央视那个“开心十分”去讲讲。

后来我又找过他几次帮我拍照，在闲谈时他劝我别成天躲在宿舍里窝着，没事可以跟他一起去图书馆自习。

之后我每天都能收到他的短信问候，他会邀请我：一起去散步好吗？一起去买书好吗？去吃西餐厅的土豆泥？这些邀请都能切中我的心坎，也不知道他什么时候观察到我这些喜好的？亦或是女生的通病！

跟林旭在一起时我变成话唠，如滔滔江水说个不停，三峡大坝也挡不住。

林旭知道我不爱喝水，像骆驼一样，喝口水就像水银行定期储蓄似的。他每次见面前买一瓶水给我，看着我喝下去，并给我起昵称叫“骆骆”。

他的细心体贴跟灰狗不一样，宁静温润，并且恰到好处，不让人生厌。

我想我们两个倒是很和谐。没有表白，没有期待，没有伤害，也没有未来。我现在不愿想未来。林旭的长相白净温暖，我猜想他活到老也不过额头眼角多添上几道岁月印痕，不似那些脸色黑红的家伙，面色骇人，甚恐为伴。如果他珍惜我们的友谊，我俩可以老来做伴，能成天对着这副白色面皮，携手去敬老院安度晚年也不错。男人好女色，女人爱男色。

走在中文楼后面的林荫道上，我真希望和林旭就这样闲适地漫步没有尽头……

"六一"节快到了，我童心复苏，卖萌地向林旭宣告：好久没去过游乐园了，好想坐旋转木马。长这么大我还没敢坐过山车呢，等老了高血压和冠心病登门拜访，只怕有心无力，那该多遗憾啊！

林旭想了想，提议道：那我们下周一去好吗？

大哥，我下周一全天课。

林旭：反正你很久没上过课了。

那老师发现你没上课怎么办？

林旭：管他呢，反正我这么大了，他总不会还打长途找家长吧。

于是我们达成一项"携手旅游"计划，欢欣鼓舞。

周日晚上林旭发来短信说，他们系明天要办一场学术研讨会，所有人必须参加。

我当时的情绪一落千丈，疑心和私心万箭穿心，我回给林旭：哦，忙你的吧！

生我气么？

没有，不敢！

我跌坐在床板上发呆，满脑子塞的都是林旭。

哼，还劝我多出去走走逛逛呢，关键时刻失约，还是我这张床最安全。

估摸二十分钟以后林旭打来电话。他语气兴奋地说我们可以如期去 happy，他左思右想编出个善良美丽的借口给老师：上了年纪多年不见的姥爷来京看他了！老师念其孝心，破例让他去陪姥爷，整个系只有他例外可以不参加。

林旭美滋滋地说看来跟影视剧上说的一样，关键时刻打亲情牌最有效。

林旭这个好学生，想不到绵里藏针，与众不同。

周一早上，我们如约在校门口见面，逃课去游乐园。

四目相对时我们乐翻了天，逃课游玩的感觉无比新鲜和刺激。

地铁里用人山人海来形容早已过时，用国际标准的车厢宽度来装载泱泱十四亿华人显然不符合国情，违规超载野蛮拥挤成为建构文明社会的一道硬伤，令人触目惊心又无可奈何。

我看着黑压压的人群，心惊肉跳地想，如果毕业后每天都要面临如此严重的社会压力，莫不如终老在T大算了。

我看看林旭，他竟然夸张地掏出手机，拍摄下壮观场面，感觉完成一件艺术品的得意样子。

我跟着林旭硬着头皮往人群里钻，几乎没费什么劲儿，只要掌握好方向就被人流裹挟着上了地铁，上地铁前后的过程令我对前赴后继、东倒西歪有了深刻的理解。

林旭紧紧握着我的手，一直没有松开。他低头在我耳边传授站立秘诀：两腿绷直，劲儿往下使。

我试了一下，列车一摇晃，我脚后没跟，直扑到林旭怀里。

不知是哪位大爷选定的地址，远离百姓生活圈，我们坐完地铁倒城轨，坐完城轨倒公交，等赶到游乐园时，我跟林旭的精力已经消耗近半。

游乐园果然天高地广，跟狭窄拥挤的地铁相比完全两个世界，跟七彩童话一般色彩斑斓，令人赏心悦目，一扫之前的不快心态。

我跟林旭在游乐园里自由徜徉，身心愉悦。

在碰碰车场里，有几对人开着碰碰车开心地横冲直撞，尽情发泄着最原始的快感。

我跟林旭趴在栏杆上观赏，林旭建议：我们也下去碰碰吧？

好滴！

等我和林旭买票回来，碰碰车组只有一人在排队。工作人员眼看一局游戏凑不成，便亲自上阵。

我和林旭共坐一车，林旭开车，我指挥。

三辆车和着角斗士的音乐满场飞，那工作人员虽是女流之辈，却身手不凡，驾车技术超级棒，撞得我俩晕头转向。我眼见不是对手，避重就轻，下令林旭去撞另一辆车。女工作人员见我们落荒而逃，便驾车追来，三辆车搅在一起，短兵相接，勇者胜。

我们去坐旋转木马。这木马是我记忆中的贵族，身披金鞍，上下两层，顶部坠了无数金光闪闪的饰品。原来此木马非彼木马，被称作“皇家木马”，价格也是寻常木马的两倍。

我跟林旭扎扎实实体验了一把“皇家待遇”，我坐上一匹白色小骏马，在高低起伏的旋转中长发随风飘扬，颇具女侠范儿。

之后我们去坐过山车。林旭买票前我一再阻挡他，我需要在足够的观赏经验后获得心理保障。经我仔细观察这游戏调动起人的几种情绪：一开始都是竭力保持镇定心情平稳入座，车慢慢爬坡走高，到达最顶点时突然急速下滑，此起彼伏的恐怖尖叫声随之鹊起，并在高音区持续飙升震荡，大有世界末日之音响效果。待众人的惊魂之音达到沸点，列车却戛然而止，人群像散了架似的四散开来。可有的人还嫌不过瘾，又去买票再重新来体验一次。

观看了半天，我想不过如此嘛。

轮到我坐进车里的时候，我发现这东西没我看得那么轻松。我跟林旭同排而坐，两只手鸡爪子一样牢牢抓住栏杆，精神颇为紧张。

林旭告诉我放轻松点，放松点！

我说没事儿，我没怕！还冲他粲然一笑。

当过山车开始运行以后我便后悔了，疾声告诉林旭我想下车。可是这时候我的诉求为时已晚，就像火车启动以后根本不可能停止一样。伴随着车速的加快，我的心忽悠一下悬空。林旭也颇有些紧张，双手死死抓住栏杆，无法照顾到我，急促地喊：实在不行，你就闭上眼睛吧！

我赶紧闭上眼睛，却止不住心跳加速，身体如在波涛汹涌的海浪间上下沉浮，心脏脱离身体像抛绣球一般被抛来抛去，耳畔风驰电掣，最后连叫喊的力气都消耗殆尽，气若游丝，只在下意识里重复着两个字：完了！完了！完了！

我是被林旭搀扶下车的。负责指挥的大爷拿着小红旗一个劲儿地催我快走，下一拨人要上来了，唯恐我耽误他做生意。

我的腿变成了软棉花，无力站起。

林旭说我脸色发白，嘴唇变紫，他关切地问：你没事吧？

我有气无力地告诉他心得体会，以后自杀都不跳楼，这感觉太恐怖了，人没落地内心先崩塌了。

林旭说：我也算为你肝胆俱裂过一回，这滋味的确不好受。他跑去买来一个体态丰满的棉花糖给我。当糖分和甜意同时在我心头融化，我感觉好多了。

后来我们又去玩了几个不疼不痒的小游戏，还去看了一场 4D 电影。林旭想坐一个翻筋斗章鱼船，我自过山车后不敢接触任何旋转物体，于是把他推上去，自己在外面观摩。

疯玩了一天，在校门口分别时，林旭把两张游乐园门票都塞在我兜里。他说他这人容易在小事上出状况，保险起见门票由我保留纪念。如果一不小心遇到老师，再一不小心掉出两张游乐园门票，老师准会怀疑一个患有严重心脏病的姥爷怎么会想到要和他同游游乐园。

为了防人耳目，林旭走西门，我走南门。

临走前林旭握了一下我的手，这一握究竟意义为何我不清楚，不过我真怕他是策略高妙版的龙腾跃。

一日晚，我奉咸子委托来到男生宿舍楼下给男班长送东西。

这天我心情不错，正想出去遛遛，甚至愿意让咸子白捡个便宜。

待男班长翩然上楼，我转过身，发现身后站着林旭，虎狼一般的双眼锁住我。

那个是你男朋友吗？林旭几乎是屏住呼吸问我。

我摇头否认：我没有男朋友！

林旭向前跨了一步，咄咄逼人地问：那我是你男朋友吗？

我毫无意识地轻轻点头：是！

林旭一把拉住我，轻吻了我的额头。

回到宿舍我感觉刚刚发生的事不大真实。我不过是帮咸子干了回短途快递，怎么就半路杀出了一个男朋友？我看好林旭了吗？我和他不是普通朋友吗？我爱他吗？他说过爱我吗？我承认我说他是男朋友的时候没有过脑子，即便我想清楚了，也不该答应得这么快。他呢？他是不是也糊涂了，说不定明天我俩就散。如果我俩散了，我可能连他这个最好的朋友也没有了。没有他，我就要继续面对知了，我会疯掉的。

我不安，可我更多的是兴奋，我梦寐以求的东西突然降临到我身边。“男朋友”这个词汇格外动人，它包含的意义广阔无垠，每一条意义又派生出无数的子概念。它温馨，甜蜜，它在我黑暗的床铺上投下一束柔和的光芒。它没让我生出三头六臂，又好像给我带来一切。想想如果我能占有爱情，我就可以昂阔地走在林荫道上，心情愉悦地散步、上课，不再惧怕电梯里的女生，甚至可以再度直视知了的眼睛。

天啊，如果梦想成真，我将在T大拥有一席立足之地。这校园人多物杂，可终究有一块砖、一片瓦是属于我的。林旭是我的卫士，是我的后盾，是我的支架。他的倏忽而至让我感觉那么不真实。正因为他意味着太多太多，我更怕会一下子远去。我知道了他的来期，却开始担忧何时他会走开。他是一件有风险的宝物，我捧着它，惧怕它，想摔掉、毁掉，可又舍不得。这种感觉既滚烫又冰冷，我饱尝忧患与相思之苦，一整个晚上在宿舍走廊里来回游荡，从这头到那头，从那头折回这端。宽大的睡衣包裹在我身上，空荡的裤管里灌进的夜风也丝毫不能让我理智，那感觉比坐过山车还要新奇刺激。

我回去睡觉时宿舍内一片安宁。知了和咸子都已睡下，阿姆这个夜猫子的银色帘子里透出橘色的灯光。隐约可以听到她耳麦里传来的疯狂和巨大的键盘敲击声。平时这些声音会惹我生厌，可是这个时候我有股冲动去挑开她的帘子跟她说话。

在这样的夜晚，每个没有入睡的人都必须分享并分担我的快乐和忧伤。

我的手机在桌上振了一下。哦，这一整个晚上我都没有带手机。

我打开信息键，一下傻了眼，里面充斥着林旭数十条的短信。他在对我倾诉衷肠，在说恋人间的甜言蜜语。他说他早就注意到我，喜欢我，他说出了我在通讯社开会的每一个动作，每一个表情，说他爱我的争强好胜，爱我的冷漠孤傲，爱我的坚强。说他第一次鼓起勇气坐在我对面，看这个清秀的女孩怎么一脸阶级斗争的严肃表情，觉得很有意思，他那时候开始想知道我到底是怎样一个人。他还说他不确定我今晚的承诺是否奏效，他生怕这一切都是一场梦。他希望得到我再一次的确认，说林旭，你是我的男朋友。

我贪婪地读着他的每一条短信，喉头发紧，血液循环加速，心跳强烈地撞击着我的身体，令我的手指轻轻发颤。长时间的告白过后，林旭一再请求我给他一个回音。时间显示过了许久，也就是我刚进门时的那一振，林旭又发来问询，只有一个字：咦？

我的林旭，他在等着我。

我抓起手机冲到楼道的窗户跟前，险些在关键一步刹住闸，不然整个身子都直接翻出去和我一起殉情。我怎么会允许这种情况发生呢，我要告诉林旭，告诉林旭。

我拨通了他的手机，每一个数字都敲击着我的心扉。

他接听的那一刻我听得出来，他和我同样紧张。没开口，我们都先笑了，紧接着我们又同时发问：干吗呢？

我告诉他，我一整个晚上都在想他，想我们。

林旭问：想出什么结果了么？

我深吸口气说：林旭，我想听到你刚刚欠我的那句话。

他轻轻地说：我爱你！

我的生命变了样。

每天早上醒来，我脑子里会有几秒钟适应性空白，之后便会想起林旭的存在。于是我精神一振，细胞鲜活，每个景物都充满了活力，像初次认识这个世界一样。

旧有的生活像散秩的拼图，林旭帮我找回了所有的小块模板，让我重新拼接成一幅完整的图画。我从没探究过人脑的容量到底有多大，但它能让林旭的形象每时每刻活跃在眼前，每一个他都真实，可亲，可爱。

我们频繁地约会，我见他一次就更爱上他一分。我下课晚了，他排队买好饭等着我。我吃食堂吃腻了，他带我吃遍了学校附近大大小小所有的餐馆。我不记得在哪里上课，打电话给林旭，他能把我的课表倒背如流。我看着咸子和阿姆撑着一把花伞并肩而行，刚想把外套脱下来遮住脑袋一口气跑回宿舍，却在大门口发现林旭拿一把大黑伞在默默等着我。

他在手机里给我下载好玩的小游戏，他偷偷在我包里放上助睡眠的香囊、白咖啡、小娃娃、包装俏皮的餐巾纸，还有他沾满奶渍懒得洗的勺子、他听坏的老式收音机。他陪我乘车两小时到我高中时代痴爱的概念店，他和我一道探险，随便登上一辆公交咣咣当当前行，即使再累也不坐到远离我的位置上去，直到我们都晕得受不了，再下车寻找回路，有几次他险些呕吐。咖啡馆里的冷气十足，他把我的脚拉过来，垫在他屁股下面取暖，我们可以这样宁静地待上一个下午。

林旭，我爱他名字的每一个字，每一道比画，这两个字多么完美体贴。我反复查他名字的偏旁部首、他的星座血型，输入各类姓名生日生肖的姻缘婚配测试网站，若结果我们相配，我喜不自禁。若说我们不配，我告诉自己不可迷信。林旭，我是如此幸运遇上他，我愿意用我的所有作交换，只求他在我身边。查完我又后怕，生怕林旭的信息走漏到借用网站骗钱的什么犯罪团伙手里。他们会鼓动他离开我，像法海勾引许仙。

我还记得我们的激吻。在我最爱散步的小道座椅上。

夜幕降临，那张长椅依托了我们的重量和欲望。我和林旭的初吻落在那里。

我们都缺乏经验，两张温润的唇试探着相贴，逃离，再相贴。再进一步，又撞疼了唇齿。我俩羞怯而满足。适应了唇齿吸吮的味道，我们更适应了彼此的存在，互吻转而激烈。温柔的林旭向我展露了他深藏的野性，而我学着配合他，适应他。

隔天我在镜子里纳闷地抚摸着绛紫色的嘴唇，怀疑得了不治之症。

我们每天固定时刻相约，散步，说不完的对语轻喃，散步，再散步。我告诉林旭红哥和他媳妇在这条路上的美谈，我们仿佛他们的年轻版。然后我们坐下，轻吻，激吻，持续地激吻。紫红的瘀痕令我惊愕，我隔三岔五在嘴唇的不同地方看见印痕。有一天我彻悟了嘴上的秘密。我告诉林旭，是他猛烈又缺乏技巧的吻弄成这样。他的爱也是一样，像我们狂欢过的游乐场，刺激新鲜，尚未成熟。

林旭否认，连连摇头说不是他，不是。我一再点头确认，怎么可以如此不负责任，就是你，就是。他的脸红个没完没了。他一脸红我就心软。

我疯狂地迎向他的稚拙，再次奉献我肿胀的双唇。为了他，我不惜所有，还在乎嘴唇吗。我可以让我的双唇紫上加黑，好像服过毒。林旭就是我的毒药，是一味需要长期服用、愈饮愈陷的毒。我从未见过如此干净的男孩，他身上带有一股茉莉花般的清香。我反复确认过，他没受洗发水和沐浴露的浸染，他生来如此香甜。每当我依偎他，亲吻他，这股淡香便缠绕上我的知觉，惊扰我的意志，让我肝胆俱颤，让我爱他发狂。

我之前的生命因为他的到来而在记忆中变得非凡，像发黄发旧的老照片，镶了框，滚了金边，变废为宝。我之后的生命再无所求。我可以抛弃我所有的理想，只为配合他的脚步；我可以隐没深山，我可以织布种田。我感觉我人生中最隆重的部分在我二十岁的时候提前开启了。我终身的爱情埋葬于此。我站在生命的顶峰，之后的漫漫长途要如何走呢？我要留神我的心，必须提防它的胆大妄为，贪慕无度。我要小心地分割对林旭的爱，只允许每天增加那么一点点，分成等分刚好够支撑到我生命的最后一天。我不能爱得太急、太猛、太笨。我对未来不确定，我相信爱是有一定量的，上天注定好的。我怕我过分挥洒，终究会在生命终结之前挥霍完爱情。我永远不会停止爱他，可我怕我的爱会招惹他的爱，勾魂摄魄地把他的爱耗尽，他终将会失去爱我的能力。如果有那么一天，将是我生命的油灯熬尽的一刻。我宁愿从没遇到过他。

我问林旭对身上的香气是否自知。它丝丝缕缕地蛊惑我。

林旭说只有两个人闻到过，一个是他母亲，一个是我。

我再度吻他。我何其庆幸，一个孕育他生命的女人才知道的秘密，如今由我来接管、享用。我是他身体的受益者。他母亲决定了他生命的起源，而我半道劫持，索取他天生带来的财富。

我会在接吻过后的第二天早上，或是课堂上不经意的举手投足间捕捉到林旭的气息。他的气息在我身上。他下半生的香气都是我的，并将独属于我。他已经长大，再不可能和他母亲像孕育他时那样亲密。而我和他的时日还长。我们没有距离，还会有一天占有彼此的身体。他的香气最终会进入我的骨血。而他母亲无能为力。林旭，你的香淡漠得恰到好处。我才不希望他像香妃那样能与天下女人分享，招蜂引蝶呢。

他身上的每个毛孔我都觉得生得恰到好处。他每一个器官共同合成了一个完美的林旭。我爱他的单眼皮，爱他浅粉色的嘴唇，爱他洁白得骨瓷一样的肌肤，爱他卷曲的发梢泛黄的头发。虽然头发是后天烫卷的，但我顽固地认为他的头发一直如此，像他的香气一样与生俱来，与他的身体融为一体。他的每一个部分看上去都像一件艺术品，浑然天成，增之一分则嫌长，减之一分则嫌短。

对他的视觉崇拜直接导致我的自卑。我不知道拿什么去匹配如此纯净的林旭。

我厌恶起我的性格，我是不是不该为难知了，规避咸子？说起来我好像也没有多了不起，甚至可以说除了自尊一无所有。我怎么不能像林旭一样，目光远大，心胸豁达。他比我伟大成百上千倍。也许不是因为我，他会遇上一个性格柔弱、温情似水的姑娘。而我像一根硬钢丝，轻易不会妥协弯折，僵硬无趣。

但是伟大的林旭需要我。他开始只和我散步，激吻，一周后我们开始共进每个晚餐。我们越熟悉，对彼此就越加渴望。吃饭的时候我们倒不出嘴接吻，接吻的时候我们没有机会说话。无论以什么样的形式在一起都是悖论。

我在每个课间都能看到他等候在教室外面的身影，我们一起打水，一起打网球，一起进超市，一起进复印店。我披头散发拿着脸盆跟林旭手牵手去洗澡，到了那里他趿着拖鞋进一层，我上二楼。我们在搓澡时选择同样的韵律和次序。之后我下楼，发现他刚好出浴在等着我。我奔向他的清香。我俩塞满了对方所有的闲暇，如果我们尚不能占据彼此身体的空间，那我们勉强可以接受先接管对方所有的时间。

可林旭还嫌不够，他说他不能忍受我在他面前消失一小时以上。我的手机里充斥着他的讯息。每半小时数条，加上我发给他的，来来回回，连缀起来可以当一部长篇发表。可惜我俩都不是名人，不然这钱该多么好赚，谈恋爱还谈出了剩余价值。

我说：我怎么有说不完的话跟你说呢？

林旭抚着我的头说：我是你的话唠。

认识林旭前我感觉T大过于庞大，只给我一块冰冷坚硬的床板用以栖身。认识他以后又发觉T大过于迷你，盛不下我们的幸福甜蜜。我们躲闪着众人的目光亲昵，还是被他们捕风捉影地传开了。林旭讲他们系女生宿舍有个出了名的“大间”，即一个稍大的房间用一道门隔开，分里外两间，外间八人，里间四人。这十二朵金花结成了紧密的八卦联盟，校内外任何一点风吹草动都逃不过她们的视线，每晚在宿舍汇总当天的最新信息，然后展开主题讨论，佐以无穷尽的想象力，编织成最富诱惑的故事细节，第二天便在全校范围内广而告之，直搅得满城风雨，桃花朵朵开。

我听闻有这样一个组织，真想建议童谣把这批精英全部吸纳进通讯社，发行量肯定立马暴增，就不至于让报纸高高摞起，摇摇坠坠地一路触摸天花板。收废品的工人可能谋了别的闲差，来的次数赶不上报纸增加的速度，即便我们一周一次满学校分发也收效甚微，愁得怀正头发猛掉，已经在脑袋中央围成一小型地中海，光滑净亮如未被现代社会污染过的高山湖泊。

我跟林旭的恋爱行踪自然没逃过十二朵金花的X光眼，传进我耳朵里的版本是：经过调查问卷统计，见过我和林旭当众亲吻的师生高达百分之九十。她们盯着林旭中指上的戒指，想知道是何方豪放女肯让矜贵的林旭放下身段，被抓个激情现行记。其中一位和林旭关系颇好的金花甚至设计了一台酒席，下帖让林旭带我共赴鸿门宴。我思来想去同意破例当众表演，但我不大赞同她们的说法，把我和林旭的地下情演绎成妓女和嫖客，这也太不够意思了。

最终我跟林旭说我还是不去，我们两个还有那么多的悄悄话没说够呢，哪抽得出时间去喂养别人的好奇。

我三省吾身，向林旭诉说我和咸子、阿姆的嫌隙。我在承认自我错误的同时坦承告诉他我恨她们。还有知了，我怎么了？她居然那样对我。我不能不说。凡是隐藏起来的事情，我便觉得是对我们坦诚爱情的亵渎，是将来过不去的坎儿，必须提前踏平，以确保日后的坦途。

林旭没有怪我。他抹平了我的自卑，拯救了我的自尊。不管我做什么他都说好，他爱上的就是我这些特色。我阴郁，粗线条，他没有的特质希望我有，他骨子里的一半魔鬼正好是我的化身，另一半的天使附在他身上，这样才叫互补。我的敏感自私也没关系，正常人哪能写出好东西呢？总要拿几样残缺性格跟天赋作交换，这样才叫公平。

我被林旭下了几番结论，成了一个平等、公正、博爱的人。如果真有他说得那么好，我感觉自己可以去竞选美国总统，绝对能用他们倡导的价值观换回佳绩。

林旭对我未来的自我期望也没有妄加嘲笑。我要写东西，这话可不是跟谁都能说的，多少人排着队等着笑掉大牙呢。我发表的文章都藏在一个面目平庸的盒子里，厚厚一沓，轻易不敢拿出来见人。曾经我献宝似的向知了展露一二，她捏在手里一页页小心地数过去，末了说这要是一大把钞票该有多好。我的信仰在她看来如此贫贱。

林旭不一样。他去报摊买我刊登文章的报纸杂志，读到纸张发烂再做收藏，猛一翻开好像古董，搞得我都想拿去古董市场拍卖。一次他刚看完我新发表的作品，放到一边就跑去上课。回来发现报纸被他室友拿去洗澡垫柜子了，林旭险些跟室友动手。林旭性格温和，但一米八几的个子往室友跟前一站，猛出一个脑袋的差距。

最后室友服了软，摇头晃脑地想也想不明白，多大点事儿啊！

林旭吼着说事儿大了，以后别碰我东西！

我吞没了他的嘴唇，跟他唇齿缠绕。我真想一并吞掉他的灵魂，让他的魂魄洗涤我内脏的邪恶，能重塑一个跟林旭相配的姑娘。我也希望品质净透，讨人喜爱……

这天我下了晚课奔出楼，发现林旭在等我。

我竞走一样向前冲，却发现咸子和阿姆这两个八婆走在我后面，想刹闸时已经来不及了。我来到林旭身边，他顺势牵起我的手。

我急忙甩开他的手，让开一步保持距离，营造一幅跟熟人见面交谈的画面。

林旭问我怎么了？

我捏着嗓子说一会儿详谈，后头有诈，千万别回头。一切动作发生在乌七八黑的一瞬间，团团夜色稀释了我俩间的小秘密。

我就是不想让她们知道。有这俩人在，我最得意之作也让我泄气。林旭，理解我吧，我还不想这么快面对敌人展示你。

回到宿舍我看见知了也在。阿姆和咸子在偷笑，笑容像鬼。

我将身体刻意挺直得一板一眼，远观像个英雄，近看是个木偶。

阿姆一声“哎哟，雅雅哟”叫住我。

我知道事情要坏菜。

阿姆：我们都看见啦，什么时候和林旭好上的呀？一个宿舍姐妹还保密咧！

你干吗不让人家拉你手啊？咸子附和道。

我脸蛋烧成火烧云，什么呀，就普通朋友！

嘿，还不承认呐，林旭系里的女生早告诉我啦，说好多人看见你们 kiss 啦，还说林旭对你超级好咧，为了你连集体活动都不参加了。我记得那天你告诉我你要去游乐园玩咧。啧啧，雅雅你真厉害，制服林旭有一套咧！

我被她们的调侃激怒了。那话里的语气听上去既放荡又漠视，根本是绕开我俩的爱情说事儿，摔得你面子里子啪啪响，语不惊人死不休。

阿姆，管好你的胖子好了，别人的事少碎碎念。胖子是阿姆新结交的男友，学金融，全家都这专业出身，吃穿不愁。胖子在帮阿姆炒股，据说已经把她一年来的开销赚回来了，下一步目标是换一台顶级笔记本电脑。胖子其实不胖，但阿姆感觉这外号朗朗上口，便顽固地借用在胖子身上。

我对人生诡异定律的另一发现是，胖子总能莫名地给人慰藉。人人都爱别人的脂肪。

哎呀呀，我的胖子才没有你的林旭体贴咧。走在路上还帮你拿包。雅雅，你对他施了什么魔法咧，让他这样听你的哦？

哼，什么魔法也没施，人家天生对我好。

是吗？这么好？看我的死胖子多不贴心哦！雅雅，不然你的林旭拿来借我用用，好不好呀？

阿姆和咸子“吃吃”地笑作一团。

两个垃圾。

在他们眼里，好像男女在一起只为了钱和性交。我他妈和林旭是在谈爱情，你们懂什么叫他妈的爱情吗？她们不懂。我想跑去向校长毛遂自荐，开一场主题讲座，题目就叫爱情。

我什么都说不出来。我从来应对不了公开的宣战。我就是这么该死的窝囊，只能摔打自己的东西泄气。

摔东西的时候知了在看我。

她始终没吭声，沉默得跟她的名字和性格皆不相符。这沉默真可怕，赛过咸子阿姆千万倍。她俩和沉默坐镇的知了比起来，简直就是一群小喽啰！

我真想用娴静来形容此刻的知了。她如果肯听我这样说，肯定会感激我。可是她顾不上，她只顾仇恨，仇恨现在是她的名片。

她就那么坐着，眼睛里有诧异，有坐等观看一场好戏的幸灾乐祸，还有轻蔑和嘲讽。她该知道啊，我好久没和她面对面吃饭了，上次说话还是她坐在对面问我最近好吗。真荒谬。她会以为我结交了外面的女友，或是干脆躲在一个人的世界，到毕业那天才肯露面，谁知道我捧回一个宝贝林旭。知了黑白的瞳孔是两汪深潭，却冒出两簇锯齿状的火焰。这女生厉害，她怎么可以水火兼容！她什么都没说，可我低估了她。

当晚她换了睡衣，像条大蜈蚣一样手脚并用缓缓爬向她的床铺，样子丑陋，但力道十足，四肢坚定，真像她操场上奔波的体态，又像滑向祭坛的百足虫。我看那隆重的样子就应该知道她不会轻易饶恕我。有仇不报非君子，知了要是能让我好过，还叫知了吗？

自那夜起，我整整一年以后才再度享受夜晚酣眠的滋味。

知了在我的头顶上炸开了锅。她辗转，喘息，一个人翻云覆雨。她的身体如盛开的花瓣，迎向她的十指。她翻阅它，寻找干涸缺水的源头，捣米一样挤压碾磨，开凿一股清泉，引出沟渠。她不再藏头露尾，她知道我在底下窥探，恨不能让我爬上去观瞧。她用她自己的身体向我下诏书，暴露淫荡，调戏我的感官。我的肠子都跟着她手下的节奏翻搅狂舞，她住手时我有如发生了肠梗阻。

我想不通她哪儿来的勇气。她太熟悉我，她话里话外放出的词针语箭密密匝匝地专往我的死穴射，捅出无数个无法愈合的血窟窿。我必须重新认识并评估她，她再不是那个跟我形影不离推心置腹无话不谈的知了了，她简直成了盘旋在我上铺的地头蛇，口吐红芯伸进我的梦魇。我从她唇齿的呻吟声里阐述出好几种哲学思维，都没对上她胃口，日夜被她的欲望困扰。她是不是想昭示我，林旭顶个屁，他的功能不过抵个工具，可她一个人就能把自己解决舒坦，低碳环保。这思路不对，她不至于自我牺牲至无度，她魔幻般的力度都显示理由不止一个。她心有千千结。

邪恶的床板包裹着她，掩护着她，她攻我守，她追我躲，她袭我防。动作如此夸张莫测，噪音如此恢弘巨大，就差喊出世界最强悍的呻吟声。我是不是要叫上千军万马来给她助阵？她把这里当什么地方了？把自己当成什么了？随心所欲便演绎现场版视听盛宴，也不问我喜不喜欢，感受如何？她高居地理优势，昼伏夜出地开垦自己的蛮荒，故意抖出一身臭汗，河流一样蜿蜒，顺着被她折磨得痛苦呻吟的床板缝隙滴漏到我嘴里，连同她黑暗晦涩的阴谋，恶心得我连续一周食不甘味，不敢用舌头碰触林旭。

我替她担心，她独自繁衍，不攻自破，如此不知分寸，不怕将来遇到什么人，在某种情境下不好收场？他会质问她的第一次被哪个混蛋夺去了，她难道指着鼻子大骂自己祖宗八辈？抑或她料定终极此生也不会跟任何一个男人产生实质性的瓜葛，一辈子靠手淫过活？知了，我真不配你这么对付我。

我做梦，梦见911就是她的最后归宿。她烂在床上没人管，咽气的时候双腿大伸，里面插着她的手指，遭到所有人的耻笑。给她收尸的是我，我不知哪儿来的力量，把她枕过的铁床像捆草席一样轻松扎起，还随手折断一根床栏作丝带，在席子上打一个漂亮的蝴蝶结。之后我扛着知了把她扔进海里喂鱼，来的是一头蓝色虎鲨，美艳无比。它享用完知了感念我的善举，不忘挥鳍向我致意，露出一口严整的钢牙，然后优雅地转身，游荡开去。我手舞足蹈，当即在海边即兴举办了一场小型party，还邀请来周公一同欢聚。周公挺乐呵，捋着大把白胡子笑个不停，因为他终于可以再度解梦。他还对我的投尸行径大加赞赏，鼓励我接管这个行当，保管今后美梦连绵不绝……

我惊醒了。这梦再作下去就是一部科幻恐怖片。

我正昏天黑地地思索这个亦正亦邪的梦，不清楚外面是黑是白，盯着电子屏愣了半天神才发觉手机拿反了。又一拨惊悸袭来，我的手居然在剧烈震颤，这样非真非幻，我怕是到了帕金森综合征的晚期了。

这时候头顶的床板再次展示了顽强生命的迹象，知了在天空飞翔激荡……

第十章

通讯社下来个去军训基地采访的名额。

会上怀正问谁愿意去，二十多只手应声麻利地举起，如一排齐刷刷的白葱。

我望过去，葱肢有的白嫩，有的萧条，看起来营养不均。

我举手的时候林旭坐在我对面喝酸奶，我桌上放着和他一样包装的同类，是我刚下课给他带过来的。为了林旭，我以酸奶代替了我的旧爱饮品咖啡，两只酸奶盒代表阴阳两极遥相呼应。

龙腾跃坐在边缘，没有举手，两只眼珠分头围着我和林旭的酸奶盒骨碌打转。我在林旭和他之间建立起情仇。一次我和林旭在外面晚餐，不慎落入他的视野，他凑上来对我说挺好的，以后找人照相不愁没有后备人选。这世界说来真的很诡异，走在我身旁的林旭被各种人冠名各种功能供我使用，拎包的，拍照的，陪同的，好像我手上握了个万能遥控器，却唯独忽略了他正牌男友的身份。这些人怎么这么不单纯呢？脑筋怎么那么纠结呢？他们是这扭曲的社会盘根错节的根源所在，什么时候能一锅全端了，肯定就消停了。

隔天林旭告诉我真是撞了邪了，他搓澡时又碰到龙腾跃，还恰巧和他列数同位。

龙腾跃打量林旭洁白无瑕的身体，调笑说身材不错，要林旭逐个阶段向他汇报恋情走势，以指导我俩全面良好协调发展。

我说林旭你千万别理他，他当自己是证监会主席指导股市啊？还是国家主席统筹全局啊？其实是个变态。

隔天怀正把我叫到办公室面见，说这次社里思量再三，左右权衡，分析利弊，最终决定派我深入基地采访，去京郊住两天。我看怀正指点江山的样子，好似要派我去捉拿本·拉登，因此感到自己格外重要。怀正交代同去的还有T大其他几家校园媒体的代表，回来要出篇大稿子，占半个版面，社里对我寄予厚望云云。坐机关的就是有两把刷子，怀正的一套话说得滴水不漏，抑扬顿挫的语调中甚至听得出标点，相当完满。

童谣在一旁点头应和作为辅佐，目光殷切地望着我，一双大眼水波荡漾，仿若经社里呕心培养，我终于成为他们育才树上结下的一颗汁水肥满的硕果，扑通落地，坐等验收了。我经历了知了夜夜春宵，神疲眼乏，看什么都荡漾，看天花板都好似有无数秋波层层向我涌动，心想能逃去郊外睡两天好觉也算收获。

梅老师从沙滩床上一跃而起。我这才发现这屋子里还有个人。梅老师和怀正共享一间办公室，为方便午间小憩特意在办公桌旁架起一沙滩床，触手就是海滨级享受。她伸了个长臂猿一样长远的懒腰，妩媚慵懒地朝怀正一笑，老怀，上班了啊！

怀正像我小时候看过的脸谱表演一样，迅速换上张白脸，点头哈腰地殷勤道：唉，小梅，起了啊，不再睡会儿啦？

没见刚冬眠起来嘛。梅老师悠悠洒洒地往靠背椅上一坐，把屁股底下一本杂志随手扔到办公桌一大摊七零八落的杂志群中。左手边一本《时尚》，右手边一本《人民文学》，雅俗共赏。梅老师跷起二郎腿，吊儿郎当地盯着头顶的日光灯发问：老怀，你说为什么睡觉得关灯啊？

怀正接住对面梅瞟来的飞眼儿，仔细沉吟，像陈述述职报告一般谨慎：我看是……省电吧？

梅“哈哈哈”地一阵女高音飘过，给怀正下一评价：你二百五吧？！

怀正脸上红白交错，看色泽可以在上面炒盘辣椒，熏得泪涕恣流。

梅独自哼上了小曲儿，顺手拿起《人民文学》阅读。我见状忙捧臭脚，梅老师工作还不忘学习啊？

梅话茬接得倍儿溜，我主业学习，副业搞搞工作。

我捂嘴偷着乐，工作果真被她三两下搞得不见成果。梅见怀正没跟着一起与众乐乐，一脸想不开的样子，于是自个儿给怀正找台阶下，哎呀，好久没锻炼了，我想倒立！

果然奏效，怀正听了忙热心地抽出两张校报，比量着梅的个头，在墙上恰当位置作一道标记，遂将报纸贴上。看他那么虔诚地作践报纸，通讯社报纸滞销自然顺理成章，总管都没拿它当回事儿，何况读者乎。

怀正粘贴完毕，弓身，两只手作相框状，框住梅的身形，前后拉缩：梅老师你看，和你身高正合适，您这一翻过来，正好就倒立了，还这么高！底下也给你铺一张，垫手用。

我纳闷怀正在宣传部怎么修炼成一副太监尊容，一手服侍主子的标准功夫。

梅老师一声“好嘞”，还没等我们反应过来，穿着高跟鞋一个筋斗，两腿就甩上墙了，很专业很绝活。

怀正拍手叫绝：好！好！好！满脸追星族的崇拜。看来梅老师的魅力的确强大，能让一个中年男人在她面前现形儿童团的状态和表情，堪比返老还童之灵丹妙药。

怀正两张报纸布置得绝妙，恰巧卡在梅的一头一尾。

那老师……我先走了？我结结巴巴地说。

怀正：好！好！语气急促，巴不得我快点走，并且最好一出门就撞上南墙变成失忆。

出门前我看到梅一头黑淋淋的秀发倒挂金钩，裹住她整张脸，腰臀处的衣裤该上的上，该下的下，露出三百六十度的中间部分，椭圆形的肚脐大咧咧地曝光，开放出腰腹平坦无赘肉，但绝称不上魔鬼身材。不知道这女人私下练了什么功夫，一招一式跟街头杂耍卖艺的有联系，但还到不了街舞水平。

我脑子里闪过几个奇怪的字眼给她定位：中性风骚。

梅顶着一个黑黢黢稻草堆一样的脑袋在倒立，被黑发遮蔽的眼睛却及时捕捉到我的行迹，声音从地平线冉冉升起：祝你一路顺风！

这女人不简单，男女通吃。

今天我得以见到怀正及校报的另一面纯属意外，日后再怎么矫正也难逃某年某月某日某时的形象定格。男人为女人献媚都是这个样子吗？我怎么没见我老爸对我老妈侍候得这样体贴周到？我老爸在家就是五千年大男子主义的典型代表，他在外面对待女性是什么样子无缘相见。很难想象林旭跟我恩恩爱爱，年届四十的时候他在外给我来这么一手，回到家还搂着我的水桶腰撒娇地问亲爱的，什么时候开饭？家庭事业两红火呀。

我想如果真有那么一天，剩下的日子索性别过。

和林旭告别是件腻歪事儿，不抱有割袍断义之势几乎就难以完成。

一想起林旭我就想偷着乐，这么好的男友上辈子下辈子都没地方找去，瞎猫撞上死耗子，绝配！他成天想着把我整个人供起来，再揉进他的身体里方可罢休。

我告诉他两天就回来，不会丢不会跑，回来时还他那个爱得要死要活的她。

林旭不听，对我绕口令般的甜言蜜语无动于衷，并且前一晚硬是躲起来不肯和我相见。

我飞速向林旭传递爱的宣言，手指被手机键盘折磨得僵直。

林旭回复说他好难过，要一个人静静，独自思念我到死。

我打电话过去，又被他挂掉。

我急疯了，恨不得把他脑袋摘下来拴裤腰带上一起带走。自从相恋，我们还没有过如此漫长的分离。他的缠绵柔情像丝线一样捆绑我，我爱他爱得心疼。

在和林旭相处的过程中，我摸索出一个道理，女人索要宽厚和温情一般需要两种极端方式：小鸟依人和歇斯底里。依眼下形势，我两种方式并举也不起作用。女人啊，再怎么挣命也逃不出一哭二闹三上吊的传统窠臼，最精妙的姿态也不过堪比长满爪牙与触角的冷艳黑蜘蛛，爬上攀下地笼络照看落网的几只垂死蚊蝇，你抓住的反过来也会囚住你。

我气血上涌，不怕丢人地跑到林旭宿舍，当着一群光着膀子不穿内裤的大老爷们儿面把他拎出来，我在一群光裸的屁股中一眼就认出他来。

这是我第一次面对他赤裸无遮拦的臀部，它和我竟然如此有默契。它不像他的脸一样白净光滑，呈土黄色，还缀着成群结队细密的疙瘩，好像这屁股是后天才安装上去的，和原装的林旭那么不匹配。光屁股的林旭跟我想象中其他男人的形象并无二致，他没能跟他们拉开审美距离，这真让我失望。原来我迷恋的不过是具凡胎。

穿上衣服的林旭又让我喜欢了，我感到他来之不易。

我说我错了。他是鱼，我是水，哪条鱼离水两天还能扑腾得了呢。我应该像一个准备做妻子的女人一样周到、卑微地服侍他，像弃妇怨婆一样跟他发脾气，声音恶毒地求宠卖乖，那样才配得起他千回百转的感情，我们才相称。我还要准备一把喷壶，连他上课、睡觉也不忘时时浇灌他，延续他的生命。

林旭从未见过我如此疯狂，惊讶了片刻，他一把抱起我，比我表现得更加疯狂……

两个为爱而歇斯底里的疯子！

出征那天，我和林旭吃了一顿长亭送别的早餐。两根油条一碗白粥，外加茴香豆一碟。

他坐在我对面，背后的阳光把他高大的影像抻得很长，连带把我也包裹进他的影子里。

我试图寻找新鲜话题。

林旭的粉白格子T恤上面有阳光反复烤烫过的痕迹，衣服是他自己洗过的样子。我喜欢洗衣服洗得干净的男孩，带来居家生活的踏实感，并且要求他一定要手洗。我想冲过去揪住他领子反复依偎，烘焙脸颊，追捕烈日的余温。我愿意千百年地盘踞在上面，水妖一样缠住他，直到牙齿掉光，手脚生苔，连脚印都陷落到他皮肉里。

我回来第一个见你。我说。

事情已到如此地步，林旭还没见我表露迷途知返的意思，明白大势已去，于是只好转变态度回归正轨，情意绵绵地跟我话别，话语里终于现出几分识大体顾大局的男人范儿，摇滚的泪珠终于没从眼窝里蒙羞坠落。

我告诉他，其实我很怕去那个魔鬼一样的地方。

大一血淋淋的军训回忆就在眼前。

黑矮、粗胖的女教官似乎从未一次性见过如此众多靓丽的女生，多年的积怨就等着这一刻发泄呢，我们注定要为她的情仇买单。她的心跟皮肤一起凝聚黑暗，表里如一。

她早上不许我们刷牙，蹲在地上洗脸，每个人盆里舀那么不到一捧水，算计到每一滴。水瓢使用权控制在她手里，巴不得我们在几个男教官面前蓬头垢面，还故意叫我们臭着嘴脸跟经过的男人说话。脱下来的内衣裤没有地方洗，她一天数十遍地查看晾衣竿，出现任何蕾丝镂空的迹象她都恨得咬牙切齿，一竿子捣毁女性痕迹，我们肮脏的衣物只好往临时借用的迷彩服里塞。

晚上她跟我们一起睡通铺，慢悠悠地拿出脸盆，扭着屁股哼着小曲儿，猫步去水池洗她从地摊买来的花枝招展的内裤，刺激得我们太阳穴直鼓青筋。

神奇的是她眼睛里好像内置了夜明珠，洗完浊物归来的她能精确制导每个人的被窝，谁的呼吸下面压着发光发热的屏幕，便轻手轻脚地过去，猛地掀开被子，电筒直射手机，抢夺过来一举摔个粉碎，然后她睡得格外香甜。

她从我们嘴里抠十五的月饼。那种温馨圆满的节日跟她待一块儿过就够添堵了，她还不罢休，对学校发来的劣质慰问月饼没有送到她手里极度不满，说我们的训练操劳了她，让她吃不饱穿不暖。她凶神恶煞地训斥我们：一个个长这么大了还不懂事，只知道衣来伸手饭来张口，一天恨不能睡二十四小时……

她开始搞所谓的民主，质问大家：吃不完吃不下的举手！我决不能让浪费的事情发生。

见没人举手，她生气了，顾不得本性暴露，来个全体大搜查，一双脏手把我们上上下下摸了个遍，摸出几条无处清洗印着黄渍的内裤，气得她七窍生烟大骂：还女大学生呢，一帮什么东西，简直不知羞耻。

她不敢直接骂“贱货”之类的，那会犯纪律，于是藏着针脚骂，显然也受过纪律教育。

她就是一魔鬼。

一个班的女生恰巧分成三桌，十几个人的汤菜填不饱肚皮，谁多吃一口她都敢玩命。

这时候谁给块黄泥我们都能嚼巴嚼巴咽了，更何况月饼呢。

她太不了解我们了，肚子都饿瘪了，还谈什么羞耻，没了粮食谁不是贱命一条。脏脸臭牙都豁出去了，不要脸的人百毒不侵，最好别招惹。

她终于激起民愤。一个时尚惹眼的女生大胆地站起来，指着她的脸叫：你这叫人身攻击你知道吗？我们可以告你！

此话一出，我们顿感有了强大的法律做后盾，长出一口恶气！

法律代表什么？法律就是我们的护身符。法律代表知识，在知识面前她低我们一等，她没接受过高等教育，从哪个农家院出来直接当了兵，一个十恶不赦的臭教官！

怎么样，怕了吧？

女生前一天对她还抱有幻想，主动套近乎，谦卑地指导她回乡探亲时如何华服披身，荣归故里，在相亲这件大事儿上她可要一举成功。她号称爱娃如命，没有男人哪来的娃？她得抓紧时间。她事后奖励给女生一个苹果。

现在两人就翻了脸。

她嗤笑：我对你怎么样你清楚，别不识好歹！不识眼色！她特别爱用“眼色”这个词，也许这是她赖以生存的一个词，因而使用率极高。

女生也并非等闲，皮笑肉不笑地接茬说：我青光眼，看不清你什么色！

我们哄笑。

她火了，迅雷不及掩耳抽出女孩上衣兜里的粉色翻盖手机摔在地上，摩擦中还碰到了女生的胸。她不知观察了多久，发现女生左胸明显高于右胸，但碍于女生作服装指导，才没有揭发。现在买卖成了，仁义不再。

军训期间明令禁止带手机。

第二天女生遭通报批评，被列为反面典型，还有可能进档案，影响毕业。

女生哭得昏天黑地，好像快要死去。

我们都为女生不平，一夜之间变得勇敢起来，准备一起高唱国歌。

法不责众，大家伙儿拼了！有人这样号召，于是摩拳擦掌，群情激荡。

我们写了联名信告她，但还是被她拦了下来。至今不知道谁告的密，中国人盛产汉奸。

她有些怕了，半推半就认个错，还闪烁其词，比发飙时有技巧。

那天她还特赦，中午给我们十五分钟安心拉屎。之前无数次有便感的时候都被她的暴喝阻断。我们于是放弃告她。关系到自身存活利益，我们还是背叛了那女生。

虽然最后事件平定，女生没有被开除，但一番检讨没能躲过。

不过那天中午我们没心思想别的，都一心一意地拉屎。两横排的席位被我们占满，蹲着列队。队列忸怩，没有尊严，头部全向下张望，一个个满屁股满身都被黑蚊子咬得跟花斑豹似的。

我腹下终于有了内容，低头一看，傻了眼，拉出的是血，殷红一片。安定下来我发现是生理周期现象，只是时间上极度错乱。临行前我还庆幸上一轮生理周期刚刚过去，不必携带挤占空间的卫生巾，节省下的空间塞满零食。谁知道带来的没机会享用，需要的没带来，关键时刻掉链子。

不记得是谁从裤兜里省出一张卫生巾救了我，即使记不清名字也得感谢她祖宗八辈，顺便感谢养育我的父母，感谢国家。总之当时在心里谢了个遍。

事后清点，发现有不少人十五天没有排便，我赫然位列其中，不知道多余的营养和垃圾去了哪里，竟然也没有胖。之后便是月经不调，为期一年，十二次。时间串通了鲜血，一起混乱，让我怀疑自己会终身不育。

我记得当时皮肤敏感得一塌糊涂，秋老虎把两颊嫩肉晒得鲜红半熟，足以完整揭下一张面膜。我想敷冷水降温，军营规定到点停水，早上她给的水刷牙都不够。

我也不明白我当时怎么通身火红，好像哪吒骑着风火轮在我背后舞枪弄棒。我请求教官让我在树荫下凉快一会儿，她不说行也不说不行，转而讲起她曾经带过的一个女学生，也是大学生，也是过敏，脸肿得老高还坚持训练，怎么劝也不休息，真坚强。

她还在回忆那女生，我心想这世界哪来那么多该死的巧合，真他妈能扯。可她信口黄牙一开，我还是得不到休息。火辣辣的脸庞烧得我的心也跟着焦煳，用迷你圆镜一照，我果真达到了她说的顽强女性标准，脸上鼓出两团恐怖色彩，像山丹丹开花红艳艳。

我担忧从此毁容。

由于急火攻心，我感觉一条胸骨撕裂般的疼痛，练习“蹲下——起立——蹲下”往复动作的时候疼得险些昏倒。求她没用，我想非死这里不可了，连烈士都算不上。

学校正轰轰烈烈地组织学生给家人写信，谈军训进步感受。

看来不进步连学校这关都过不去，正面宣传报导很需要。

狗日的教官！狗日的正面宣传！

我干脆搁笔，唯恐“先进思想”变成遗书，成为典型，招惹一片口诛笔伐！

往事不堪回首。这是令我哽咽的真实故事。

林旭先是沉默，随即安慰，最后鼓励我舍小情取大义。

我有一种直接奔回通讯社向怀正负荆请罪的冲动，没道理刚脱离苦海又要扬帆。

林旭以为我为舍不得他才哭泣，主动把我往食堂外头推。

一辆白色小面恭候在外面。

后来我在校园里无数次见到这辆车飞驰，便和陪在我身边的伴侣讲，我也曾经坐着它享受过特殊待遇，随后忆起我和林旭的光辉岁月。

现在还是现在，我和林旭还光辉着。

远远看见一个胖头胖脑的男孩儿，大个，手扛摄像机，是电视台的摄像木子。

他看到我和林旭如此恩爱，影像愈来愈近，不自在地来回滑步。

我站定木子面前，他看着我，扶了下眼镜，指指地上的机器说：帮忙看着点啊，我一会儿回来！说完迈开大步子闪身遁迹，速度如凌波微步。

林旭不放心，像第一天送孩子入托的家长，絮絮叨叨的：东西都带全没？到了给我电话啊，有事也马上打电话给我。

我心情阴转晴，颇为得意地仰起脸：放心吧，咱这次去身份不一样喽！

林旭宠溺地伸出手指点点我额头。

同去的还有摄影李响，记者苏静。我和苏静同系，交情一向不错。

车开动的时候林旭送行。车轮飞转起来，伤感随着橡胶轮胎的滚动疾速而至，我险些再次落泪。

苏静知道怎么回事，背着两个男孩安慰我：很快就回来了，小别胜新婚嘛！

也是。

重回军训基地。

我们四人脖子上都挂了一张印有“驻训教师”字样的胸牌，身份顿时与众不同，足以自保。木子建议在背面写上姓名、性别、居住地址，以防不慎走丢时方便遣返。

我、苏静，还有一位女辅导员合住一室。

木子站在屋门口双手环胸看我和苏静把大包小裹的东西拆散开，李响说有什么事儿叫唤一嗓子，他和木子立马就到。他们的屋子就在斜对面。

木子见苏静东西特多，问她是不是把嫁妆也背来了？

苏静包里全是她妈前一天采购的各种食品，无比丰富，好像一个小超市，连咸菜和速溶汤都有。实在找不到地方储存，苏静索性全部打开四处分发。

木子分到两袋超值装大薯片，说半夜加班正好当夜宵。

我们住的院子不错，两排长长的矮屋，头尾各有房间，像加长版的四合院。

我跑出去参观，七拐八拐到了一人多嘴杂处。不知是哪个学校新来的一群学生，站得散乱无序，一看就是嫩生待训。不知会摊上哪路魔鬼教官，到时候还敢不敢这样自由松散。

我越看这群学生越像待宰的羔羊，联想到自己的优越身份愈发的同情不忍。

有许多人在吃零食，吃吧，喝吧，羔羊们，填饱肚子好受训。

突然一声暴喝响起：你！干什么的？

我一惊，张皇四顾，只见一黑面男教官正虎视眈眈地盯着我。

我心惊肉跳，两手不自觉地上举，颇似缴械投降状：哦，我……我是学校派来采访的，教官。

那教官蹲在门口一巨型石上，手里拿根稻草含在嘴里把玩，帽子歪戴着，若不是一身军装在身，模样与匪类无异。他上下打量我一番：哪个学校的？

T大。

我低头一看，牌子被风吹颠了，反扣着，难怪敌友不分。赶紧将胸牌正过来。

男教官看清了工作牌，忙把稻草吐了，军礼敬上：哦，原来是T大老师啊，对不起啊，对不起！

我一阵风跑回宿舍，决定接下来的两天跟苏静不离不弃。

我跟苏静站在操场上看一个个方阵接踵而至，每一队路过我们都高喊“老师好”，且一律挺胸抬头，接受首长检阅的模样。我心里那叫一个爽，恍如站在天安门城楼接受百万大军致敬似的。哈哈，祖宗八辈儿，我也有今天啊！

我扭头看亲密战友苏静，她竟一点反应也没有，一副见过世面大气女生的样子。

我肃然起敬，小声问她：他们叫你，你一点感觉都没有？

苏静扭捏地两手相扣，嗫嚅着说：其实一开始我不知道他们是叫咱们呢。后来觉得好像是，还挺不好意思的。

其实真老师都猫在屋里不屑于珍惜这份教师特权，又不是真金白银，就我们这样的假老师才出来瞎显摆。

跟我们共住一室的辅导员显然是有备而来，拎来一笔记本电脑，从开始就一直宅在电脑上扫雷，全部精力对付娱乐。刚开始她还勉强出门果腹，后来索性让我们给带饭，挂在网上痴迷不能自拔，如被蜘蛛网粘上的可怜虫，完全忘记慰问学生的责任使命。

一次我采访归来，见辅导老师在门口独自跳高解闷。我猛然想起梅老师的倒立英姿，灵感突发：人若在房间宅得久了，就会暴露出猴的属性，上蹿下跳。由此推测，人由猴进化而来千真万确，科学家们大可不必再耗神研究论证了，瞎耽误工夫。

我正笑得放肆，收到木子的短信：吃饭!!! 感叹号的数量足见其饥饿程度，于是和苏静火速移驾饭堂。

饭堂门口，教官们正强行阻断人类的原始欲望，硬是不让一群群被训练折磨成饿狼的学生入内用餐，先集合在一起唱《团结就是力量》，唱响了进，唱不响的肚内继续唱空城计。

为了食物，大家心都拧成一股绳，将“团结”唱得更外响亮。

我等鱼贯入内，不受任何约束，这感觉真他妈爽。偌大的饭堂内回响着教官们的吼声和凳子起起落落、与地面摩擦的吱嘎声。一声声“起来”、“坐下”、“起来”、“坐下”的口令震得人倒胃。我怀疑这些教官跟大学生都有仇。

吃饭的地方设在食堂一侧专门为教师准备的小房间里。伙食很好，八菜一汤，与屋外形成贫富鲜明的对比。饮水思源，丰盛佳肴的源头却来自屋外，完全是从学生们的伙食费里克扣出我们的好胃口。这不禁让我感叹，权力腐败的确可以成就少数人的辉煌。

我饥肠辘辘，对满桌菜色只管采取攻势围剿，使之长驱直入变成身体的一部分新陈代谢。

苏静却开始大谈这道菜加了什么佐料，那道菜营养搭配如何，多了哪道工序便有如此味道云云，听得我目瞪口呆，对她刮目相看。今后哪个男人若是有福娶了她，权当娶回个家庭营养师。而我是个对厨房全无概念的人，一人吃饱全家不饿。

木子和李响边吃边听，得到视听与肠胃的双重享受，交相赞誉道：不错！不错！

看他们猥琐的表情我就知道他们肚里拐了几道弯，男生宿舍的卧谈会上话题都离不开女生。俗语云男人在一起讨论女人，女人在一起讨论男人，只有孤男寡女凑在一起才会故作高深地谈人生，谈理想。他们多半会热议将来娶个什么样的老婆，研究出最佳状态时家里有个能干的，外面有个妖娆的，对面坐个漂亮的。分别指代老婆、情人、女同事。一致意见还是“下得厨房”的放在家里实在。如今男人会做饭的比女人多，多半是被现实所逼改而投靠自己，实属下策。年轻女孩里，像苏静这等“炒菜通”已如稀有品种般濒临灭绝，完全有资格可以拖到博物馆里去作标本。

跟“贤妻良母”苏静同桌吃饭让我倍感压力。见木子一碗饭见底，我主动提出帮他添饭。他还在怔愣做了什么好事赢得这般待遇时，我早已一把夺过饭碗，拿起饭勺从锅里铲饭，动作有如冲锋陷阵，势头过猛，一勺饭有半勺撒在饭盆外面。

李响见状在一旁偷笑：在家没干过活吧？

木子起身宣示独立：还是我自己来吧！

我表面不服气：谁还没盛过饭?！心细一想，在家吃饭都是爸妈给效劳盛好，哪还用我亲自动手。

我发现木子的食量及吃相很有看点，经粗略统计，截至目前他至少已经消耗掉三碗米饭和一个肉包子。新出笼的包子太烫，他先将其放在蒲扇般大的左手，又倒到右手，然后贴上嘴唇试试温度，还嫌烫遂转移到左边脸蛋上降温，熨烫过左脸再移到右脸，动作小心而深情，有如精心呵护心疼的宝贝。

这时又端上来一盘素包子，我和苏静连连摆手：不要了！不要了！

李响代表发言：送别桌去吧，我们这桌真都吃饱啦。

木子当机立断打劫包子的去路：等下，给我一个！

校工师傅极热情地大声嚷嚷着：姑娘们，不爱吃荤的来素的啊！

哈，没看出来，五大三粗的木子还有一副姑娘相。我险些将半口饭尽数喷在桌上，咳嗽连连也没耽误夸张丑陋的笑相，一时不能自已。我明知自己这副嘴脸不堪入目，试图收敛一下重新扮嫩，可惜未能如愿。

苏静在一旁打圆场道：扛机器累呀，肯定得多吃点。

苏静真是一个善解人意的好姑娘，连我都已经爱上了她。

木子被我笑得不大自在，尴尬地捧着包子不知道从哪儿下口合适。

大我们两届的李响出面解围，温厚地对我说：对待自己的同志应该理解和宽容嘛。

我一下子感觉自己有点儿过分，为自己感到难为情。

吃过饭大家开始磕牙闲聊，最畅销的话题永远是共同认识的某某某和某某某的恋情，能让感情立马升温。这世界真是小，扯了半天，发现原来大家从小学到高中到大学的同学都能连成一片，你认识的某某某总会出现在那个谁谁谁某一段的生命中，或早或晚。一提起共同熟识的人便一顿兴奋的吱哇乱叫，好像找到了失散多年的挚亲线索，那个八百年也不联系的人在此刻的氛围中显得极为重要。随后是围绕他成长故事展开的纠葛，如果你记忆中的他在别人的嘴里走了模样，便会感叹人世变迁世事难料，然后对自己的年龄大加感慨。若是他从这段记忆跳到那段记忆的过程始终如一，你又会嫌弃他为人过于刻板，连此刻谈论他都不能娱乐众人，索然无味到了极点，简直白活。

聊着聊着，忽然就听到龙腾跃的名字在耳边爆响，我想我的脸瞬间红了。

木子极其兴奋地好像他乡遇故知，满面通红地讲述他和龙腾跃的渊源。龙是他同系大他两届的学长，在他们系颇具知名度，球踢得好，还会拍照，并且在未来发展谋划上富有远见，大二时曾铆劲追遍了全系所有的北京女生。到最后北京女孩达成共识，建起“反龙联盟”，合着伙涮他玩，像猫捉老鼠一样，先不吃，拖着满场玩耍，耗死丫再说。

接着木子一阵窃喜，挺在状态，系里出了这样一个有料可爆的人才让他感到无上光荣。

我语噎，既索然又怅然。这些词汇都不足以形容我。我很后悔饭桌上嘲笑木子，到底谁更值得谁嘲笑？这感觉好比有人说，有个傻逼想当作家，连一万本书都没看过，然后问你，你现在连一千本还没达到吧？言下之意还不如傻逼的十分之一。

我好想念林旭。

出了饭堂，立即有一大一新生跑到李响跟前问：师哥，你们吃的什么啊？

李响很会做人地应对：就比你们好一点儿。

下午采访口渴得厉害，我预备了两瓶矿泉水。

苏静说：给我一瓶好吗？

我义气地分她一瓶。

我们采访完一处又继续前行。基地里一片土黄的沙地，风又大，狼烟四起。

我越走越渴，“咕咚咕咚”几下水就喝没了，有些后悔刚才的豪气。

正口渴心燥时，苏静拿了一小袋冰爽可口的矿泉水过来，我刚要伸手，苏静已经分发完毕，木子一瓶，李响一瓶，没了。

两人蒙恩领水，各自叩首作揖说了一万个谢谢！

我咬咬嘴，闭上。

苏静大方地转向我，笑容甜美：我一想咱俩都有水，就先给他们买了。

我勉强挤出一丝苦笑：哦，没关系！

可真讨厌我的小肚鸡肠。这毛病一发作，我就无法控制自己的行为，难成大业。

我不识时务地与同伴三人刻意保持距离，专往沟沟坎坎的歧路上走，马路牙子的黄泥上踩出曲折的脚印，有好几次险些失足崴脚。

苏静仍悠然自得，丝毫不受我畸形的影响。由此看出她强出我许多倍。

我一直担心十米之内的范围内有人生气，即便两个毫不相干的人对骂，我也觉得事情全因我而起。我对自己的定位向来都很祸水。

走寻良久，我们四人终于找到T大新生的安营扎寨处，高兴得好像回家了一样。

临时组建的宣传社里一个宣传员引我们前行，女生两条辫子一左一右陪衬在圆脸旁边，清纯无比。

木子变魔术一般拿出一包零食递给女生，原来她是校电视台的新晋成员，木子同事。

我愈发觉得身边每个人都不一般，连木子这等看似木讷之人也谙熟礼仪之法，深藏不露。

女孩儿打量我良久，问：师姐，那天在大操场上教我们用校园一卡通的人是你吗?

不是啊!我没印象。

哦,我以为是你呢,你俩长得可真像!一个长得超漂亮、声音超好听的师姐!

走在前面的李响闻声回过头来:呦,现在都流行这么夸人啦?搞迂回战术。

我心里窃喜,心情大悦。

到了营寨,李响自报家门,引来一群思乡心切的学生围观。趁大家寒暄的空当儿,一男生跑到木子面前:师哥,麻烦借我手机用下啊,来这么多天了,给家里报个平安。

木子掏出手机,豪气地说:打吧!

男生迅速拨号码,电话通了,他竟转为四川方言,口悬滔滔江水般不歇气地说起来。

木子脸色一沉,我知道他在心疼哗啦啦流淌的长途银子。

我跟苏静手拉手在一起走访多人,发现大家的普遍问题是排便不畅。一女生透露,都是女教官惹的祸。她把"女"字强调得特别狠,嘴唇嘟起作唾弃状。

我现身说法,以悲痛经历安慰女生振作:没关系,我那会儿整整十五天都没排便。

谁知木子耳根子长,闻讯大惊:你貔貅啊!

苏静:貔貅是什么啊?

木子:这你就不懂了吧?貔貅是龙的第九个儿子,张着嘴,大肚子,只进不出,放到家里招财。

我绝对感同身受,原来魔鬼不止一个,天下乌鸦一般黑。

幸好上帝造完男人还造了女人,不然这世界同性倾轧该是何等残酷。

继续往前走，路遇一屋，放眼望去空地上群峰林立，皆是魁梧高大的小伙子。

我正纳罕 T 大怎还包藏如此稀有的物种，那女孩儿主动介绍：这是体育班的。

人物采访讲究特色，木子遇到新闻亮点，专业敏感度就上来了，立即架好摄像机，递给我麦克风一把：来，客串一下主持人！

我跟苏静四下搜集，找来四人拼凑成一临时组合。这四人不畏新闻记者的长枪短炮，话匣子打开就收不住，问一答十。

好不容易采访结束，摄像机一移开，其中一人跨步上前，拍拍木子肩膀：哥们儿，剪辑的时候把我脸上这痘痘去去啊。一派明星范儿。

接下来是采访病号。

苏静走向树荫下站得笔直的一排休息的女生，问其中一位：有什么不舒服吗？

那女生打量我们一番，问苏静：阿姨，你们是电视台的吗？

阿姨？我是你们师姐啊，才比你们大一届！苏静精神遭受重创。

女生推推鼻梁上眼镜，拖着黏长的北京腔道：对不起啊！不过就您这身打扮，我也不敢往小了叫啊。

苏静上个月刚把七年未剪的及腰长发烫成大波浪，配上浓眉大眼的五官，充满异域风情。开学时我一时不能接受如此转型，问她：你可真是新学期新气象，是效仿夏威夷风情吗？

苏静笑答：明明是波西米亚风，宿舍的人给我起绰号为“小波”。

这一头黑棕色卷发在绿色军营中确实标新立异。

我连忙上前送温暖：没事，小波，她们还小，没适应你的爆炸造型。

正说着话，另一女生快步跑来，满脸惊恐地把一个红色手机迅速塞到我怀里：学姐，你一会儿就说这手机是你的，拜托了！

我心想天下怎能有如此馅饼，做好事送大礼也不用这般惊慌。

正想着，就见一女教官风风火火地追逐而至。

那女生临危不惧，先声夺人，指着我道：这手机是学姐的，明天打疫苗，我想问问我妈我对什么药物过敏，所以学姐就借我手机来着……

女教官将信将疑，但稍有缓和，用不阴不阳的腔调问她：你是哪个连的？

七连。

一会儿自己去告诉你们教官，你刚才用手机了，听见没有?!

女孩儿点头如捣蒜。

女教官转向我，既不满又无奈：老师，你们学生要用手机下次最好提前跟她们教官说下好吧？我们这儿有规矩的。

我也点头如捣蒜。

待短小精悍的女教官在墙拐角处消失，女孩儿一把拿回手机，底气十足地说：我也不想打那破针。校医上来就说，如果你们不想打疫苗，将来你想要儿子吗？想要儿子就得打，真晕！谢谢你啊学姐！说完一溜烟跑了，整个过程感觉非常老练。

我看着女孩儿摇曳的背影，内心膜拜，摇摇头跟苏静说：真不得了！我大一可没这胆量和本事。这就叫代沟啊。90后跟咱们这种80后产物两个时代呀。

苏静点头表示赞同。

木子抱着摄像机在四处溜达，那摄像机稳扎稳打地停靠在他一侧肩头，除了吃饭时间从没见他拿下来过，敬业如敬神，令人钦佩。

李响偶遇当年训练他的“老连长”，俩人正侃得天南地北，尘土飞扬，现场气氛热烈而煽情。

我手机响了。一阵悦耳的铃声震得我心旷神怡，嘴角上扬如飘摇的弯月。用脚趾头想也知道是谁，我亲爱的林旭。他的照片在手机屏幕上一闪一闪，穿着我新为他挑选的衬衫咧嘴傻笑。

我赶忙躲到角落里，开始与林旭长话相思。听到他的声音我险些落泪。他从间歇性失去我的荒凉中恢复过来，掰着指头数我的归期。我告诉他人世险恶动荡，以后我保准腻在他身旁安心修炼，从此不过问江湖之事。还是有他在的地方温馨而简单……

正在情话绵绵之际，忽然有人拍我肩膀，吓了我一跳。

原来是木子：快点，有任务啦！

无奈我跟林旭的情丝一时竟无法扯断，出于惯性继续神聊，欲罢不能。

李响过来在我耳边低语：行啦，快走吧，一会儿再说！

我跟上众人脚步，木子“啧啧”出声：知道早上我为什么走开吗？受不了。跟你说，两个人在一块儿不能太腻。

我不屑地白他一眼，他怎能理解我正奉爱情为无敌信仰的初恋感情，神圣不可侵犯。

李响笑问木子：你是羡慕啊？还是嫉妒啊？

木子：我嫉妒啊！

夜晚，我们四处寻觅军队夜生活。先是参观了其他学校的一个篝火晚会，因不是校友同欢，提不起多大兴致。又跑去看T大的学生，两队人马正在扯着脖子拉军歌，调子跑到太平洋，久之趣味寥寥。

我于是提议捉萤火虫，众人响应。李响拿来一个空矿泉水瓶，又不知从哪儿找来一个捞鱼用的网兜，手段和工具都颇具专业，可惜天阴雨湿，搜索了半晌，空瓶而归。

这里的小卖部比黑心还黑心，价格都在外部的五倍以上。教官三令五申不准出门偷买零食，实则也是睁一只眼闭一只眼，言行不一为部队创收。儿时零食伴侣麦丽素成为抢手货，专门用于滋补和安慰被反复煎熬的身心。无论是晚上躺床上聊天，还是半夜值班，人手一袋麦丽素。

四人早早睡下，约定明天凌晨起床拍日出。

躺在床上，我梦想今后要跟林旭一同度过一个类似的乡间夜晚，有稀星，有虫鸣，然后男耕女织，相携到老……

早上五点半，我发短信给木子：你们俩起了吗？

木子回复：在挣扎……

六点集合，李响看上去神清气爽，木子却眼眶乌黑，头发凌乱，看样子中毒不浅。

我瞄着他熊猫般的眼圈问：木子，你怎么啦？

李响大笑：嘿，他昨晚非说要看着机器，一晚没合眼。

哦，怪不得玩技术的看着都沧桑。

可惜天公不作美，昨夜阴天一直持续到早上，到了七点也未见太阳露脸。

我们一商量，赶早去捕捉军营实地生活。

T大学生多已拆穿我们的身份，队形走得歪歪斜斜，提不起精神。一队男生经过，直冲木子喊“叔叔好”！

木子见李响躲在一边偷着乐，明摆着一张欠扁的脸，冲过去一把扯过他冲男生申诉：他比我还老！

上午十点。我跟苏静决定采访一个正牌驻地教师作为标榜典型，为我们的基地采访画下句号。跟我们一起同住的辅导员率先被考虑淘汰出局，她还在扫雷，鼠标被点得直抽筋，爆炸声响彻基地上空。

我们在教师住处徘徊，见一间屋子敞着门，从窗户探头向内窥探，尚未看清屋内形势，里面传来一声：进来吧！我俩对视，感觉好似做贼被生擒，无奈只好蹑着手脚走进去。

屋里端坐一位三十岁上下的男教师，正在看电视，电视里正在血腥打杀。见到我们，他礼貌地起身让座，还拿来水果给我们吃，是个绅士。

我们说明来意，男教师表示对学校工作大力支持，并且愿意接受采访。见他如此亲切好客，我们请他稍等片刻，兴冲冲地跑去找木子过来摄像。

几分钟后，我们三人一并进屋，却寻不见男教师的影子。过了片刻，男教师掀开门帘从一小屋出来，身上已换上一套绿色迷彩，头发梳到脑后，露出宽大锃亮的额头，整个人亮堂一新。

麦克轮流在我和苏静手上传递，苏静天生作记者的料，尤善于东拉西扯套出所求之语。由军训谈到了 T 大的校史。

男教师颇多感慨，忆起峥嵘岁月，说 80 年代一部经典老电影里有这么个场景：一个老爷爷殷切地对他孙子说：孩子，你要努力学习啊！将来上大学考去北京，到北大、清华、T 大去。那时候咱们学校发展好啊，这个场景我一直铭记。接着又说，你们知道吗，咱校门口的校名题字落款是周恩来，其实不是他老人家写的。

是郭沫若！我抢答。

同学，你太有才啦！男教师“刷”地起身，握住我双手频频摇晃，这是咱学校历史啊！不能忘记啊！

我正激动在兴头上，木子清了一下嗓子道：两盘带子录满了，我没多带。

场面有些尴尬，苏静赶紧解围道：老师，我们车下午两点就开了，今天跟您聊得特开心，回头有机会再找您请教。

男教师频频点头：好！好！好！遂亲自将我们送出门。

木子如大赦般扯扯衣领道：我一听人说话多了就头疼。

我笑了，想到林旭好像也说过类似的话。怎么男人听话听多了都头疼，我要在婚后避免自己是长舌妇，这简直是在和女人的天性做抗争。

吃过午饭，功德圆满，准备返程。木子照例把该吃的都吃回来，食量甚至是平时的一倍。

李响架好三脚架，说一起合个影留念吧。

我专职帮大家设计姿势，提议我们一齐敬军礼照一张吧。

那时我还没有料到，日后我会和军队结缘。也不曾想到，短短两天的基地采访之旅，成了我大学最为美妙的短暂剪影。

我，苏静，木子，李响，我们正当年。

效果一出，李响的礼敬得标准，木子庄重呆板，目视远方，好似见到了革命先烈。我和苏静的姿态妩媚，军礼敬得山寨极了，当即被李响拆穿，需要回炉重炼。

临行前，木子蹲下打开行李包检查：等会儿，少一样我就不用回去了。

我们深为木子的敬业精神所折服。

木子说：要我自己的我还不这样了呢，这机器坏了可赔不起。

我和苏静是文字记者，干的是清水差事，来趟京郊都美颠到不行。

听木子说电视台配备多台摄像机，价值不菲，单价就上了六位数字，很是眼馋。

木子得意道：这就是咱为什么要站在学校的立场上说话，学校给出银子啊！

车子启动。我此行的唯一遗憾是没有见到当年疯狂迫害我的女教官，让她亲眼目睹我荣归故里的风采，也算是对她的精神打击和报复。

我是再没机会来这个地方了。

第十一章

我扑入林旭的怀抱，带一身仆仆风尘。

他拥抱我新鲜泥土味道的身体。

恋爱中的人就是这样没志气，好像分开一分钟，就影响了下一分钟的幸福，落得个终身遗憾。

我向林旭细数在军训基地的种种见闻，包括未遂的捉萤火虫和拍日出活动。这世界无论怎样兜转，等待我的原点和终点永远是林旭。他的坐标点是我的生命点，我要用尺子丈量他脚下这片土地的经度和纬度，那是我终身出发旅行的目的地。

跟林旭甜蜜的相见有如劫后重逢。

但我还是要回到宿舍，还是要面对上铺的知了。

她朱颜未改，还恶习难消。不知道我不在的这两日她是否在自慰过程减少几分乐趣，如同演员面对空荡荡的观众席，怎么舞弄也差那么点儿意思，何况知了还是典型的人来疯。

总之我躺下时她还在开垦她的身体，欲壑难填。

我发觉氛围不对是在晚上。

阿姆和咸子一前一后回来，各自没有搭话，脸都抻得老长，像拽完一节又下来一节的卫生纸。阿姆的眼睛好像有些红肿。

咸子的脸肯定是张扑克牌，花色是红桃J，尖嘴猴腮长下巴。

阿姆对我的归来既没表示出激动，也没表现出厌恶，我于她就像一棵大白菜。

咸子还冲我点点头，代表见过了。

我有许多个日夜没有正眼看过咸子。

她脸上浓妆依旧，只是比之前苍白了许多。她是我们几个当中唯一靠脸蛋吃饭的人，可却鲜有保养。她只管上妆，不管卸妆；只问台前，不看幕后，目光短浅。她在原本鲜艳的脸颊上反复涂抹脂粉，大白脸，喝了血一般的红唇，醒目娇艳。

夜宴归来的她被残妆搅乱了容颜，经常疲惫不堪倒头就睡，一觉到天明。醒来抹掉劣质睫毛膏和眼屎，权当另一天的完好妆容循环使用，废物回收。她肯定为此得意过。再穷也不可以这样，脸坏了还哪有安身立命的本钱。男班长，富二代，他们看中的都是这个，她怎么能为了盈利输掉本金，简直就是缺乏经济头脑。

她的桌上扔着一只穿过的袜子，袜子上面是护垫，另一只袜子还在靴子里露头。

她的床单花里胡哨一片，是许多颜料装点的结果，还当自己是画家。床上经常是许多衣物交织在一起，数量多如她见过的男人，胡乱地相拥着就能入眠。她的衣服和身体许多天不洗，用亲姐剩余的大牌香水遮盖体味。不过她天天洗头，有时候一天两次，头发梳得油黑乌亮，跟白脸相衬，是国际流行的时尚搭配，黑白搭永不过时。

时光没有饶恕咸子，粉底蚕食了她精细的皮囊，演变成粗大的毛孔和黑斑定格在脸上，好像她饱览人世沧桑，她一天天加速地老去。

阿姆看不过眼，曾塞给她一瓶卸妆油，还是某同学从欧洲买回来的礼品。阿姆的赠言不怎么入耳：怎么自个儿的小脸蛋也不知道保护咧，看看你现在的样子，越来越没法看咧，脸还横着长，和你家姐好像的哇。

阿姆翻身上床，拉上帘子，动作麻利而决绝。接下来她打开电脑，开启视频，绵延不绝地讲着时尚粤语。隐约可以听到耳机那边一会儿男声，一会儿女音，搞不清是男是女。

不是我刻薄，阿姆一讲起来还真的是没完没了。

咸子和知了没有异议，又好像有某种默契。

半夜，我被阿姆的絮絮叨叨惊醒。她从床上转移到床下，从电脑转移到手机，手机屏幕隔着床帘闪出鬼火一样的光芒。

我忍无可忍：阿姆，人都睡觉了，你小点声行吗？

她没有反应，后背如铁板一块，铮铮铁骨宁死不屈。

阿姆，你听见没有？听见了吗？你疯了吧？管不管别人啊？阿姆！！！

她猛地回头，怒吼冲天：我给我妈妈打电话啊！我不舒服啊！你要我怎么样啊！！

她们两个都醒了，各自木木地呆在床上，隔岸观火。她们竟如此容忍她。

终究我还是听同学告诉我，阿姆和咸子之间发生事情了。

咸子抢夺了阿姆的男友胖子。

晴天霹雳！听上去像个笑话。

是真的，就发生在我去基地的两天里。生活在同一时空的我们竟有如此千差万别的错位。咸子和胖子私下里已经进行过一段时间的勾搭活动了，又不是一见钟情两天就好上了，只不过恰巧被捉奸是在我缺席的那两天。

真想知道是怎样惊心动魄的场面。

知了拒绝向我讲述。

但凭想象也知道，必定是大吃一惊，尖声惊叫，暴怒质问，破口大骂，挥拳相向，硝烟弥漫……顶多也就想到这些了，我的想象向来贫乏得难以插上飞翔的翅膀。

人真是犯贱，最初的震惊波澜尚未荡平，我却首先想到了一个细节，有关咸子的好。我发着三十九度的高烧，校医院誓死不给我注射用药，知了离我而去。关键时刻，咸子出手相救拿药给我，并倒了开水，服务热情周到，温馨感人。

回想起来我觉得咸子还是蛮会照顾人的。后来对这个场面的温故知新我又听过一次，从阿姆嘴里。她告诉我咸子一直没齿难忘这个细节，她骂我是白眼狼，她那样真挚地帮助过我，而我却视而不见，不懂得感恩。她还给过我药呢，药还蛮贵的呢，喂狗也比喂我强。

阿姆的话消除了我对咸子最后的感激，如同解除最后一道魔咒，原来全心全意仇恨一个人的感觉是一身轻松。从那以后我们对彼此都不再期待。

阿姆说她本想替我回击咸子，告诉她我也曾恶毒地诊断她是猪和狗结合的产物，为避免事态扩大还是没说。

我情绪激愤地指责阿姆为什么不说，说了才好，平时那么爱说，怎么到关键时刻当缩头乌龟了？出了问题我负责。

阿姆不吭声了，看穿我情绪上来事后猛张飞。她亲身跟我斗法的时候早摸清我是个孬种，商人的女儿也是商人，她是对的。如果说了保不准要发生一场血案来结束我和咸子之间还算美好的生活，今天的我和她只有一个能站在这里说话，或许一死一残。

扯远了。

我想说的是东窗事发，我却回想起咸子对我一次意外的援手相助，由此联想她一路成长也忍受了那么多细节上的委屈，也曾行侠仗义。

这也说不通，怎么鸡鸣狗盗，忘恩负义，也不能算计到阿姆头上。阿姆那么费心尽力地帮助咸子，教导她，拼命教她用心计和聪明在竞争激烈的社会多快好省地建设自己。

实践证明咸子出师了，且长江后浪推前浪徒弟超越了师父。到底谁比谁聪明，谁比谁隐忍，是骡子是马拉出来遛遛，阿姆你每一项的成绩都不及格。人不狠，站不稳。你怎么还忘了你们的密谈中还有遗留的细节，有章可循。她在家盥洗、擦地、刷厕所，伺候亲姐安稳地坐在沙发上观赏电视剧，只为蹭五十块一件的白衬衫，轻薄梦幻，穿上宛若白雪公主。你拿什么跟她血脉相比，差得远呢，你的下场你自己知道。

阿姆怎能善罢甘休。你用狠狠被撞击过的余痛奋力迎战，垂死挣扎，口舌生疮。

每个角落都有你悲凉的身影，苦诉命运，说他和她这对狗男女，骂得鲜血淋漓，主要是针对她。你还在帮他找理由，为他开脱。有什么理由啊，他玩腻了你，换个你旁边的她试试，帮她赚钱。她新近看上的那台电脑，他正为之努力。心理上你无法接受，于是你撇开他，专门搞臭她。你一向精力十足，像刷小广告一样，不放弃每一根柱子，不放过每一张口口相传的嘴，争取微薄的可能性。有的被你反复骚扰过，你自己都忘了，上来还是我真傻，真的，太他妈酷似祥林嫂。失恋让你有如鲁迅一般深刻，你真该抓住灵感好好作几篇文章，成名后吃喝嫖赌，大肚连着大度，也许还要感谢咸子和胖子。

她们极富高质量观众的耐心，细细咂摸你的故事，咀嚼你吃剩的苦情渣子，直至你感觉她们拥戴你，总算得到些许安慰。一天你带着丰盛的安慰回宿舍，想歇歇脚。知了似笑非笑地告诉你，她从别处听说了你转述的故事。她当然全过程目睹你俩翻脸的事儿，她只是想让你知道，你来回说，来回说，说来说去绕回原点，瞎折腾。并且凭知了的卖弄口气也明白了，潜台词是她们并不把你的故事真当一回事，顶多抵消了一集电视剧的轰烈热闹，是替你当传声筒了，不过传了也就传了。咸子能做出这等事来，还怕你传吗。几个同情你的人也没有采取行动，你甚至有些不屑向她们倾诉，因为真正富于同情心的人不是废物就是弱者，她们自己也事事不遂愿，原因我刚刚说了。你还是跳出人群拉开距离想想看吧，别步步失算。

咸子从电梯出来，撞上你和别人在门口说事，听者的眼睛还不怀好意地瞟着她，她一下就拆穿了你的伎俩。她不说话，你也拿她没辙。其实你本可以大骂特骂她的，骂起来你不一定输，何况你用方言当着面骂得再难听她也听不懂。你们甚至可以大打一架，闹到校长那里，也许会有校园媒体跑来采访你，为你作宣传。可你一开始就大张旗鼓地四处扯着嗓子喊，这辈子再不跟她说话，以至于这会儿再和她说话你都不好意思开口了，那么多你倾诉的对象反过来瞪大眼睛监督你，真逼你跟她说话你能脸红。

说实话，虽然我曾极度厌恶咸子和阿姆，她俩的事还是让我受到不小的冲击。

我一向坚信人之初性本恶，人的每个毛孔和缝隙都寄生着生生不息的邪恶因子，可总要在是非原则上存有善念吧，哪怕是出于道貌岸然、说出去好听、看上去好看的目的。就像出门得穿衣服一样，傻子出门也不好意思轻易裸奔。又好比杀人，下得去手也得有魄力和勇气不是？有八百双眼睛盯着你，你也能破罐破摔不是？咸子我没看走你，真枭雄。算计阿姆是大材小用了，要是早生上几百年，选秀女入宫，就是再底层，最底层，深陷十八层地狱，伺候人洗脚搓背的差事交到你手里，相信你也能飞黄腾达到顶着皇贵妃的头衔，创造草根神话。

咸子的非凡胆识再一次让我艰难建立起的自以为牢靠的堡垒稀里哗啦地崩塌，碎片划伤了我的心。我觉得我真可笑，动辄神经错乱，经常卧在床板上思考哲理和人生价值，悟出一点心得恨不能立马跳起来记录，琢磨着有一天顿悟入道，比咸子等庸常之辈多活出几倍的人生精彩来。可我始终生活在自我幻象的世界里，内心脆弱而愚钝，目光狭隘且短浅，脱离现实格格不入。

咸子是典型的行动派，她动动手指头便抹杀了我大学四年的想象，挥挥手扯断我数根精神支柱。在她作出壮举并声名鹊起时，被开水泡得浮肿的方便面正在我肚子里翻江倒海。还有我的裤头和袜子也泡在水盆里发酵，快要生出海藻、水母和鲸鱼。可见我的生活是多么不能自理，懒惰到林旭不给送饭连下楼的力气都没有，坐吃山空立地吃陷。

比照起来，我跟知了的嫌隙似乎小巫见到大巫，平庸无趣到极点，却居然对我产生了如此强烈的杀伤力。废物！我近来总在回想我们的从前，那些影像在我心头萦绕来回穿梭如时间隧道。她对自我身体赤裸裸的公然行贿令我大跌眼镜，不是因为她满足自己而我不能，而是我曾经也像阿姆维护咸子一样，小心维持知了在众人面前的尊严，而她却把这种自尊残忍撕毁并践踏，为了对付我。

江山易改禀性难移，而保护一个人更是难于上青天。她会怨，会要求你一切的一切与她平等，会认为你的付出都是理所当然，你有的她也要得到，得不到她就仇恨。她夜夜笙歌，用激情来阻挡我的睡眠。实在受不了的时候我想爬上去，一边扇她嘴巴一边朝她咆哮，林旭分给你一杯羹好了，清醒吧！住手吧！停手吧！你这个白痴！

我怕她会说她不屑一顾。

曾经的我们到底算什么？我俩都是空虚寂寞的怨女，需要有个志同道合的人来做伴，前提是两个人都不找男人。我们一度真诚的情谊胜过爱情，我们民主自由地分享桀哥，生存境态堪比桃花源，这就是最好例证！

两个人的呢喃细语千百倍的胜过她如今夜晚引吭高歌地独自吟唱。

我曾经繁花似锦的同学情感如今荒芜得荒谬至极。

人世间还有什么情感是可信的？我们凑在一起发出的所有美好承诺真的像屁一样放掉了！我俩还谈起过未来。即便嫁人生子，房子也要买在一处，最好住紧邻的独栋别墅，每天开窗互道早安，互诉晚安，日日相伴。男人有外遇了也不怕，我们两个对付一个，其中的一个还怀了孩子，三个臭皮匠顶一个诸葛亮，毕其功于一役。不要两个都怀孩子，也不要龙凤胎，以防第四个人的出场是来帮倒忙。还谈到比未来更遥远的未来。待男人死了，儿女远飞，我们还要作伴。我们的命一定要比俩老头的命硬，他们死了我俩可以再携手活上二十年，晚年的夕阳格外火红。两个女人住到一处，一三五住我家，二四六住她家，星期天猜拳决定。都不再改嫁了，乐呵呵地一起养猫种草织毛线球，猫顽皮起来把捆到一处的红毛线捣得稀烂。我们追着猫打，追不动的时候停下来喘气，粗重得像两匹老马，一边疯狂大笑，一边感叹岁月如梭。

都破灭了。

她要我怎么接受梦想破灭对于一个女孩儿的打击，我从此活得苟且。

过往的疯话死气沉沉地幻灭掉，并且永远不会复活，断子绝孙。不像小孩子手里的吹彩泡盒子，吹出的泡泡五光十色，像心跳一般四处怦动摇荡，横冲直撞。儿时的放肆妄为就像如今满大街风行的投资标语，零风险，无伤害。泡泡破了还可以再吹，梦想浇灌现实，无数次地复制出廉价的希望。

我更受不了的事情发生了，剧情急速回转。

阿姆又交到男朋友了，在捉奸咸子、胖子事件之后的第十三天。网恋。

生活总比小说来得癫狂。

其实他们通过红十字社团彼此惊鸿一瞥，之后开始网上来往，也算有过一面之缘。隔空的几句飞言飞语就搭上了，绕过了空间隧道的制约，快速便捷，真想得开。治疗爱情创伤的最好法宝是时间和新欢，阿姆选择了后一种，而时间是许多女孩儿最不愿承担的重量。

总之对于这种美妙的后现代恋爱方式我不大能苟同，脸都对不上，怎么能贴心呢，满肚子情啊爱啊对着电脑屏幕倾倒，也不知道我哪里继承来的不合时令的顽固派基因。我把自己弄得像个没落大家族的老朽，垂垂暮矣，一条腿已经迈进棺材，另一条也快了，还要眼睁睁看着时局极速动荡，折磨着双眼和心灵。明明自个儿跟不上趟，三天才进行一次新陈代谢，却要抱怨社会道德和良心的沦丧，为我的子孙后代操碎了心。

知了、咸子和阿姆都是我的后代。我视她们为我丑恶的远亲，个个怪胎，败坏门风。

于是阿姆也开始夜不能寐，她也要搅局对付咸子的视听。她的银白色帐子内别有洞天。

一台电脑、一副耳麦构成了她的整个操作系统。说直白点儿就是视频聊天，和新任男友如胶似漆，一整晚不合眼。要是硬找出阿姆和新男友的共同点，那就是他们在地域上同列属南方，把开放城市的不夜城风气移植到宿舍里来。

这格局想来挺有意思，知了在我上铺震荡，阿姆在咸子对面语聊，怀着同样的目的：誓死不让敌人睡觉。这场硬仗明摆着谁扛得住瞌睡谁赢。

我和咸子日渐目光涣散，神志不清。

阿姆的声音甚至比知了的动荡还让我难以忍受，多少个深夜我困不可支刚刚入眠，阿姆暴烈的声音仿若在幽谷深处炸响，并一路掩杀过来，连环夺命。

众人连续向阿姆发出责难，连知了也参加了反阿姆同盟。

咸子自知理亏，每隔几小时也会婉转地请阿姆“小点声好吗？”

阿姆对此一概回以太极拳，音量转小一路继续说下去。她不放弃任何机会向咸子示威：老娘我不恋旧，旧的不去新的不来。我爱起来大胆疯狂，可以夜夜不睡互诉衷肠。你丫的有资格跟我叫板吗？

如果有谁被阿姆逼出了底线，狗急跳墙，大吼一声：阿姆，别说啦！

阿姆会暂时给她个薄面，沉默片刻，等其刚刚朦朦胧胧地续上残梦，阿姆幽灵一样绵长低沉的声音再次响起，令人再度惊醒并毛骨悚然。两相比较，感觉还是她之前高八度的声音更可接受一点，于是巴不得她继续高谈阔论。

如果我们三人暂时结成联盟空前一致达成共识，集体向阿姆发难，她自知好虎难敌群狼，便闭上突尼斯般的嘴，释放手指的全部潜能，噼里啪啦地敲击一晚键盘，敲得我们昏昏欲睡的头脑发麻发木与噩梦对接，敲得就连知了也甘拜下风。她没有精力像阿姆一样整夜整宿一刻也不停歇地挖掘自己的身体，她最多也只能撑大半夜，她慵懒的个性到底无法跟商人的女儿相抗衡。

阿姆把创业挣钱的艰辛与坚韧拿出来小试牛刀，日后说不准真能搞出什么名堂，声威定会远在我们三人之上。

有了阿姆这个知音为伴，知了不好再快慰得那么放肆了。她快意的尖叫一旦响起，对头的咸子和斜对角的阿姆就会像灯泡串联般作出激烈反应，踢床的踢床，敲桌子的敲桌子。

阿姆甚至弄出一句“单细胞生物自我交媾”，然后“哈哈哈”一阵狂笑不止，如半夜厉鬼号啕，令人毛骨悚然。

犹如假李逵撞见真李逵，知了从此收敛许多，遂采取曲线救国策略，偶尔隐秘地宣泄欲望，一阵满足过后，她稍事歇息，便开始了没完没了的辗转……

我长期耳濡目染，感叹原来压抑知了的欲望竟如此强烈而持久，没有经过真枪实弹，就更需要成千上万次的彩排，来准备迎接最激烈狂野的真人秀。她到那个时候才会发觉，自己手指的威力简直是九牛一毛。

她还有多余得用不完的欲望储存在体内，通过白天的行为来释放，比如毫无缘由的怪诞尖笑，发嗲装乖，冲他人和自己撒娇，装疯卖傻……我知道她满脑子都是性，真想建议她放眼世界，组建风骚航母，远赴亚非拉打遍天下男人无敌手。

我甚至想在她床头安个隐形摄像机，全过程拍下她的荒谬人生，制成类似《动物世界》、《生理和心理健康》的科教节目做为性教育教材，送到大中小学校公开放映，收视率绝对会突破纪录。我觉得人类社会很不公平，凭什么只有动物可以被毫无遮拦没有尊严地观察记录，人为什么不可以？相比之下，知了不更具有典型性吗？甚至可以拿到国家级实验室去做实验，请科研人员研究一下她的基因到底是怎么拧巴的，组合到一起竟形成如此怪胎。

欲望得不到满足的女人如何表现呢？她要撒娇，要发疯，要歇斯底里。咸子对知了惺惺相惜，想必也曾具相同之心理路程，只不过她更善于伪装和隐蔽。咸子把一条短信加以篡改戏谑知了：若干名少年为何惨死小巷？若干名老头为何裸死街头？大量男生为何不敢出门？是何人如此狠心？是金钱？是仇恨？请关注今日说法《知了的不归路》。

这词改编得绝妙，是我认识咸子以来她最杰出的才华体现，我甚至都想给她颁发唐宋篡改文学奖。

知了也觉这意境深得她心，竟然“咯咯咯”地捂着嘴笑个不停。

真不要脸！她居然好意思笑出口，连我都不好意思听。

知了一高兴，捧出一个系着红色丝绒带的蛋糕盒，要给咸子过生日，她居然还惦念着咸子的生日。我们四人每年都要找个理由貌合神离地聚上一次，以示这个被强制形成的同盟人散形不散，而由头就是给咸子过生日。

蛋糕被分割成若干块，快乐的奶油四溢，草莓、猕猴桃什么的绿桃红果经过这么一折腾，身首异处，左半边身子还在这块蛋糕上，右边的那一半已经进了别人嘴里，世事沧桑难料。

知了分别将蛋糕送到咸子和阿姆手里，最后轮到我这里，倏地停住了。

知了背对着我，跟咸子和阿姆大谈蛋糕如何美味，她如何日夜记挂着咸子的生日云云……

咸子和阿姆的目光贼溜溜地往我身上扫，看我的脸红白交错，一半是海水，一半是火焰。

她们愈发放荡，嘴巴咂得震天响，讲着不好笑的笑话，个个笑得做作恶心。

我塌陷在床上，被一群小丑抛出了圈外，狼狈至极。我忽然想起小时候大院里的孩子一起玩，孩子王是个大我们几岁的女孩儿，为了确保权威，她总是轮流故意排斥某一个孩子，直到他或她哭着求她，才被允许重新归队，重获认同的我们便会顶礼膜拜她。

我摔门而出。

咸子提议晚上开个宿舍会。

阿姆马上扭过脸说没必要。

是我怂恿咸子这么说的。

下午我在整个校园里兜圈，脑子狂想人生问题，越想越满心疮痍。

我打量沿途的女孩儿，她们数量太多，穿着色彩绚丽的衣服，晃得我眼花缭乱。我从她们的神情来猜测，她们是否面临过跟我同样的问题。看了半天我一无所获。

我走到教学楼下面仰望。

那么多四四方方的窗子同时张开眼接纳我，林旭正躲在其中的一扇窗后面上课。我仔细倾听林旭所学的美妙语言，听到各种语言混乱错杂的交响，却分辨不出哪个声音来自于他，结果徒劳无功。假如日后我们若失散了，我竟不能从众声中判断出来哪个男人是他。

想想多么可怕。

回到那间龌龊肮脏的屋子，只有咸子在。整个小屋被杂物堆放得没有余地，尘土飞扬。蛋糕残留的细屑散落在桌子腿四周，好像此地豢养了三只老鼠，刚刚饱餐了一顿人类盛宴。

咸子带着慰问的情绪同我谈话，说她批评知了了，知了不该那样对我。只不过一块蛋糕嘛，为什么偏要绕开我分呢，太不地道了。

咸子还以为我在意的是知了的蛋糕，她以为她这样说就能跨界发展关系，左右逢源。

这更激起了我对知了的怨恨，一瞬间怒火蹿顶，恨不能跟知了拼个你死我活。我疯狂搜索着知了的一切东西，残存的理智告诉我，电脑、相机还是别摔，那东西贵重，我才不会事后赔给她。我抄起她的水杯往墙上狠砸，浑圆的杯身猛烈撞击到墙上，好像要玉石俱焚，之后惨烈地滚落到地上。

咸子上前拉住我：别这样，别这么大脾气！

我站在原地疾速地喘息，眼泪大滴大滴滚落下来，泪水憋了整整一个下午，终于不再受意志控制，开始自由奔淌。

咸子捡起地上的杯子，反复查看后对我说：没坏！

我明白她的意思，她暗示我不需为此次暴力行为负责，现场没有留下作恶证据。

咸子多么会体贴人。

我说碎了才好呢！我受不了了！受不了了！我倒要当着全宿舍的面问问，知了你为什么这么对我？不就是个丑男人嘛，至于和我别扭到现在吗？你是不是还要为难我的下一代，再让你的下一代跟我的下一代世代结仇，冤冤相报何时了？为了我的子孙后代，我必须要当众向你下最后通牒：别再苟且了，坦诚地说，说你到底想要干什么？

咸子劝我冷静下来，生气的后果伤肝伤心。

我强调我一定要当众问知了个明白，一定要！

咸子说别急，晚上开个宿舍会吧，大家是该坐下来好好谈一谈了。

看样子她也有话要当众问阿姆。

知了对开会没意见，背对我背单词，摆明了是给咸子面子。她旁边摆放着我摔过的水杯，她还不知道它刚刚经历过的坎坷命运，险些因为她而粉身碎骨。

阿姆转身翻上了床，端坐在小桌前准备拉上帘子。

我跟咸子交换了一下眼色。

咸子说：阿姆，大家等着你开会呢。

阿姆拉上帘子，很大牌地讲：开吧！你们说话我听得到咧。之后是电脑启动的声音，她的电脑就是一魔盒，绞杀了我们集体的睡眠，严重影响到我们的生命健康。

我跟咸子相视而叹。

咸子点点头，我便对着知了的后背开始讲话。本来是预备声讨她的，可一开腔却不自觉转了味道：知了，我不知道我哪里得罪了你。我可能有很多不对的地方，我带头检讨。可是大家在一个宿舍里面，抬头不见低头见，以后还要相处至少两年，我们不能好好相处吗？

发完言我才惊觉，我说的都是党员会上批评与自我批评主题的话。

知了背着我答：我很纳闷你会这么说，我很努力在维护大家的关系啊，不要随意揣测别人的意图，这样很不礼貌。她的中国话里故意拐着西洋调，跟我吐出的本土方言相比，一个是土特产，一个是转基因品种。

你能给人最起码的尊重吗？最起码看着别人的眼睛说话吧，这好像才叫礼貌。

Sorry，我也很想对着你眼睛说，不过我这周末就考试了，我是要分秒必争啊，没办法完全顾及你的感受。真的很sorry。她回头抛过来一句，又背过身去。

我还从未领教过她竟如此伶牙俐齿。

没关系，你就背着听好了。你说我没礼貌，那我问问你，下午分蛋糕的时候你给大家，特意不给我，这是搞团结吗？我不是在意你那块蛋糕……

Sorry，关于蛋糕的事我很抱歉。不过请你原谅，因为那蛋糕是我事先答应了咸子拿给她的，我一直说要给她礼物也没有给，好不容易今天才带过来……这话除了洋调又揉进港腔。

我不是说差你那块蛋糕，可是当时大家都在宿舍，你分给咸子和阿姆，就不给我一个人，你让我心里怎么想？你觉得合适吗?！你当我傻吗??！！！

文明点行吗？不好意思，我本来后来要给你的，可是你走了，我没有办法……

行了！别说了！

我不能再说了。我感觉气血上涌，再说下去会骂人，会吐血。知了问话不答，让我的一派真诚落空，简直是歪理邪说。

我求助地看着咸子，希望在这种时候她能站出来说上两句公道话。

咸子看看我，又瞅瞅知了，抬眉浅笑地对我说：哎呀，你就原谅知了吧，她都知道错了。

我只是想把话说清楚。

很清楚啊，雅雅，我也有话想跟你说。知了来劲了。

说吧，如果我有错，我会改。

我劝你多读点书，看看西方宗教类的书籍。我最近读《圣经》，对 Jesus（耶稣）了解很多。我觉得你不应该一味指责别人，应该多想想你自己的问题……

我承认我有问题，我一开始就说了，我检讨。我希望你告诉我，我的问题在哪儿？我哪里做得不好，你说啊！

你不要冲我喊，你真应该想想你自己……

我可以想啊，你坦诚告诉我啊，我都接受。

Jesus 真的很伟大，他教导我们宽以待人，严于律己……

我想拿灰狗的名字堵她的嘴，可我难以启齿。

阿姆的银帘“刷”地从中间劈开，露出她一张刚刚要参与进来的脸，此前她一直在专注地敲击键盘。雅雅，我刚听你们说话，我就觉得，你把自己说得很可怜咧。

我怎么可怜了？我怎么就他妈的可怜了?！你哪只耳朵听见我可怜了?！

咸子过来劝，还是那句老话，别那么大脾气！她附在我耳边小声嘀咕：跟阿姆一点关系都没有，她来搅什么劲啊，傻缺吧！

哇哦，你这么凶干吗咧？我只是实话实说嘛。阿姆见风使舵，连对抗都懒得跟我维持，弃我转向知了道：知了哇，我觉得你说得很对哦，好巧我最近也在读《圣经》，我和你想法一样哦……

她们的声音形成一股合力，轮番向我袭击轰炸，如同战斗机蓄满力量向我俯冲过来，蛛网般严密的声波越来越大，在我耳膜上拼命地打鼓鸣锣。

我打了个趔趄，耳朵里有黏稠的液体流下来。我以为是血，忙用手去摸，指尖上沾染了淡粉色的液体，也许是血液和脑浆的混合物。原来人伤痛到极致流下的液体远比眼泪来得浓烈。

咸子扶住我。我猛地推开她，像遭受围捕的野兽一样，双眼血红。也许从这一刻开始，咸子认定我是白眼狼，再不值得她费丁点儿精气神去扶持。可我现在是红眼狼，她不管颜色上的区分，只认定狼这个冷血物种，也就有了后来她跟阿姆说我是狗的话。

她也许不知道，在这个宿舍里，我从一而终讨厌的人就是她。我对她的厌恶如潺潺水流，从未间断。不像我对知了和阿姆的感情，爱恨都很激烈。

我突然就无力了。

我对知了已经不能用恨来形容了，我对她好失望，彻底失望。

我坚信，无论她以后是死是活，是伤是残，我眼睛都不会眨一下。

我狂烈地抓挠头皮，头皮屑像雪花一样纷纷洒落，简直就像我此刻溃败的心境。

透过白色的幕布，我再次想到了林旭。

第十二章

我扎在林旭怀里没完没了地哭泣。

开始哭知了，再哭矛盾重重的关系，最后哭我自己，越哭越自怜。哭到最后，已经不知道为什么而哭，只是机械而酣畅地哭着，时而高亢，时而低沉，时而婉转，时而悠扬。我此生从未哭泣得如此纯粹。

我从红眼狼演变为红眼金鱼。眼睛突兀地鼓着，暴跳凸起的个性在林旭的安抚下渐趋平稳，最终柔软得不可思议。在他面前，我的姿态可以卑微，可以撒娇耍赖无所顾忌。真实的爱恋让我产生一种幻觉，感觉知了、咸子、阿姆等是魔鬼而不是人，她们共同演绎了我的噩梦，是我前世今生的死敌。而现实世界的安全岛不过一尺见方，全部囊括在我和林旭之间。

我在真实和虚幻中不可自拔，是爱让我没有癫狂。

林旭站起来关了灯，他离开我的片刻令我感到不安。

我俩身处教室，全世界目前只有我和他，从对方的瞳孔里可以对照自己。他为了哄我开心带来了电脑，上面正播放着我不感兴趣的爱情轻喜剧，剧情和对白似乎比我更加脑残。

世界黑暗一片，我能感受到的仅剩我俩紧张的心跳。我把手贴在他胸口，默默记下他心跳的次数和韵律。我屏息凝神，尽量让我心跳的节奏跟他保持一致。他的跳动是属于我的，我们的合拍才叫心心相印。

林旭的体香让我心醉，胜过任何一款香水，能遮蔽丑恶，制造幻觉。

我沉浸在他缭绕的香气里。

门突然敞开，射进一束走廊上的灯光，惊慌了我们。

一个瘦高的男孩逆光跨进来半步，很快明白发生了什么，又马上退出去，临走体贴地带上门。明亮疾来疾逝，像舞台上的追光，仿若刚刚走进来的是个明星。

明星干扰了兴致，我们迅速结束了一切。

从此，我跟林旭在自习室度过了一个个效率为零的夜晚。

两本掩人耳目的书停留在摊开的一页，我们黏腻得可以糊掉，我们彼此侵略时间。

他是好学生，拒绝同我逃课。

我们吻得更加绵长而随意，那种时刻颜面已经不在脸上，当着所有人的面都可以卿卿我我，影响公共治安。一天我们站在教学楼入口接吻，一个来宾见了大发感慨：现在的大学生都光顾着谈恋爱了，风气太差，影响太坏，简直是沦丧的一代。

人好像拥有了爱情以后就贼胆包天，为了爱情几近丧失了自尊，别人不过踢了我的自尊一脚，有什么关系呢？踩碎了才好呢。

事后回味一下，觉得来宾说得有道理。看我俩的面相也不是学习的料。

林旭从好学生的位置一落千丈，排名位置惨不忍睹，后头没几个人垫底。他一向能得到中年以上妇女的喜爱，据他自己揣度，他有成为儒雅老头的潜质，风光在老年。

考试成绩一出，他们系负责教学的大妈第一时间打电话给他家长。

这下捅了马蜂窝，天天有电话来骚扰。母亲说他玩物丧志，父亲责怪他挥霍无度，每月比平时多花出几百元……

他不过在中午食堂的时候替我刷几块钱的饭卡，偶尔出去吃一顿，不超过一百元。他没有给我买过一件衣服，也从来没送过我贵重的礼物。我如此珍爱贫贱的爱情，更讨厌跟他有金钱纠葛，多烂俗。可他富裕的家庭不能让我在几百元的夹缝中求得生存，还当我是嫁豪门呢。他是豪门吗？

他父母本来睁一只眼闭一只眼的，有我没我无所谓。他母亲提前去查学校放假的时间，替他定好机票，晚回一天都不准。

他回家前跟朋友出去吃晚饭，八点钟未归，手机又打不通，他母亲急得发疯，以为是跟我在一起鬼混，大骂红颜祸水。

我受到了威胁。

如何在老妈和老婆之间求得平衡好像是所有男人的必修课，斗争了几千年也没个结论。

我们各自使出招数争夺林旭，两代女人抢同一个男人，她赌血脉，我拼爱情。

我满肚子的委屈：你家里再怎么着也不缺你这几百块钱嘛，凭什么拿这钱噎我？我图你什么了？要求你什么了？你放假实习，我瞒着家里在学校住陪你，食堂饭店全关门了，我吃泡面度日，吃得脸上水肿，肚里全是垃圾饲料，打嗝都带方便面味儿，一等一个月，我有要求你多陪过我一天吗？

林旭也急了，顶着一脑门子汗珠朝我吼：为了你我冒着这么大压力，你怎么就不能体贴我呢？像其他温柔女子那样！你让我怎么办？以后我的事儿你跟我妈自己商量去！

这家伙每次跟他爸妈通完电话就满头大汗，跟交代犯罪经历似的。什么家庭能熏陶出这种稀有孝子，简直能做到三省吾身，以孝为先。

我凭什么跟你妈商量？我都不认识她，要不是因为你，我这辈子都不知道她是谁！你一个大男人，自己哪天回家都定不了，还让我跟你妈商量，我们俩天生是你秘书吗？她愿意当我还不愿意呢。

林旭两只眼睛夸张地盯着我，我能看到他眼神直射出来的陌生和厌恶，好像第一次认清我。他一动不动，鼻息却越来越重。

我摇晃他，他一点反应也没有，好似灵魂出窍，到了另一个世界。我有些怕了，大声喊他的名字，他也不理，只顾喘息，再喘息，紧绷得浑身抽搐。我连摇晃他也不敢了，琢磨不清他被哪路神仙魔鬼附了体。我静默地看他抽搐的过程逐渐加深，最后浑身摇晃，涕泪恣流。他双手捂脸，疲惫至极的样子，精神仿若一下子垮塌。

我的林旭。

我想提醒他作为男人的魄力和勇气，该坚持的要坚持，即便是对父母也不用卑躬屈膝。想了想又闭上嘴。他会骂我是个挑拨是非的女人，是要斩断他十九年亲情的泼妇。他果真破罐破摔了我该怎么办？他不是要我温柔吗，我天生野性派，得敛着性子扮贤淑。

我搂过他的头，替他擦汗，告诉他我会懂事，一切听他安排。

我不再无理取闹，整个事情的起因、经过、结果错都在我，屎盆子扣我一人脑袋上好了。

林旭的身体软绵无力，行动迟缓，仿佛筋骨都被抽空，皮囊也行将毁灭。他摘下眼镜，从我送给他的眼镜盒里拿出鹅黄色的眼镜布，慢慢擦拭，似在酝酿着什么深刻的语句。

再别这样闹了，这是最后一次！他说。

原来爱情真的有保质期。

我觉得我们之间有了说不清的裂痕，是不是一切伤害都从不能真诚沟通开始？语句全部绕开主题奔走？我们是彻底过期，还是可以续期？难道女人和女人的关系模式，也可以套用在男女身上？还是全人类都逃不过深爱盛宴过后的离席散场？

他居然给我下了最后通牒？怎么忍心？

林旭懒洋洋地跟我并肩行走在自习室的楼梯上，背包斜挎在高大的身躯一侧。看着我前面的巨大身影，让我感到他像山峰一样难以企及。

他开始嫌弃我们颠来荡去地找座位太耽误时间，我们通常都要找三联座或是四联座，要并排坐，还要有一个位子放包，最后要选择后排，便于说话和接吻。

我偶尔不高兴耍小性子的时候林旭依旧宽容我，他出来陪我到门口吵，以免影响其他人自习，同时还要不停地朝里张望，以防东西被盗，以致削弱争吵的力度，影响情绪。

为了吸引他吵架的注意力，我自行跑开。

他果然尾随追来。

我不顾一切“蹬蹬蹬”往楼下跑，没预计哪里是目的地，总之想离他出走，包和电脑都不要，外套也不穿，一切都是身外之物。

林旭在后面追，我想知道他跟我的距离，可是不敢回头，跑楼梯一步跨出两个台阶。

现在想想真险，我当时居然没有摔残。

飞奔中的我突然听到身后一阵呻吟，我猛回头，只见林旭跌跌撞撞地摔倒了，坐着滑下台阶，正叉开双腿向我扑来。

我惊叫一声迎上去，险些跟他一并翻滚而下。真要出了事，别人肯定以为我们是殉情而传为佳话。

他的手破了皮，细线一样的血丝蜿蜒在手臂上。我带他去冲水，然后用唇齿替他消毒。

当我们重返自习室时，林旭的电脑还在登录人人网，头像一闪一闪的，有人跟他聊天聊到一半，他却已经跑去翻越感情冰川……

我们相拥相泣，发誓再不因苦痛的爱情让对方遭遇伤害。

我们吵闹到极点的时候曾经提出过分手，太伤人了，每提一次就更深一分的怨恨，林旭甚至下跪挽回爱情，可歌可泣。

那之后他对我的爱恨都更加浓郁，最初懵懂的爱恋已然飘逝难寻。我们短信的内容很少再涉及简单的吃喝玩乐和约会，全是虐恋过后的爱情感悟，集结起来可以对外销售。

精力旺盛之余小吵一番等同于调理脏腑，以此相信我们之间还有激情，能碰撞出火花，但切记要控制时间，宿舍楼关闭之前一定要和好。经历过疼痛我俩都期待 happy ending，如果门关了他还没有回头，我会怕，怕此生跟他错过。

我极度想控制，可还是控制不住故意不接他的电话，头也不回地进了电梯，等他无数通电话打过后才慢慢接起，再在他声言要去撞车自杀的威胁声中飞奔下楼。

我怎么可以这样。

林旭开始变得残暴，他说这种转变得益于我。

我听了心如刀割。也许正是我们这样全力以赴的恋爱，让日后的我们回想起来，还是感到这场初恋有如童话般美好。经历过这种恋爱的人多半以后都爱无能。事后我们通过电话，风浪里走过一遭就够了，以后的我们愿望一致而简单，结婚生子，建立家庭，让自己镌刻进最普通的社会构造中庸庸碌碌，再不会站在街头接吻，读读新闻看看报，佯装还关心关心生存环境。

其实即便我跟了林旭，我会更早一步地庸碌。我们规划未来时，他曾动员我开一家菜品味道佳、叫好叫座的小餐馆，我欣然同意此条创业大计，迫不及待地想体验全职老公帮手兼小女人的生活。到头来我也会成为他母亲那样的女人，年轻时盛极一时，也终有一日为伺候老公、儿子而折腰。

我和林旭的爱情像一个盛了八分满的水碗，如今这水碗正行驶在颠簸的路途上。

水洒出来一些，我极力不让它洒得更多，索性用双手去捧护。

在我平衡爱情这碗水的时候，咸子和阿姆等人又生事端。

阿姆的吵闹已经到了不可开交的地步，咸子和知了决定诉诸非常手段，请第三方参与，把阿姆的恶行告到系里去。

我知道的时候诉状都已拟好，咸子出谋，知了主笔，行文还挺通顺，颇具文采，且字字血泪，阐述了睡眠对于女大学生的重要性。她们两人已经签字画押，就等着我了。看她们虎视眈眈的眼神我也明白，如果我不签字，她们二人会架着我胳膊往上印红手印。

我心底里对于她们敢于反抗的精神举双手加双脚支持，我的神经业已被阿姆折磨了数月，每天对着她的背影默默倾吐无数恶言，小恶早已酿成大恨。

可闹上去娄子就捅大了，这么大岁数了还来告老师这一套，让阿姆的脸往哪儿搁?

我说这事还是教育为主，威逼为辅。

知了说教育十万八千遍了，见到成效了吗?

也对。阿姆的意志力之强韧，像蜘蛛侠抛出的钢丝，我们三个人合起来也不是对手。

可我感觉告密是这个世界上最不体面的事情，即便是面对恶人。很难想象阿姆一张能说会道的“突尼斯嘴”在老师和领导面前会说出什么恶搞我们的话。那嘴好比假花，永开不败。

最后我同意签字。握笔签字的那一刻我很沉痛，毕竟跟阿姆一起住了这么久，那感觉好比签分居协议。

我说我们这事儿算是做绝了，好歹君子一回，提前告知人家一声。

对待小人就得采取小人手段！说这话的是咸子，此刻她一脸杀气腾腾，跟平时示人的温婉玉女形象判若两人。

我没忍住，绽放一脸冷笑，咸子你还好意思这样说。看看我面前的两个女人，绝妙组合。知了，你可以告阿姆夜夜笙歌，那我是不是也该告你手淫扰民，并且你进行得比她还要早，你的手法龌龊至极。咸子，你公然抢夺了阿姆的男友，简直是全天下女人的公敌和心头大患，可你还卖乖装傻，忌恨她背后说你，搞了这么一招泄私愤，你心里的小九九谁看不明白，也就知了傻才被你利用，拉作同盟。

我是不是过于矫情和懦弱。

她们拿到我的手迹就去系里告发了，结果无功折返。

有女人的地方就有战争，宿舍间的告发率过于频繁，每年攀升的比例比 GDP 的增长速度还高，连辅导员也不知如何下手，干脆囫囵应付了事。理由是这样的，宿舍说白了也算公共场所，你不能干预别人发出声音。阿姆的行为确实恶劣，可位列在个人道德范围，规章制度管不住人家的个性发展。大家相遇是缘分，能睡到一起更是缘分中的缘分，要团结，团结。

咸子和知了悻悻而归，咸子翻着白眼讲，那辅导员细皮嫩肉的，难道不知道睡眠对于女人的重要性？还懂不懂尊重人性？搞笑。站着说话不腰疼，傻缺！

于是两人又研究对策。还是咸子高明，敲定了另一套方案。不然这么办吧，阿姆夜聊完第二天起不来，耽误了不少课，以扰乱课堂秩序去告她，他们不会不管吧？不想管也不能明着说，因为事关教学大计。多么冠冕堂皇的理由！

俩人谈好颠颠地又跑去系里了。

这次再回来时兴高采烈，显然事情有了眉目。咸子大大方方告诉我，她先斩后奏，系里也问了我的意见，她代表说俩人可以全权代理三人观点。

她们兴奋得互相击掌，并打算买几瓶啤酒回来庆贺。

我一阵心慌，感觉不必捅这么大的娄子，事情也许可以挽回。

我拨通了阿姆的电话，发觉两三年下来居然第一次给她打电话。

我把事情简单跟她作了交代，还不大适应听筒里她的声音，因此我的话语格外谨慎。

阿姆的声音原子弹一样爆发在手机里，我的耳朵似乎都能感受到她灼热滚烫的呼吸，还有不可抑制的气急败坏。她质问我这件事要怎么解决？

我说我不知道。

她的叫嚷让我感到腻烦，我说阿姆你冷静下来，找辅导员解释清楚，挂了吧！

看看吧，看看我周围的人，再看看我自己，我每天吸入和吐出的全是浊气。

我去找林旭倾吐，跟他说话我吐气如兰。

我撞上阿姆的泪眼，跟发了洪灾似的不可思议。

我第一次见她哭。阿姆大吵大闹，放出的都是些狠话：你们太小人了！不得好死！

你打扰我们这么长时间，到头来我们是小人？咸子不惧她。

阿姆耍赖：那你们跟我说啊，不说赖我啊？

咸子：没说？！哪天晚上没跟你说？

阿姆：从没好好说过，没认真谈过。

咸子：人都凭点儿自觉，我们睡不好觉跟你说都没用，还要我们怎么说？

阿姆：不好意思，我不大在意你们这帮人，你们的感觉我不知道咧。你抢胖子的时候怎么没有自觉咧？

咸子想说什么，又没说。我猜她可能会说是胖子主动追的我，又不是我死乞白赖找他，就你那长相简直就是男人毒药应该有自知之明。如果她讲出来，阿姆准会大开杀戒。

知了站出来帮腔，带着她假洋鬼子式的绅士态度：对不起，阿姆，我确实觉得一个人不应该长期影响别人的睡眠。

阿姆愤怒地盯着知了：哼，我影响你们？你们不要以为这么多人欺负我一个，就能把黑的说成白的。你们还影响我咧！

咸子：我们怎么影响你了？

阿姆申诉：我白天睡觉的时候你们大声说话，大声笑，我有说过什么咧？知了，尤其是你咧，你自己的声音自己知道，好难听的哦，声音又高，听了要吓死人咧。

知了：白天谁睡觉啊？谁不是白天睁着眼晚上就闭上啊！

阿姆：你家规定的啊？我偏偏就是这个作息哦！你们因为和我作息不一样就告我，不要脸！

知了：对不起，请不要骂人！耶稣说对人要宽容有礼。

阿姆：别跟我提耶稣，提圣母玛利亚也没用。我看你不如去信犹大好了，专学告密那一套哦。

咸子：阿姆你有点道德行不行啊？

阿姆：对你们这种人还要讲道德哦？咱们走着瞧好了，等我功成名就的时候你们还在这里睡觉呢，到时看有没有人在意我对你们没道德。胜者为王咧！

谈话已经无法进行下去，咸子跟知了干脆躲出去散心。

房间里只剩我和阿姆。

气呼呼的阿姆突然冲我说：我很感谢你给我打电话。

不客气！

这话说过以后我沉默了，咸子和知了承担的告密份额压在我的肩头，毕竟我也签了字。

阿姆没再说什么。

但她后来用行动让我明白，我意外收获了友谊。

我跟阿姆的交好恰似峰回路转，我对友谊有过无数种设想，从来没有任何一种定格在阿姆身上。人生际遇真是不可思议。

我给她的第一印象就像开篇写的那样：骄傲而矜持。当然这是好听的说法，阿姆翻译过来的白话是：好好高傲哦，好像自己什么都最好的样子。现代流行词汇对此特征的定位是“装逼”。

我说我真没那么想，刚落榜的人能有多自信，我不过是羞于启齿罢了。我实在不好意思承认我一见她和咸子就没好感。

阿姆毫不客气地给我指出：那你需要改变。现在人看人都凭第一印象，谁有空跟你玩深沉？这年头最不缺的就是人。

跟阿姆交往新奇而失落，刺激而疲惫，她让我相形自卑。这项发现令我心力交瘁，恨不能洗心革面重新做人。我们曾经一起经历过的许多事件，经她嘴里的重新描述却是另一个我从未认知的世界。毫不夸张地说，阿姆是第一个开启我另类心智的学伴，通过她我认识到社会未知的多棱面。跟她相比，我过去的生活和看问题的视角中规中矩典型一社会主义计划经济下的好公民，距离商品社会市场经济十万八千里。

阿姆自告奋勇，要在我头脑里搞一场风暴革命，重铸灵魂。

先从揭露咸子开始。

我对咸子的认识简直九牛一毛，令阿姆所不齿。

比如咸子给我拿药倒水的细节，我至今还心存感激，可她背后却骂我是狗。

再有前一段她的富二代男友从美国回来小住，当时她还没和胖子勾搭上。富少爷一个人在国外生活不能自理，又没有得意的妞儿相伴，因此假托更换专业的借口回来度假，美其名曰散心。有钱人就是好，连散心的成本都如此昂贵。

少爷母亲听闻儿子要回来，立马联系了好友的女儿，那小姐也在美国读书，少爷母亲让女孩儿陪同他一起回来，以期在飞机上擦出感情火花，从咸子这口陷阱里跳出来。据说小姐人很漂亮，家境又好，跟少爷可以说门当户对，若放在万恶的旧社会这件好事准成。

可惜新时代的阳光滋养了富小姐，她个性强烈，不像咸子能包容少爷的臭脾气，因此两人道不同不相为谋，下了飞机各回各家，各找各妈。

少爷把这段生活插曲当笑话一样讲给咸子听，还有些炫耀的成分，又把小姐照片发给咸子看。

咸子看了很生气地跟阿姆分享，冷冷地说这种长相的女孩儿遍地都是，有什么稀奇。

阿姆说人家有家世嘛，一般女孩儿怎么能比。

咸子不吭声了。不过咸子没跟少爷生气，她当作什么都没发生一样，说多认识个朋友很好啊，不过人家长得漂亮，家世又好，学历又高，肯定是想找个更帅、家室更好、学历更高的男友啊！女人嘛，都想找比自己高一阶层的男人。她的腔调好像在议论街头走过的寻常女子。

少爷碰了一鼻子灰，自讨没趣。

这时咸子主动提出帮少爷找房子，就在 T 大附近。

记得当天她化了妆，我开玩笑地问：跟男友甜蜜去啦？

她淡淡地告诉我：她妈知道唐朝回来，特地打电话叮嘱她回家。

我相信。

阿姆说连这你都敢信？你脑壳傻哦！她们全家都恨不得她赶紧上了他的床，一辈子缠死他。

我说我就是不能理解，咸子怎么就不能照实说呢？这有什么呢？当婊子还想立贞节牌坊吗？

我之所以说她是婊子，当然不是说一个女孩儿和男友做爱就叫婊子，还有其他精彩的故事。阿姆告诉我，咸子和男班长也去开过房。这出乎我的意料，我一直以为这俩人处于暧昧阶段，还没发展到开房刷荤的地步。

阿姆说是真的，男班长伙同一个男孩儿大半夜给咸子发短信，让她去唱歌，然后开房，都不知道是不是两男一女玩车轮战咧。

我想想其实这也没什么，有些人为了追求刺激什么事都做得出来。

阿姆感叹地说，天啊，你不知道什么是炮友吗？就是一夜情哦，往往双方还各自有男女朋友，只是图个新鲜刺激，全是炮兵啊！

我大笑不止，佩服阿姆的创造力，同时佩服咸子加入炮兵部队。

阿姆气得想抽我嘴巴，我不是让你佩服这骚货的，是让你恨她，恨懂吗？她还抢了我的胖子！看来她还没有忘记胖子，有了新欢还不舍旧爱。

我说一个女人要是博爱，是件危险的事情。

阿姆叫喊道，放屁咧！男人博爱伤女人，女人博爱伤自己。你以为我怎么能十三天半就和另一个人在一起，你以为这叫爱吗？我不过是咽不下这口气咧，我要让他们知道我过得有多好，我不缺伴儿。

能疯能耍的阿姆已经失掉爱情，她不过是在拼命粘合被击碎的自尊。为此，她不惜得罪我们所有人，搅得生活宿舍一团糟。她有打不死、摧不垮的精神躯囊，可有些东西不是争取和奋斗就能得来的。比如爱情。

我问起她现任的男友，一个高大帅气的男孩儿，是未来的飞行员。你爱他吗？

她笑了，你见过他吗？我都没见过几回咧。我只有和他聊天，能让咸子听到的时候才比较爱他，没有咸子在场，我话也懒得跟他多讲啦。哪像你和林旭咧，整天手拉手在校园里犯腻。雅雅我告诉你，其实我和咸子以前都很羡慕你喔，你们的爱情真的像童话一样。咸子说你太单纯咧，我们都觉得你再这样，以后会被人骗的。

我也觉得我会被骗，自己骗自己。原来我和林旭疼痛的爱情还令人欣羡，谁知道我们悬而未决的结局会是怎样的收场，我也怕的。

我问你还会和现任男友继续吗？

阿姆说当然啊，不然谁给我买单啊！开玩笑啦。其实我是不能离开他的啦，我不会再眼睁睁地看着另一个男人背叛我，他爱怎样玩就怎样玩，我必须要他陪着我，我知道他图我什么啦。他昨晚还说假期要去我家那边玩，问我能不能找我爸拿到另一套房子的钥匙，我说我要不来咧。我被你们合起来告状，很受伤害咧，我说都是为了他，他也没有安慰我。嘿，反正我毕业要出国的啦，别看我现在这样依赖他，其实我压根不在意他的，不屌他的时候我会一脚把他踹开啦，毫不犹疑。

她说这话时我注意到她桌上摆着的飞机模型，他送她的，她日日拿来抚弄。机身被她摩挲得锃光瓦亮，明可鉴人。

谈过话的我们懈怠，疲沓。

热烈交谈过的结果是颓丧。原因是我们发现，怎么拼命也斗不过咸子，如同小鸡妄想捉拿老鹰。她颠覆起我们的生活易如反掌，信手拈来，像摧残路边的花朵。她修成正果，至少先于我们几百年。

我们在想，她跟富二代同住的那些天里，奉献的结果是他更珍惜她了，还是视她如破鞋？

阿姆说她其实早已破处，在她内心早十几年前就已不是处女。她生来就是荡妇。他和她在一起厮混了几天，他被母亲大人发现逮回家里。咸子被召去探视，穿着三点式在他的钢琴旁合影留念，恰巧被他母亲回来撞见，像赶妓女一样赶走她。她其实没有走，在门口假装穿鞋，一穿穿半天，偷听屋里的动静。她听见美艳的中年妇人歇斯底里地朝儿子咆哮，为什么要带咸子这样的女人回家？这是她圣洁的家，不容许有任何污浊之物玷污！接着是摔东西的声音。她啧啧嘴，真泼妇，有本事把值钱的古董都摔光才好，别拿几十块钱的东西出气，听响儿也要听贵重的。看她的长相绝对想象不出这惊悚的声音源自于她，看来女人发起飙来世界都会颤抖。

咸子穿好鞋，轻歌曼舞地走出这座高档社区，没有哭。她对人性又挖掘得深刻一分，也更坚强。以她的自信，这场硬仗她最终一定会是赢家。

他母亲为了阻止他跟咸子见面，带他去外地旅游。晚上他跟咸子上 Q 谈情说爱，被母亲发现后大骂。他母亲发誓，只要她活一天，咸子就休想进门。她要来儿子和咸子的 QQ 号，每天上网监督，反正她上班也闲着无事可做。

咸子为了谨防少爷母亲，常年上 Q 玩隐身，她向少爷发誓：为了他们的未来她愿意承受任何苦难，我不下地狱谁下地狱。

少爷被她感动得恨不能立马跟她私奔。

我跟阿姆说换我早不干了，一准儿拉吹，连上网都跟做贼似的，活得多累呀！

阿姆嘴一撇，所以说，我们这种大小姐脾气就嫁不进豪门啦。

唐朝再次走了，临走留给咸子一部苹果手机。他的出场为我们T大的生活锦上添花，为T大的爱情交响曲增加一个乐章。

咸子拿回手机，说是她老公送的，里面存着数不清的俩人合影，那表情显摆着两个字：幸福！幸福！幸福！

我看他俩高中的照片，穿着校服，那时候的咸子还清纯着，嫩得可以掐出水来，不像现在一锥子都难扎出血来。

咸子举着“幸福”成天拍照，有事没事拿出来晃悠显摆，爱不释手。

亲姐说给我用用吧。

咸子说没问题！

一家人围着一部手机乐开了花。亲姐刚生产过，未婚先孕，超隐隐于孕。

咸子手握“苹果”傍上胖子，公然给唐朝扣上绿帽子，虽然这顶帽子尚无法律保驾护航，属于无证帽子。但现在有证无证已经不重要了，重要的是这顶帽子扣在谁的头上。

阿姆分析说咸子肯定对胖子“奉献”过了，反正初夜就一次，一次跟一百次没什么区别啦！当然她会对第一个和第一百零一个还有第一千个都说他们是她生命中的第二个男人。也许她会编织一个动人的故事，说她的初次是被诱奸，虽然丧失了第一，可她甘愿跟第N过一辈子。请原谅我听过的谎话太多啦，今生今世不愿再听到“一辈子”三个字咧。

听到这里我打断了阿姆，有些愤愤不平：咸子一路上的得逞，跟你阿姆的帮助和指点有直接大的关系。你看你现在知道吃亏了吧，当初我一见她就知道她不是什么好人，可你一直都向着她，帮她说话。

阿姆毫不退缩：拜托哦，我哪里知道她是这样的人咧？我孤苦伶仃一个外地人，初来乍到一个新地方，你们三个看起来，她最正常好不好咧！还有哦，你们三个家里都在北京哦，她家还是农村的，周末你们哪个想到过陪我？哪个邀请我去家里玩过咧？

我语塞。没错，我和知了都是怪胎。

我俩就这样，一个上一句，一个下一句。后来我累了，不想说了。可阿姆还是止不住嘴，这家伙精力旺盛得邪门，可能跟从小吃海鲜长大有关。

说来说去，咸子始终是主角。她擒拿过阿姆，傍上过少爷，如今缠住胖子，夺走知了。她一路披荆斩棘，所向无敌。我们都痛恨她，可恨到极致不是应该鄙视她、忽略她吗？为什么我们不由自主地浪费这么多时间在她身上？

战争是强者的游戏，需要结盟的都是弱者，比结盟更弱的孤家寡人就是我。我们总是不满意自己，头脑似乎被智障，灵光和慧根踪影皆无。

再回过头来看我们的四人格局。从最初到现在，两两置换。

从过去的我和知了，咸子和阿姆，置换到现在我和阿姆，咸子和知了，好像我们集体误闯进迷魂阵，练就了位移大法，再出来都失掉原形。

阿姆告诉我，在我失去知了、又没有阿姆接续的那段漫长的时间差里，班上有人问过她，我跟知了到底怎么了？奇奇怪怪的，貌不合，神也离。阿姆不知道灰狗的插曲，随嘴说，哎呀，她们两个很复杂啦，一两句说不清。

原来逃课和恋爱都不能稀释我的孤单。

表面上看我们不过是位置互换，可谁也不知道这场变动里发生过多少厮杀，掩埋了多少希望。变换过后我们的心都变得沧桑，淡忘青春初始的生态模样。一个女孩子最美好的花季岁月应该是没心没肺的，一旦心事变得沉重，鲜艳的花朵就打蔫儿枯萎了。

回不到从前了，一切都过去了。用尽感情去拼的，只有第一次。所以才会说，人生能有几回搏。错位的我们都不是原来的自己，就像我不能跟阿姆掏心到曾经和知了达到的深度，她也不会待我像咸子那般。现在的我们世故而浮躁，面对跟过去永别，又担心迎接未来的灰色地带。怎样都是郁闷与尴尬，于是趁还有精力，极尽奢侈地挥霍着青春，青春回赠我们几行乌龟缓慢爬行的足迹——眼尾纹。

四个女孩困兽般被囚禁在一间宿舍，是寝室，又是囚室。人聚，心散。我们所有的行为都是由另一个人引发的原因和结果，导致几个人的关系相互流窜，鞭炮一样连环爆炸，谁对谁都动过邪念，谁都痛恨过谁。我敢打赌，如若我们都表现出发自内心的赤诚，那么这间屋子里每天都会有人阵亡。

我们宿舍的生命：既年轻又苍老，生机勃勃又暮气沉沉。

我们急切地约会，暗中较劲比拼着谁走出去的频率高，似乎谁就是赢家，谁就有权利看轻他人。

阿姆说，每到周五下午她浑身都打战，跟心脏无关，是荷尔蒙在作祟。

她跟男友约，跟男性朋友约，如果都约不到随便到大街上扯个男人也行……总之她不能输掉，她要度过一个疯狂的周末。我知道她的底细，不管有人没人她都要化好妆，挺胸翘臀地从咸子跟前经过，大声告诉我她要约会去。

我会笑着祝她周末愉快，笑声淫荡。

我们还比拼买衣服。谁要是两天穿着同一件衣服，或者连续两天以上在学习，立马就会遭到耻笑和提示：怎么没逛街啊？我刚逛过，××× 在打折，我买了 ×××，快去看看吧！

我们互相给对方的心搔痒，约会和装扮成为我们生活的全部。真庆幸林旭离我那么近，随叫随到，有我这样的“贤妻”，他能安心学习才怪呢。我就是要勾引和榨取他的全部情感和精力，我是狐妖我怕谁！

阿姆跟我商量怎样扳倒咸子，我们不约而同想到了告密。换一种说法，叫揭发。

我建议告诉胖子。

阿姆建议告诉少爷。

我感觉她从胖子那里比较好下手，毕竟她跟他曾经有过一腿。

她推翻说擒贼先擒王，少爷如果知道了真相，咸子准保完蛋，断她的后路。

我说给胖子写信由她执笔好。

她说还是我发私信给少爷好，动用文学细胞，保证声情并茂，

我听了即兴在脑子里构思，紧跟着出口成章。

我们说来说去还只是过过嘴瘾，谁也没有动真格付诸实践，好像这一动就要翻雪山过草地似的身陷苦难。

有时候阿姆督促我。

偶尔我催催她，都没有动静，一对中庸之徒。

轮到真正比狠的时候我俩都折了，有贼心没贼胆，所以天生就不是玩政治的料。

阿姆如此解释说：怎么着也是一个宿舍待过的咧，也希望她将来会好，会幸福啦，即使少爷和胖子都会踹了她哦。

我感觉阿姆是采用隔岸观火的战略，不想直接发生冲突，又不忍心戳穿她，原来令人敬而远之的阿姆也是胆小鬼一个。

我们几个造的什么孽，注定躲不过咸子这场浩劫。

第十三章

我像蚕蛹一样吊在林旭身上，仰脸问他：有人说我们的爱情像童话，你觉得是吗？

林旭没搭腔，转而说起最新的考试排名。他的成绩不理想，跟出国公派的机会失之交臂。只差一个名额。

他神情落寞。

我松开手臂。

我吐出的丝物全部献给了他，鞠躬尽瘁，死而后已，却没有编织成一张美丽的网，反而在他锦绣的前程上泼洒了墨迹。我唾弃我自己。

宝贝，我很抱歉！

他抱住我，长叹一口气，把头埋在我怀里。这是他最后的避风港。他爸妈打来电话轮番咆哮了一番，并发誓说这事要追究到底。

我们此刻的拥抱弥足珍贵，爱在黎明破晓前。

我俩躺在他宿舍的床上，床单被罩清一色的草绿色，他身上好闻的气味瞬间将我席卷，声势浩荡，如同整片大地正迎面向我扑来，将我吞没。

鲜草一样的气息，我永生难忘。

他在亲吻中寻求出路。

我问他跟我在一起后悔吗？耽误了这么大的事。

他摇头。过去的一切都过去了，他已经众叛亲离，剩下的日子里我们只拥有彼此，别无所求。他的笑容像柔絮一般绵软。

我醉倒在爱情的酒酿里。

我们要做一对寻常的夫妻，毕了业就结婚。伤痛的过往全部抛开，争抢哭喊的结果是，林旭仍旧属于我，多么令人欣慰。前途有什么所谓，他的我的都不要了。以后我来卖菜，他来摆摊，能生存就好，越是底层越需要像野草一样顽强。我们会拒绝亲友的帮助，隐遁在城市里，大隐隐于世，专挑繁华地带，赚死光鲜白领的钱，他们皆是道貌岸然，不懂得爱情的价值。收摊的时候我们手拉手回家，手臂挽挎的弧度摆成一个心形，凝作一朵并蒂莲，相携到老。

他要求我更多了，能贴身带着最好。我建议他做个成人背带，像乡下农妇带孩子那样，背着我在T大招摇过市。

他阻挠我参加通讯社的各种活动。例会我们照常去，只是我不举手报名任何采访，面对面和他坐着吃零食，对着他的吃相“嘻嘻”傻笑，散会后帮助他收拾残局，五颜六色的食品袋一把把扔进垃圾桶，像天女散花。

我拉上他的手撒着欢儿跑，把每一层的楼道扶手当作滑梯。

他被爱情烧到四十一度，我放弃了一个千载难逢的实习机会，带他去医务室退烧，给他拿针拿药，端屎端尿，去粥铺喝粥，拿碗拿筷，做各种能取悦他的小事情，像伺候我的祖宗，我老爸老妈都没机会享受如此高规格待遇。

他烧得晕晕乎乎的，临睡还倒在我的胸口，说我如果能一直这样，他烧到四十五度也值。

我说你就是贱！把你烧成四尺武大郎，你就去卖烧饼。

他昏昏沉沉地说：那你就是潘金莲。

我说我是潘金莲就毒死你，然后找武二郎私奔。

他说武二郎拒绝私奔。

我说那我就再回来喂你一碗毒药救活你，以毒攻毒，然后你继续挑着担子走街串巷卖烧饼养家糊口。

通讯社的人疯传我们快结婚了。

我听罢撇撇嘴不屑一顾：结婚算啥，我都打掉三次胎了！令谣言顿时熄火。

我去校报值班，梅老师挤眉弄眼地问我和林旭发展得怎么样？

我笑嘻嘻地说办婚礼的时候请你吃喜糖。

她说怎么这么早就把自己嫁出去了？还没有多挑挑，多看看，货比三家呢。

我问她什么样的货色最好？请给些指点。

她媚眼如丝，口吐秘籍：哪一种都有哪一种的好，都尝过才知道。

我追问她尝过多少？

她大大方方地呵呵一笑：遍尝天下男人的网络高手木子美不是我的对手。

我大惊失色，天外有天人外有人果然名不虚传。

门被推开，进来一个男老师，她隔壁新来的帅哥，姓范，已经吸引不少女生眼球。

他见到我，愣了一下，问梅：这是学生，还是……朋友？

梅：既是学生又是朋友，我妹妹。随后冲我：叫哥哥！

我冲他点点头，仍规规矩矩地叫范老师，保持我淑女本色。

呦嗬，小女孩儿很有主见嘛！他眉眼神秘地挤作一堆，摊开手掌，露出两颗水果糖，递给梅一颗，我一颗。

幸好带了两块！他说。

想用糖衣炮弹讨好女生？真想得出来，还以为我是儿童团员呢。

梅接过来的同时糖纸已经剥落，赤条滚圆的糖粒一下子扔进嘴里，糖果汁在唇齿间生猛四溅，不知道这滋味让她想起了哪位她品尝过的男人。

梅比我更少女，更女人，每次见面都猜不透她的实际年龄。上课时甚至有学生给她传纸条，问她究竟有多大。许多人还以为她是刚毕业的大学生呢。

梅妩媚一笑，当堂宣布：我快四十了！一语惊爆四座。

梅给通讯社的女生归类，看谁成天还捧着书看，戴八百度的超厚眼镜片，嘴里满口钢牙，她说那是二十岁的她。看我成天花枝招展围着林旭转，像藤缠树，她说我是三十岁以后的她，她在我的年纪还没有玩物丧志。

梅是如此美丽，我是如此喜欢她，甚至有同性恋的浪漫狂想。

范老师还没有退出去的意思，如果不是我在，不知道这间办公室里会上演什么大尺度的戏码。我屁股稳稳当当地坐着，故意不走，看他接下来怎么表演，闷骚型男如何释放情感。

梅大声宣布：我新给他起一小名，犯贱。你看多巧，他姓范名建，大名范建，别名犯贱，多合适呀，天生就是贱种，名字绝了！

范建脸上红白交错，喜忧参半，这男人的长相暗地里发苦，好像专等有人去虐待。他尴尬地看着我，冲梅说：还有学生在这儿呢。

梅毫不在意：不说了嘛，我妹妹，没事。

能当她妹妹深感荣幸。我们见面不多，还算投缘，无意中就好起来。

范建：那我先走了啊，还有事呢。

梅：退下吧，MSN 上聊。

范建领命退下。

梅问我：怎么样，帅吗？

我说还行！

梅乐了，他自我感觉可好啦，要不是家穷当年就准备去报考电影学院了，总说自己生不逢时，怨父母，恨社会，我劝他找块豆腐撞死算了。

哈哈哈！我狂笑不止，感觉梅特逗。

嘿，我就打击他。这种人你要是给他脸，他更不知道自个儿脸往哪儿摆了。我说，哥们儿，人生就是大舞台，去什么电影学院啊，是金子在哪儿都发光，像我一样，照亮所有男人的前程。

我笑得癫狂，差点儿撞上梅的“豆腐”。

如今能带给我莫大快乐的人仅存一二，梅算一个。

我跟阿姆讲林旭为我所做，所放弃……

阿姆听了感动得想死。

她说我应该报答他。

她问我跟林旭发生了实质关系没有？

我说没有。我们最放肆的时候也没有接触到实质，他几次动情，关键时刻又刹了闸。我们不过在他绿草如茵的床铺上玩几个辗转，是为了安慰他。

打死阿姆也不信。

我确认了几十次，她将信将疑。

她说这就是你的不对咧，人家咸子还知道为所爱的人献身，你怎么能这样保守咧，男人的欲望无边无际，堵不上就是祸根。

我说毕业了就结婚，干吗要着急呢，好的东西留给最美的一天。你居然拿来和咸子的一套房术比，低级。

想来想去，我决定献给林旭一支歌。我要经过千百次的练习，把嗓子吼破，奉献一首不跑调的曲目，算作我的初唱，比初夜还要珍贵。

阿姆带我去了 KTV。

我们各自练习，她也要找一首万能神曲，献给陪她度过艰难岁月的聊友。我感到她已经很深地爱上了他，即便她不承认。

反复实验了无数次。

阿姆的起点比我高，她唱的粤语歌我听不懂，听来听去音调都差不多，她说这就是地域优势。我说的语言全中国通用，缺乏个性，因此她能找出一百八十处调子上的错误，仿佛她师出名门，干的是这行专业。

我气恼得想摔话筒。音乐游荡过去大半天了，还没听见嗓子跟过去。

阿姆急了，指着一行行无声变化的歌词：唱呀！

不唱！

对着我唱怕什么咧？我又不笑话你，我自己也这水平，咱们两个有什么好互相笑的哦。你想哦，你现在对我都很紧张对不对？那你对着林旭就更紧张咧。现在练好了，你可以轻松唱给林旭听，以后和朋友出去玩还可以唱哦，一劳永逸啦。

那天我们各自选了一首曲子吼了几个小时，选的什么歌已经忘记了，就记得吼到嗓子冒烟，可算练出了基本调子。

阿姆为了活跃气氛，鼓励我俩因先天不足而绝望的声带，其间又是拍照又是录像，相机里至今存放着我们臭美的大容量证据。有的片子还美得不可思议，大大拔高了我俩的原型，于是我们一起改了校内网头像，背景一样，笑容一样，两张鲜嫩而重叠了的脸，越看越孤芳自赏。

阿姆说，春天来了，要在T大里拍些美眉照放在网上，勾引无数男人的目光，才不管林旭和飞行员怎么想，没有他们参与生活，我们照样活得潇洒。

我事后对阿姆讲，我将来要写一部书，记录这个宿舍里形形色色的女人，写她们在T大的奇特际遇，写她们新鲜浓烈的欲望，并且要专立章节对她大书特书。

阿姆龇开突尼斯牙，笑得极裸露，说她一定买来捧场，还要给她的孩子看，让下一代瞧瞧老娘年轻时的风采。当然了，前提是我得对她歌颂赞美，要是不给面子鞭笞讽刺，她准会把书秘藏起来，搁在她孩子一辈子见不到的地方，断了这门武学。

阿姆的戏言成了预言。

她马上失去了飞行员。他在网上提出的分手。

她的生活一个霹雳接着一个霹雳，她一生注定要大起大落。

他说他们没有未来，她毕业就要出国，而他不可能和她比翼双飞。他们网上爱，网上断，洒脱。好聚好散，反正也没见过太多面，以后大家还是朋友。

她说鬼才和你做朋友咧，不要脸的东西！不是人！你凭什么甩我，我还要甩你咧！

好，算你甩的我，可以了吧？

不可以！你滚回来让我甩！

阿姆哭得极度崩溃，两大卷手纸也没能堵住她喷薄而出的泪水。我只听说世界各处的不毛之地分布着广阔无垠的石油和矿藏，还不知道阿姆的身体里竟然蕴藏着如此巨大的泪藏。

她说这世界怎么这样颠倒咧，胖子甩我去找咸子，飞行员也甩我，他算个屁啊！有什么资格甩我！

问题就在这里。她认为他没资格甩她，他是她临行前的玩伴。他很能适应自己的角色，以玩伴的姿态陪她玩。现在她动情了，要求更多，他给不了，于是说拉倒。

我痛恨女人，她们总是容易沦陷。

男人不会同情她们，只认为她们说了不算，算了不说。好像折磨人折磨得不够，还觍着脸要和你当好朋友。去他妈的好朋友！

痛苦的阿姆五官拥挤在一起，上百条皱纹同时刻印在她脸上，她把自己雕塑成百年后的“活佛”。

我劝她舒展过来，好好睡一觉，明早起来又是一新鲜少女。

她冷笑，还少女咧，我的少女时代早终结掉喽，你的也一样。

现在都不敢看一年前的照片，岁月无情卷走了花容月貌，只留下一缕斜阳，两点雀斑，空悲戚。

阿姆整夜整夜地不睡觉，仿佛瞌睡虫皆已风化成木乃伊，只能拉着我的手谈人生，倾诉爱情，像我跟林旭闹别扭时的感慨一样多，又臭又长。

她以前只是干预我的睡眠，现在直接掌控了它。我的头点得如坠云里，清醒过来只见阿姆一脸急切的沧桑，等着我指点她接下来的漫漫人生路。

我愁眉苦脸地说：饶了我吧，今晚的路我还不知该怎么走呢。

阿姆现在每天都需要指点，因为她每天醒来对于飞行员的行为又换了一种阐释。

我怀疑她距离精神分裂只差一步之遥。我可怜她！

她不停地问我：你说他是不是有什么难言之隐啊？就像祥林嫂不停地絮叨她那被狼叼走的儿子阿毛。

我急不可耐地奉劝她：阿姆啊，忘了他吧！什么难言之隐啊，绝症还是车祸？他根本就不爱你！

阿姆不服气：他怎么可能不爱我？他不爱我怎么会为我做那么多咧？

他为你做什么了？不就是晚上陪你视频，有一次你考完托福他惊喜地出现在学校大门口慰问吗？是个男人都能做到的！恰巧他作息时刻表跟你一样而已。忘掉他吧！

我告诉你个秘密，我没告诉过任何人！阿姆大吼道：他跟我在一起的时候有女朋友！他如果不爱我，怎么会不要她?！我才是第三者！！！

那……那只能说明他用情不专，骗了你！可你却为他而狂，值得吗你？清醒清醒吧！自古道：痴情女子绝情汉！

阿姆坚信：他没有骗我！他一开始就告诉我，他有女朋友。

对于这种傻女人，我还能干什么？只能无语。

你瞧不起我吗？

没有！怎么会。

这世上的人都怎么了？一个个都被激素和毒奶粉喂疯了吗？你

介入我，我介入你，完全乱套了。

接下来是关于我那部分的预言成真。

我跟林旭合计，给阿姆介绍个男朋友吧，安抚她的神经，也对得起我的睡眠。

林旭说他系里倒是有个男生刚刚分手，新晋为单身汉。他遭女友横劈一腿，消息传来，他正在食堂吃饭，嘴里嚼着饭奔出食堂，一路洒下英雄泪。

我说这类情种不适合阿姆，她毕业就出国，需要一个临时的玩伴而已，不能坑人，到时候出了事算谁的。

我们各自都老了，经不起爱情的折腾。

阿姆埋怨我：怎么不让我先见见咧，管他冲着什么去，随便抓来也是好的呀。

我说快算了吧，历史经验教导我们：随便抓，一把瞎。

阿姆不吭声了。

我和林旭还有事情要奔忙。

他的荷包日渐干瘪，生活落魄。即便我们天天在饭堂AA制，也解决不了他的燃眉之急。

我的钱都用来买新衣服来愉悦他的眼球，拿不出多余的钱支援，只好重操旧业，给通讯社写稿，赚取稿费过活。

林旭开始记账，每一笔，每一分，都记得清清楚楚，明明白白。记账的本子还是我们一起挑的，在夜灯下的路边摊。封面是个表情苦恼的小男孩，五官拧成“囧”字，正符合我们当下的心境，于是掏钱成交。路灯下看封皮是红色的，够醒目，如同亮起红灯，绝对能引起对金钱流失的警惕。我俩叽叽喳喳地讨论对未来的规划，这个本子人小志大，量小肚大，说不定我们未来房子的装修费都在它这里省下了。

开始学会记账了，多会过日子啊，多居家啊！他是良夫，我是贤妻，未来的日子多美好！

第二天我们再拿出记账本来看，封皮居然还原回橘色。我们都穷困成这样了，居然还上小商小贩掉包调色的当。真他妈的是小商小奸，大商大奸，无商不奸，世态炎凉。

一记账人也变得小家子气了，以前碰到喜欢的小玩偶小饰品，林旭说买就买，钱包掏得麻利极了。今非昔比。他开始算这个月已经花了多少钱，必须省着用，把自己喝酸奶的钱都省掉了。他父母的意思很明显，是在考验我，我偏不让他们得逞。我们约定每人每月出几百元算作共同资金，如果剩下的钱足够果腹，就动用这笔资金出去山珍海味一把，畅享滚滚红尘。可惜一到月末，小金库里的钱一分也没剩，还差一点儿就断粮。

我跟林旭说不能再这样下去了，这样我俩都会变成温饱的奴隶，而我骨子里是叛逆，偶尔也需要让物欲横流。

于是开动经济脑筋，我开始翻看经济类杂志，封面的成功人士竖起金色的大拇指，上书一个大大的“赢”字，想象林旭日后会成为那副德行，我就可以全身而退，一心一意在家里做全职太太照顾孩子把他培养成万众瞩目的天才，岂不快哉。

我现学现卖，套用杂志里的话开导林旭：钱不是攒来的，是赚来的。投资我们没有本金，就搞智力开发。

林旭似懂非懂的样子，不置可否。

我真心疼他，前二十年他过着衣来伸手饭来张口的逍遥日子，什么时候想过钱？他身体偶有微恙，一个电话，第二天他妈就能站在床头爱抚他的额头。为了我，只是为了我，他才如此苦其心智，饿其体肤，累其筋骨。他还不擅长足球、篮球，一切和身体冲撞有关的运动都和他绝缘。现在他要去闯天下，学会养家糊口。

林旭决定出去做家教。

我负责写海报，参考他学过的教材，把他吹捧成名师。现在什么行业都靠包装。海报出了五十张，铺满整间教室，看上去我们准备作一番事业，怎么也要拼出名堂，轰轰烈烈。

我俩对着“联系人：林先生”的字样猛笑，还没结婚，就有人称他“先生”，不知道会不会有女学生被他的笑容和香味征服，把他给我勾引走。那我可亏大了，等于白白送上门。

我说如果是女学生，你一定要保持两米以上的距离。还要把身上搞臭，遮掩香气。多少人都打着家教的幌子在骗财骗色呢。

林旭安慰我，他既没钱也没色，也只有我能欣赏他。

这就够了。

还不够。未完待续。

林旭告诉我他爸妈要来。

我急了，怎么回事？我都没花你钱了，还鼓励你一个劲儿往专业上使，甚至帮助你开辟了第二职业，他们怎么还不肯罢休？

他说别急，他们此行的目的基于别的原因，是他系里的公派名额有变。

原来林旭的成绩跟另一位的成绩一样，排名本该并列，不过当时系里按照姓氏笔画的顺序把林旭排到了后面。林旭因为姓氏，差一点儿栽在老祖宗身上。幸好掌管教务的大妈格外偏爱他，重新审核的时候发现了这一情况，马上上报。

林旭由此逃过一劫。

下一步是比拼以前的成绩。既然两人排名一样，只好翻旧账。成绩装在系里的档案室，里面因年久失修，墙壁布满漆黑的霉点，连袋子都发了霉。

好在成绩没发霉。

最后一个公派名额是林旭。

张榜公布那天，林旭像中了状元一般，戴上大红花接受表彰。众目睽睽之下，他面色潮红，加顶帽子也可以看成是新郎官拜堂，立马就要送入洞房。

我真想冲上去为他加冕。

他父母坐在下面暗淡的观众席，可脸上迸出的光彩好像正坐高堂，眼看志得意满的儿子出人头地，他们多年的心血没有白费。

我突然想起咸子作主持人时，下面坐着她的亲姐，也是这副面孔。不能再想了，我可不愿意把林旭的父母和咸子亲姐牵扯在一起，那样对他们大不敬。

咸子亲姐育儿后心情不佳，后悔没傍上个大款，生活的艰辛磨平了她。她向咸子坦言，她不能再像过去一样动辄给咸子买上几件衣服，她还要养家，养孩子。以前家里都靠她，现在妹妹大了，也该学着挑起大梁。整个谈心过程，她强调次数最多的就是“感恩”。

比较起来，有双亲庇护的林旭是多么幸福。

分别之前的场面老套得烂熟，稍微动点脑子就能想到，没什么新鲜创意。

我没完没了地哭，林旭没完没了地安慰，没完没了地争吵与和好。

这场面在T大上演的次数如洪水泛滥，我都不好意思写。

可我当时动了真感情，感觉一生的泪就此流干。枕巾像刚生育过的妇女的裹奶布一样，湿漉漉的能拧出水来。哭的过程伴随心脏剧烈地跳动，活泼热烈，很多次我以为它能欢蹦到衰竭。

这对我太突然了。转眼他爸妈就冲过来了，转眼他就要走了。整个过程迅疾如刘翔跨栏，没等反应过来就已经冲到终点，徒留我独自萧瑟，嗟叹，捶墙。

知了得知此事，立马回光返照，大有幸灾乐祸之态。

阿姆无人陪聊，干脆跑出去周旋于各类party之间。

这回睡眠杀手的被害主角变成了我。

咸子这边的热线刚打完，那边又传线身在国外的唐朝，对着听筒放肉麻兮兮的烂俗歌曲《亲爱的，你怎么不在我身边》。

我直替她担心，万一她哪天脑子搭错了线，对A说B话，对B说A话，岂不大跌眼镜！

回想起来，在T大的四年，我最对不起的就是我的睡眠，这严重影响了我后面一场恋爱的水平和质量。

自古道：人生不得意处十之七八。正因为快乐短暂，它才凭借“物以稀为贵”的法则身价暴涨，被祈望成为永恒。哪里有什么永恒？我感觉比失恋还要痛苦。失恋是爱散了，尽了，不留任何牵挂。而我们强行分离时，爱得正浓，爱得正酣。

也许因为即将分离，我爱得愈加浓烈，胜过任何时候。林旭的好我毫无保留地记住了，他的坏全被我一股脑丢进记忆的垃圾桶。

怎么办？怎么办？我宁可记住他的坏，似乎还可以度过那漫漫长夜。

男人这个物种究竟不一样。

林旭也难过，劝我，哄我，可他毕竟是男子汉，需要经风雨见世面。他被老师和父母的双重夸赞笼罩着，被光辉的前途召唤着，在离开我的痛苦和成就事业的荣耀之间毅然决然地选择后者。我和他莫测的未来拔河，几个回合下来，未来宣告胜利。

他说他只走十个月。

十个月能做的事情太多了，尤其是女人，足可以诞生出下一代，恋情来一场颠覆算个球。

我连续做噩梦，梦到他在异国结婚生子，十个月后，带着中西合璧的混种卷土重来。

林旭急了，我们承诺过的人生那么长，十个月放置在整个人生里，是多么微小的一瞬间，怎么连这么个小坎都过不去呢？十个月，你等不了吗？

我咬咬牙说：能等！

临行前的夜晚，我跟林旭的家庭一起度过，面对面拜见了他的父母。

共进晚餐。

我很拘谨，双手下垂，挂着羞涩僵硬的处女微笑，供未来的公婆审阅。

他们问了我的年龄、家世及其他。

见到了我的真身，也许不似他们想象中年轻女孩儿那般癫狂，拽着他们儿子往泥潭里跳，原谅我的介入导致他们儿子成绩单上的涂鸦，终于对我展露笑容，或许是一种安慰。林旭要离我远行，他的未来他们做主，又有什么必要跟我冷面相向呢。

寒暄过后，他们把注意力转向林旭。

他歪歪斜斜地坐着，眯缝着眼睛，细嫩的脸上摆着几分不耐烦的神色。

他母亲劝他多吃一点。

他烦躁地说：临出国压力大，胃不舒服，吃不下。

他父亲整晚板着的“党报”面孔瞬间瓦解，上半个身子探向他：这样不行啊，再多吃点。

他两鬓渐白的父亲啊，一直是林旭最敬畏的人，他曾经一跟父亲通话就语无伦次，满头大汗。

我这才意识到，林旭也是个少爷型的人物。一旦被亲情和富足包裹起来，他才恢复原形。而之前的日子，他孤身在京，跟女友相依为命，跟她一起相互包容和碰撞，他不得不承担男朋友这一身份的重担，度过许多快乐而又撕心裂肺的日子。他原本脆弱的灵魂一直躲藏在强大的外壳内承受压力，忍辱负重。如今他父母来了，我才有幸一见他的庐山真面目。

我替他的父母感到难过。如果不是有我这个妖精在场，他们大可不必如此拘泥地关心他，呵护他，完全可以放开手脚，像在家里一样，嬉笑怒骂皆成文章。他们父子母子之间多年培育起来的私密对话方式，却因为我的参与而显得晦涩难懂。眼前这个女孩儿很有可能会在未来相当长的时间里持续以一种微妙的姿态干预他们的对话。

他们还记得儿子跟面前这个女孩儿相恋的第一个假期，儿子回家拿着他们的合影炫耀，遮掩不住的初恋的喜悦。他们想插话，还没说出完整的一句，儿子下一句介绍女友的话已经出膛，她爱吃什么，喜欢什么颜色，最喜欢什么动物，周末都做什么……

殊不知，在他们周末携手共游的时刻，母亲刚做过一个有风险的手术，父亲独自扛下了全部压力。在医院家属签字之前，父亲多想给儿子打个电话，但还是忍住了，事后很久才轻描淡写地跟儿子提起。

直到父母明确表态：下次带她回家来吧！

儿子才满意地住嘴，期盼着早日开学，与女友团聚。

儿子是父母的血缘挚爱，而女友才认识几天。

“娶了媳妇忘了娘”堪称生物进化论开篇卷首语。

林旭父亲起身，没作任何交代，迈着四正方圆的步子往前走。他母亲的目光如影随形，眼看着丈夫进了卫生间，才放心地收拢回来，继续停放在林旭身上。她的细心体贴，为家人倾力奉献的精神，我恐怕今生今世也难以企及。

剩下我们三人，林旭母亲向我说了知心话：明天小旭就出国了，晚上你们俩出去逛逛。

我点头称谢。

她看透我在强忍着什么，拍着我的手说：我也年轻过，风风火火的时候，跟小旭的爸爸一分钟都分不开，吵起来能当着满大街人哭。我理解，你们还年轻，等将来享受到奋斗的甜头，就知道今天的分离都是值得的。

阿姨，我都明白。

她又说起老家的一起事故，发生在元宵节晚上。几千人凑热闹，涌上一座小拱桥，结果发生了踩踏事故，好几个人溺水而亡，几十人受伤。

林旭问母亲为什么要讲这个故事？

她清清嗓子说：我是提醒你们不要走远，不要去太拥挤的地方。

早点儿睡觉，明天还要早起……

如果今后我们能够成为婆媳，我一定虚心向你学习，向你致敬，你简直就是母亲的样板。

我跟林旭先撤，并排回头，他脖子从右向左转，我的脸自左往右偏，向他父母道别。我俩站在一起，他整整高出我一头半，不知道他父母会不会盯着我的背影大作身高文章。

我多虑了。她母亲看到我拙劣的妆容，冲我微笑道：雅雅今晚真漂亮！

我险些抑制不住，冲过去叫她“妈妈”。

我们在校门口的路灯下徘徊。离开了他父母，连空气都变得清新起来。

晚风阵阵袭来，我满心苍凉。

林旭拉拉我的手，我不理，双手插兜，一副满不在乎的样子。

他留给我的时间总是太少。

明天就走了，别闹别扭了。他给我打预防针，看来这小子小时候没少挨扎。

我的泪水再一次汹涌澎湃。怎么搞的，最近脸都哭肿了，同学们还以为我吃多了撑的呢。

我情不自禁地投入林旭的怀抱，刚刚还倔强的手臂柔软地攀上他的脖颈。

不闹了，只要你能回来，还是原来的那个你，我别无所求。

我一直都是原来的我，宝贝。

我们的嘴唇相触，温暖而柔软的触觉瞬间遍布全身的每一个细胞，这种快感马上就要享受不到了，要很久很久享受不到了……

我还记得和阿姆苦苦练习的歌曲，我想唱给林旭听。

在这之前之所以没有这一幕的发生，是因为那天过后阿姆很快就跟男友分手，我觉得不吉利。可现在还在乎什么呢？能在一起一秒钟都是好的，要把所有他没见过的、我没展现的，全部都拿出来，我要为他倾家荡产。

林旭说还是不去歌厅了，再回来都半夜了，还有行李要收拾。

我问他去哪儿？

他抬起头，两眼锁紧我，紧接着又暗下去。

哪儿呀？

他的手颤抖地指明了方向。

我顺着他手臂望过去，看见宾馆的霓虹灯在远处闪烁，像鬼火一般发出召唤。

我第一次来这种地方。

瑟缩，难以形容的紧张。

我派林旭先进去侦查一番，确定大堂内没有我们认识的人，要是遇见熟人以后还怎么做人。我低着头在黑暗的电线杆底下发抖，直到他摆手让我进去。

林旭缓解了我的紧张。

我依偎在他怀里。

原来没有想象中的那么罪恶，相反，我感到不可言传的曼妙。我对他说，可以了。

能感受他听到这句话的紧张和兴奋。

女人最重要的时刻即将到来，一万个想法同时杀进我的脑海，它们相互搏击，各不相让。

我止住了他，顺从大多数想法的意见。太不可思议，我说了让我后悔余生的话：等你回来吧！后来我因此无数次想掴自己嘴巴。

他听从了我，差几秒钟就要出事。

我想如果我当时没那么说，也许我们不会是那样的结局。

谁知道呢。总之我当时向内心屈服，自私了一次。

我的话听上去很美，语调柔软，轻声呢喃，我等他，他等我。

我一定等他回来，他等我最好的献礼。那时我绝不会再犹豫。

他没再多说什么，翻身起来，温柔地拉我起来，我们裸拥。

我无比落寞。看着他一件件把衣服穿上，重新武装回我初遇他的样子，也许比那时更遥远。只有我自己知道，拒绝他的一刻我在想什么。

我清醒地认识了我一回，发现了我一遍，我的本质和内在与咸子如出一辙。我们俩一样，表面是玉女，内心是婊子。而我比她还要虚伪十万倍，她对男班长都可以坦诚，而我连我最爱的林旭都可以欺骗。

我知道了我是什么人。

第十四章

送林旭走是在第二天早上。

依然是前一天晚上的阵容，他父母，加上我。

他的同学四散分布在校门口的空地上，各自围绕亲友展开哭泣。

我没哭。

时间很短。我看着他，有些后悔昨晚的举动，如果不是那样，现在的我们又多了一层亲密，那亲密如同保护罩一般笼住我们俩，屏蔽掉世界的一切障碍。可惜我们还是零散、孤立的两个个体，一旦分开，心能迅速拉开十万八千里。

这是一场赌博。好像撒了手，让手里的氢气球腾空，还岂能指望掌控后续的行迹。

都怨我。

他父亲打到了出租车，行李已经先一步进了后备箱，他挥手催他快走。

他有些慌张地举步要迈，这时候回头看到我，好像才注意到我的存在。

他母亲就在他旁边站着，他无法拥抱我，只抬手拍了拍我的胳膊：好好的！

你走了，我怎么会好？

他去的地方信息闭塞，他说会写信给我。

我挽留他的手腕，他还是抽开了，奔向他的父母。

我躲在门后看出租车驶出校区，汇入到街上奔腾的车流。再汹涌的感情，也止不住如此平庸的退场。

车行到我看不见的地方，它载着我心爱的男人远离我。

我的脑子麻木而空荡，隔离了四周的嘈杂，甚至可以听到头颅里传来的回响，像对林旭远去的恶意欢呼，像对我形单影只的热烈嘲讽。我顶着一脑子的颓败，以致步履凌乱，看上去走火入魔。

我再一次哭了，眼泪往往不受大脑的掌控，而是心灵受到外物刺激过后涌出的血液。鲜血大量流出，泪便在脸上纵横。我就这样走，笔直走，不停地走，仿若能穿越时空，冲破三维世界，与鬼神酣畅对话。运动让我暂时停止思考，不去想离我越来越远的林旭，每一秒钟的流失都代表他和我之间的距离在递增。

如果我停下来专心想这件事，我的身体就会定时爆炸自燃，瞬间分崩离析。

走到天边没有了路。原来层出不穷的人群早就挤占了有限的空间，沟沟坎坎都充斥着人肉的酸腐。不仅狭小的寝室是囚室，T大也是，整个世界就是一间大型监狱。我撞到了监狱的南墙，只好原路回头折返。

迎面走来系辅导员，扭着令人不舒服的工作碎步，道貌岸然。

我疾速擦去眼泪，阻断抒情。老师好！我停步鞠躬。

她点点头，甚至余光都懒得瞄过来，面无表情地继续走她的路。

多少次我现场目击：他们脑门上残留着几道历经几十年钩心斗角留下的痕迹，说着冠冕堂皇的话，迈着规规矩矩的四方步，见到领导，连微笑的弧度也能咧到耳根后面，对普通人却缺乏最起码的爱心和尊重。年龄与他们无涉，性别与他们无关。不管是二十、三十、四十、五十，他们永远滞留在窝里斗海域，每评上去一级职称，就丢掉几分人相。

我认识的人里只有一个例外，就是梅。她溜须拍马都格外巧妙。她和怀正一同进电梯，学校的三巨头站在里面。怀正只知道双手交叉放在裆部傻笑，梅灵机一动，乐呵呵地说：你们仨是我今天最想见到的三个人！

三巨头笑得合不拢嘴，齐声赞道：我们学校就需要培养你这样的年轻干部。

我真他妈恨这所虚伪透顶的学校。

林旭走了，我的天空垮塌了。

林旭的缺席，让我的神经极度脆弱和敏感，对原来不能忍受的东西更加不能忍受。我更加自闭，不再愿意跟谁交流。由于前车之鉴，我跟阿姆也保持一定的距离，转而用一副耳机疯狂麻痹我的大脑。当然阿姆也不缺人陪，欧美男人，日韩男人，亚非拉男人……她恨不能一夜之间征服全世界的男人为己所用。

阿姆嗜男人成性。

知了近来混得不错，据说还跟她仰慕的城城吃了顿饭。她向咸子炫耀，真的面对面相坐，她的心像面拨浪鼓，每一秒钟都有冲上去狂吻帅哥的冲动，虽然嘴上祝福他即将而来的婚姻幸福。不知道谁家的女儿如此幸运，中了头彩，我知了就没这命。

像咸子这样的女人，知了也没有过多的话可跟她谈。她尚停留在思春时代，跟咸子比起来，差距有如当年流行的口号：赶英超美。知了只好拿自己的窘事作为谈资，博得“一骑红尘咸子笑”，免费看小丑。她沦落成如此地步，为了摆脱孤单，什么都可以丢掉，包括那张毫无价值的脸皮。

即便如此，咸子也懒得搭理知了。跟阿姆反目后，她傍上了别的女朋友，一个叫秀秀的女孩儿，美艳高挑的富家小姐。走在路上的回头率高于百分之九十，连带提升了咸子的光彩。咸子确实有两把刷子，像T大这样的二流校，能蹦出来的富豪也不多，她察言观色，总能想办法攀上一两个。秀秀的男友是京城里数得着的公子，因此她看不上唐朝和胖子，嫌他们等级过低，劝咸子另觅新欢，范围瞄准秀秀男友的狐朋圈子，条件至少是“三开”：有钱开公司，地上开宝马，天上开飞机。

咸子听了，满眼直冒黄金和美元，头发都跟着冒油。

秀秀也不是等闲之辈，咸子交往一段时间过后发现，此女的手腕远在她之上，长袖善舞，擅长空手套白狼。秀秀承诺过的好处有千百条，好像满大街铺着百元大钞，任咸子拿着麻袋随便捡。可咸子一通忙乎下来，发现真正到手的不过几瓶中档化妆品，都是秀秀淘汰不用的。秀秀与男友同居，时常不来学校，偶尔需要点名的时刻，咸子短信一发，秀秀飚着男友的跑车就来了，还是居家服的装扮，引得同宿舍的女孩儿如同见了臭豆腐一块，能躲多远就躲多远。

咸子是秀秀的万金油，点名、签到、传课件，整个一全职文秘。下了课，秀秀跟在咸子后，大剌剌地闯进宿舍，跟每个人摆手，露出模特大赛选美的笑容，包往咸子床上一甩，发号施令：快点给我传上次课件！

咸子立马打开电脑，问秀秀：你邮箱？

秀秀不悦，埋怨她：你怎么那么笨啊，上次不是告诉过你邮箱嘛！

我跟阿姆眼看着咸子的脸开始变幻色彩，尴尬地在那里笑，然后跟没事人似的在邮箱里寻找，最终找到发了过去。咸子这点真他妈让我佩服，脸皮比鞋后跟还厚，遇到攻击时能够一笑化解，宠辱不惊，好似得过太极真传。

这回秀秀满意了，媚笑着把玉手搭上咸子的肩膀，谢谢亲爱的哦！一会儿见，陪我去逛街，中午你就别睡了。

我再次对抗知了的噪音，是从戴上耳机开始的。

知了开始效仿阿姆，在网上开辟了男人大世界，跟一些共同爱好畸形文学的男性交往，谈惊悚，聊穿越，玩暧昧……

知了的键盘敲得飞速，伴随怪声怪气的阵阵淫笑，好似在宿舍开辟了黄色网站一样兴奋。她偶尔也进行几次视频，让阿姆颇受伤害。她看知了后来居上，在网上拥有众多男性粉丝，不禁怀念起当年自己夜夜不寐纵横驰骋网络疆场的激情岁月，飞行员就是被她的魅力所征服的典型代表。

阿姆小心翼翼地问我：你说跟知了视频的那些男人哦，他们都不看长相的咧？

我模仿她的语调安慰道：哎呀，视频哪里看得清咧？那里面的东西丑的会变成美的，美的也会变成丑的呀。再说了，物以类聚嘛，能跟知了搭上瓜的那些人的审美怎么能跟飞行员相提并论呢？是不是？没准都是些无聊的瞎猫，撞上谁是谁咧。

阿姆伸出手拍了我一掌，我认识你三年了，第一次听到你这么精彩的演讲咧。

我呕!

我周围的人物关系瞬息万变，我感觉愈发跟不上时代。好像人之初的感情尤其细腻绵长，厚重扎实，极富韧性。待遇事翻脸，彼此伤害过，情感的牵系随即断掉。而随后的关系网络都是依山造势由环境决定的，和则聚，不和则不聚。想开了就好，跟谁不是跟呢，只是需要个伴儿。

我有林旭，可是他走了。人一旦失去，我才发觉他曾经给予我的有多么丰厚。

我开始尝试着乐观生活，可是连去楼下打水提暖壶都觉得费劲，从前都是他替我提。校园的风景也是这样，一草一木，每一个角落都曾经留下过我们的影子和足迹，现在物是人非，只留下形单影只的我独自流连，我快要不能适应一个人走过一条街道的感觉。可见和他在一起的近两年时间，我已经丧失了一切自理能力。

宿舍的噪音源除了知了，还有咸子，也算后继有人。

咸子一天N个电话，中午唐朝，晚上胖子，零碎时间若干交错，忙得不亦乐乎。看看我们宿舍三个女生经历过的三个男生，两个出国，一个还懂投资，猛听上去也算一精英团队。

咸子化妆过的声音甜腻得要死要活，勾引了我的发嗲欲，而我却无处发嗲，无法跟林旭通话，无处发泄情感，脸上便迅速堆积起连绵不断的丘陵地带，风沙起兮泪飞扬。

有一段时间我非常惧怕咸子的手机，它一响动我便跟着心跳加快，它停我的心跟着停，它响我的心跟着响，灵魂附体一般。

我打算用音乐拯救我的灵魂和心脏，戴上耳机后的我自主、安全，随着劲爆音乐的节拍陷入狂想。我收集能听到的所有音乐，从流行到民族，从高雅到低俗，从音乐会舞曲到街头摇滚，它们在我的 MP3 里列队恭候，听凭调遣。

听歌的地点在宿舍床上，如果我懒得见她们的鬼脸就冲出去在楼道拐角，也就是我曾和知了手拉手、心贴心彻夜狂谈的地方。那时候我的心多他妈热乎啊，跟刚出笼的热包子似的。现在我也热，跟着节拍就着台阶上蹿下跳，不明就里的会误认我在健身，痴迷执着到大汗淋漓。一个人的狂欢节！

她们觉得我疯了。我站在“百年老店”红色塑料垃圾桶旁，舞动我并不柔韧的身体，踏得地面铿铿作响，尘土飞扬，声控灯鞠躬尽瘁不停歇地为我一明一暗引路，像梦幻舞台，星光大道，不必申请租赁，不需要老毕主持，我自己主持我自己。

我经常吓得她们老大一跳。

跳，蹦，踩，音量越调越大，跟全世界分享，跟我的林旭分享。

直到我精疲力竭，耳鸣不止，达到前所未有踏踏实实的通体畅快才肯罢休。

我希望我的耳朵争气，能在我毕业之前保有正常听力，之后彻底聋掉也在所不惜。我现在需要它，它给我充当通向乌托邦的神奇通道，帮我屏蔽一切烦恼。

一个接一个的夜晚，我都这样度过，亦真亦幻，让我活得像仙女。

不久我收到林旭的第一封来信，我恨不能将这封信生吞活剥。

信很短，只有一页纸，但字字深情。

我用眼睛将每个字点燃，它们在信纸的掩映下燃烧成一片火红。

是他临睡前用二十五分钟写成的，写到最后字迹已经口眼歪斜，显得潦倒而中风。文字一半定格在现实，另一半随他龙飞凤舞进入梦乡。他说他一切都好，封闭的环境给了他安心学习的理由，他开始懂得奋发，并爱上了自己目前的状态。他表示对得起父母，对得起祖国。

他如此崇高地活着，凸显了我的渺小，给了我仰慕他的视角。当提及我生活的时候，他的语调由激昂转为缠绵，他问我上次一起逛街相中的绿色 T 恤有没有下定决心买下，刘海有没有剪成纠结了无数次后选定的样式。还有，要多喝水，多吃水果，不要总迷恋添加了过量废料的辛拉面，吃食堂油腻的扁豆鱿鱼盖饭。那家的生意一向很好，有全食堂最美艳风骚的老板娘招揽生意，男生排队购买食物与食色。谁让我也钟爱女色，自动发展为铁杆粉丝，混迹在高壮健硕的雄体中间夹缝求生。

他都记得。有的我已经忘记的细节，在他穿越了云层，到达另一个国度后，依然残留在他柔软的心底，也许还曾在彩云中游走飘荡。

足够了，我安于缱绻在他内心的一个角落，尽管对他的联想霸占了我全部思绪，尽管想他的时候连个安心哭泣的地方都找不到，即便天大地大……

初入异国他乡，他骨子里求学奋进的花蕾开了花，由歧路转归正途，真替他爸妈骄傲。我红颜祸水的帽子终于可以甩掉，可以挺起胸膛堂堂正正地嫁人，有模有样地举办婚礼，顺顺利利地生孩子，安安心心地相夫教子……什么咸子，什么知了……爱谁谁，关我屁事，反正我已经名花有主抓牢了一只潜力股。

信尾，他勉励我要好好学习，天天向上，共同进步，听上去像主席教育八九点钟的太阳。

最后一句是：期待重逢的那一天！

这句话分量最重，惊雷般劈进我心里。林旭也深谙人性心理，安排最名贵的句子最后出场，他开始跟我玩绅士。

那个我深爱的、内心脆弱外壳强大的男孩儿，好像在短时间内迅速成长起来，从男孩儿一跃成为伟岸的男子汉。也许跟他所在的国度有关，而我却没能在身边亲眼见证他的变化，这是否是我和他之间扯开鸿沟的端倪？他钢铁硬汉的形象不知正展现在哪个女人面前？

说不清被哪一种情绪所左右，我想马上打个国际长途追踪过去，他到底在我视线之外的哪一分哪一秒发生了变化。难以跋涉的距离逼迫我学会收敛，由此提醒我，他真正意义上脱离了我的视线，他不再能体味到我焦灼疼痛的心跳，而我也失去了任性的资格，扯着他领子询问每个轻慢语气的解释，要求一辈子的承诺。最亲密的关系也要低头。

我和林旭的爱情轰轰烈烈，激动时妄图驾驭宇宙，遨游太空。

我不断给自己提示，想林旭还要你，就乖乖听话，做他希望的那种女人。

我举着他的信，在字里行间探宝一般翻找他对于未来妻子的标准，我仿佛得到了神谕。

回想我们在一起共同度过的最美好时光，林旭还是爱那个不谙世事、充满斗志的我。

我要回归我的本体，爱情的力量是伟大的。

我在通讯社狂学猛干，负责了无数期报刊，从策划到发行，奔走于校内外疯狂采访名人，熬夜狂写文章，接二连三地获奖。想跟我竞争的人，借她根中枢神经也熬不过我。

怀正有些惊讶，像看到一只猴子变异成猩猩，一个成天只知道谈恋爱的黄毛丫头怎么突然变身成女强人，比变性还稀奇。

通讯社里的朋友都告诉我，怀正私下不止一次提起这事儿，还以为我打了鸡血，或吸食了过量的白粉兴奋神经。

这话我爱听。听说凡人的大脑潜能开发在六岁以前完成，之后便跟打了封闭似的，再难有发展空间。原来我转型之后居然也能够大器晚成，别具慧根，说不定上辈子是个神仙。

人类目前科学认知以外的意外发现皆称为超自然力的奇迹。我就是创造奇迹的人。

其实在通讯社的行为表现和我夜夜戴耳机跳舞的原理一样，都是逃避林旭不在我身边的不适应，假以时日，当一切记忆和情感烟消云散之际，届时不知我的特异功能能否自然消失？

我从早到晚麻痹大脑和神经，头晕耳鸣到不省人事，有一段时间，连知了的半夜尖叫也无法打扰我的酣睡，可见我已经病入膏肓。从知了第一次用身体挑衅我起，我快有一年没有品尝过睡好觉的滋味了。然而昏睡中，却噩梦连连，大多是关于林旭的，杂乱无章。一会儿他牵了同桌女孩儿的手，一会儿和异国美女闹绯闻；更夸张的也有，他沦为街头混混，跟人打了架，闹出血案，回国投奔我以后俩人携手亡命天涯；或者他因偷窃异国的军事机密，被判处终身监禁，不得遣返……

我在梦里跟百般纠缠的男女老少对骂、对打，被他们围追堵截，眼看片刀就要落到头上，我还卡在墙角，求救无门；有时梦里竟也知道是在做梦，怎么挣扎也无法醒来，仍沉溺在梦幻里的惊险时刻，头痛欲裂，手脚无力，感觉像被抽筋扒骨……

第二天早晨疲惫醒来，阿姆等说我在梦里大喊大叫冲锋陷阵，撕心裂肺，气壮如牛，简直可以惊天地，泣鬼神，她们三个合力也没能将我唤醒，终于见识到呓语的最高境界。

咸子说她当时拼命记住了一句我的梦话，打算早晨醒来告诉我，可是现在拼命想也想不起来了。

阿姆说她准备录音我的梦话，绝对经典哦，弄不好可以出版一部《雅雅经典梦话录》，肯定热卖咧。

看着她们一个个比比画画如同受害人法庭陈述的样子，我突然仰面“哈哈”狂笑不止。

几年来一直受压抑受迫害的情感终于得以爆发和宣泄，我感到从未有过的畅快淋漓，全身舒爽，感觉占了便宜，有一种报复后的快感。俗话说的好，三十年河东三十年河西，老娘我也有出口恶气之日，而且是在梦里完成的，不得罪任何人，不必跟任何人公开叫板宣战就把这事给办了，冥冥之中如有神力相助。

终于轮到我来把持夜晚的睡眠质量，我叫得比谁都凶，嚷得比谁都欢，可我的超级破坏力纯属无为而治，她们又能奈我何呢？

咸子忍不下去了，半开玩笑半认真地问我：你怎么晚上总跟人吵架啊？那么大脾气啊。

我回敬她一句：没办法！我也不想的，可是总能梦到你。

咸子惊诧而又尴尬，她没想到我会以梦为炮弹赤裸裸地射向她，并且精准无误。她们一向认为我是典型的中庸，不会轻易跟人撕破脸皮。

我过去是中庸，可我他妈的现在是极端，梦里梦外都是极端，我是极端我怕谁！

梦境很长时间没有停止对我的骚扰，偶尔痛苦到极点，我会恨林旭，他甩甩手走人爱国去了，不带走一片云彩，又潇洒又倜傥的，留我在这鬼地方活受罪。我可不可以不要这么思念他，思念到噩梦连绵，内分泌失调，繁衍出成千上万的相思豆在我五官上下兴妖作怪，造成我自横空出世二十多年以来最严峻的自然灾害，情何以堪？

我给林旭打电话，他那边有通话时间的规定，说不上几句话就断线。有时候好不容易接通，他同去的女同学接起，说他外出跑步去了。

我这人就爱走极端。林旭在的时候我飞扬跋扈，现在沟通上受阻，我有限的时间和大把的电话费都浪费在问他“吃了吗？睡了吗？洗了吗？”这类弱智的问题上，好像我跟他仅存低级语言交流权，而分管高级语言的中枢业已年久失修，封存入档。

我真想自暴自弃，可想想不行，我曾被这么好的人钟爱过，他都还没下令放弃我，我干吗要无事生非放弃自己。傻逼！我恨恨地骂自己，在五维空间猛扇自己一耳光。

那天我颤颤巍巍地开口，尝试着想发点儿脾气，重新找回点儿自信。舍不得孩子套不住狼，我要知道，我们的感情是否坚韧到还经得起风吹草动的撕扯和颠簸？我还在酝酿，抛砖引玉，说我孤独绝望，空虚寂寞，对他的思念愁绪无处寄托，简直想打包寄给航空基地，乘着宇宙飞船送往外太空，那里的无线通讯比较发达，顶级科技远远超越人类，他到底能不能接收到发狂的思念，能不能？能不能！

林旭果断阻止我继续，他轻轻地说：瞎说什么呢！

我没有瞎说，离这么远，你怎么就不能体谅我的难处，给我一点承诺那么难吗？

别闹了。

我没有闹。这个温柔的男人在逃避。

他逃避什么呢？

我给他的母亲打电话。我肯定是疯了才想出这么个下下策，千万别用正常人的思维想疯子。电话拨出去我就后悔了，三声“嘟”音过后，他母亲接起电话，我想挂掉已经来不及。

我假装漫不经心地跟她扯家常，脚下紧张地踱步，来回来去，像仓皇逃窜的蚂蚁。等到可以用来敷衍的寒暄全部过去，我小心翼翼地问她：阿姨，一般林旭跟您打电话，可以持续说上多久？

她愣了几秒，很快反应过来我的用意。她善解人意地告诉我，她懂他的儿子。我们是彼此的初恋，他心地善良，会有顾及。她听他提我的时候，把我放置在女神一样的位置，他那么爱我，又怎么会不要我？女人不能多心，要适当留给男人一定的空间和余地。

我明白了。我生怕成为他的羁绊，只求安心。

过了几天我收到他母亲寄来的包裹。一套名牌衣裤，零食若干。她主动打来电话，笑嘻嘻地转告林旭父亲的话：叔叔说了，雅雅就是小心眼。我还说呢，我挺能理解的。女孩子嘛，都小心眼，小心眼才在乎呢。

我忙不迭地一连串说了一堆“就是就是就是”。

这个女人真不容易。她要为远在异国他乡的儿子担忧，现在还要耐着性子摆平儿子的附属品。我和林旭的联系少了，却慢慢跟她建立起一种微妙的友谊，或者说亲情。我们以前在争夺同一个男人的关注，现在又绕着同一个见不得面的男人周转，所有的爱恨都围绕他展开，他若不在，我们图什么呀？又有什么理由大动干戈？

再后来林旭寄过来几张照片，不知是出于自觉，还是他母亲的安排。

我信不过林旭，也要信得过她。

拿包裹那天我急着赶去通讯社开会，硕大一个包裹没处放，横行霸道地摆上桌面。

会后怀正涎着一张脸问我：什么东西啊，大得像炸药包。

我说是林旭妈妈寄来的一点东西，托我保管。

红红火火的流言四起：雅雅真幸运呀，林旭缠得她死紧呢，出国了还让他妈妈寄东西过来安抚；她给林旭灌了什么迷魂汤，把这个男人迷得团团转。

他是我的初恋，他们说我出师告捷，一战胜利。

要感谢我自己，每天形单影只一个人在校园游荡，自我人为包装成情感富足的女孩子，浪漫汹涌的情绪一个人酝酿并加以珍藏，留待林旭回来，连人带心献给他。

更多时候，时间不是我伸张年轻的资本，而是我必须要独自泅渡的洪水。

把我从木偶人状态拖出来的人是梅。

通常在她没有约会的时候，我们一起吃晚饭，然后去逛街，提着大大小小的战利品回家。

偶尔在她没有男人的房间一起过夜。

我渐渐知道了她的基本信息。女，三十多岁，已婚。不要小瞧后面这两条，T 大的人多半不知道。问起的人相当多，难得一遇这么个闪亮女子。她极具腾挪闪扑功夫，没心没肺地，一会儿说自己二十,一会儿又说自己四十。

问她结婚了没有?

她今天让人给介绍老公，明天说和男人已经老夫老妻了，手拉手是友谊也可以是爱情，赶快离了再换下一个……

他们从她纷繁的说法中提炼出一条:大概她有个感情稳定的男友，再发展发展也许能结婚。

哈，她嘲弄了那帮蠢货。

他们问我，梅老师为什么不结婚啊?为什么不要孩子啊?

我微笑不语，一副老谋深算相，能为她保密的感觉真好，我适合干保密工作。

没有梅在的通讯社办公室死水一潭，她光鲜时髦的服饰和容貌是整个 T 大最亮丽的风景线。她的办公室永远有人进进出出，好像全学院的事情都集中在这里办。有人让她拍照，有人找她拿药，还有主动载她回家或者帮忙带化妆品的各色人等不请自到，她每天疯疯张张地忙着普度众生。

这样看来我能跟她交好，不知中间夹了多少人的塞。

梅八年前的初恋近日回国，看她仍死性不改，还是当年乱发脾气的屌丝样，也没见履行曾经不可一世的鸿鹄之志。

梅不停讽刺变身男凤凰的他，以前羽毛稀少羸弱的呦，现在怎么变五彩公鸡了?钱多了?毛也多了?色也变了?可以去作德州扒鸡店形象大使兼代言人啦!

梅终于把他激怒。他鄙视地看她，你什么都没有，竟然还在这儿装大?下一秒又欺近她身，做膜拜状，虔诚地问，能教教我怎么能这么自信吗？这么些年混出来，装了他妈的多少年的孙子啊！

她一无所有，却可以在任何富商老板面前大侃成功学，他们争相跪拜在她脚下犯贱。

她把这些当笑话讲给我听。

我想起欢子以前说过的，潜龙勿用，亢龙有悔，便感觉梅是个有大智慧的女人。

梅以前什么都没有。她跟我讲经历：二十岁之前苦读过一百多本名著，二十岁之后为了梦想来北京求学，冬天穿破旧的军大衣，梳短发，戴红发卡，丑陋邋遢，典型一副村姑相，随时准备破釜沉舟。由于缺乏贤人指点，不知走过多少弯路，啃过多少凉馒头，泡过多少包方便面，十几年过去至今仍一事无成。只完成履历上的转变，从大专转大本，回老家工作。不如意，又出来读研，读完恰好三十岁，标准的大龄文艺女青年。她虚无过一段，思考人生，思考哲学，思考完便觉得一切梦想啊理想啊都是垃圾，打包扔进垃圾箱，向生活妥协。把自己嫁了，换回一安稳工作和车房，过上被养起来的小市民少奶奶日子。然后又无聊，一直不甘心，坚持读书是改变命运的唯一出路，打算让老公出钱考去美国，读完博士后回来。用脚指头想想吧，怎么可能？结婚的女人走进的是围城，是监狱，而不是凡尔赛宫。已经住进宾馆级看守所了，躺在床上伺候老公赚钱，多简单的女人哲学啊，还不满足。她受制于婆家，没办法升学，于是疯狂考证，在多个平级学位之间来回鼠窜：导游证，翻译证，吃斋证，驾照，全部铺展开来，挂满半面墙，宛若儿时墙头堆满的奖状。另半面墙是她扩放到超大幅的艺术照，造作扭捏的和自然纯朴的混在一起，是她现在的生活定格，供自己和来客观赏。她坐在沙发上，一边是她拼命折腾换出来的学历学位证书，一边是她自恋而惬意的美妙时光。

这是一个需要鲜花和掌声的女人，可惜她始终接近不了舞台。

我在通讯社办公室打字，怀正坐在我右面，像字典厚的眼镜片后面是他略微浑浊的眼球，一如他糟蹋生活的缩影，因为幸福的人生大都目光清澈。

怀正略带口臭的嘴近在咫尺，指导我打字，都是他的文章，文理不通，看得人会感染便秘。他让我边打边改，一心两用，一石二鸟。我体力上手忙脚乱，脑力上还要绞尽脑汁字斟句酌，修炼成两栖动物，可是却连一栖动物的待遇也没有，就因为我是学生，他是老师，中间横亘一座五千多年的封建大山，这才是世界最高峰，什么狗屁珠穆朗玛峰，小巫见大巫差远了！令人无法忍受的是，他竟然像旧社会的太岁爷一样，仰面朝天靠在转椅上，一字一句地口述给我，悠哉的样子恍如我就是他的下人丫鬟，这种时刻我感觉自尊皆无，被他踩在脚下痛苦地呻吟。

更过分的是，打完字他又让我帮他核对成绩，明明理科不好才来学文科，一堆小数点在我脑袋里连环爆炸，头晕目眩之际他最后递上来一张单子：再辛苦一下，算下平均分就好了。

我崩溃！真他妈的比黄世仁还狠！

我恨得牙周炎立马就犯了，整个腮帮子都鼓棱起来，像塞进两根油炸薯条。

可当我发现除了免费压榨我们学生记者，他实在无法从别处获取任何乐趣，几乎所有的人都看不起他、排挤他，明争暗斗他没一样在行，若不是在院校这个相对单调和宽容的地方，他肯定会被一脚踹开死得很惨。

感觉怀正也怪可怜的，四十大几的人了，至今讨不到老婆，没一个女孩子喜欢他。

我运用精神胜利法原谅了他。

梅可没有这么善良。有的女人冷艳、冷血，浑身像冰块一样才富有魅力，梅有时就接近冰点。她常在怀正上厕所的空当开他的玩笑，落井下石，说他最近和一个卖灯具的女个体老板掰了，她早料到了，根本不是一路人。人家在星光天地购物，他还去农贸市场，什么玩意儿啊！

我同情弱者：性格不合吧？

他跟谁合啊？手里握那么点儿小权力还嘚瑟，所有出差的机会都自个儿去，天天上N趟厕所，平均每次一小时。他自个儿去这儿去那儿的，上厕所怎么也不带着我呀？嘴那么臭，看个牙还让他妈出钱，等着他妈死了继承房子呢，穷亲戚来了都反锁上门不让进。

梅在罗列罪名，且字字珠玑，深度曝光裸客一般。

我一只眼盯着她，另一只眼瞄着男厕所，生怕怀正撞上她的恶言。

梅才不在乎呢。

算了吧，饶了他吧。可怜之人必有可恨之处，越可恨反而越可怜。他的心眼儿都摆在明面上，贪心又不会隐藏，先天残缺。他也想像你一样，又坏又聪明。

我说梅像花，罂粟，太阳花，百合，玫瑰。

都是俗物！她不要是花，不要是女人，不要是某个人的妻子，不要是某个人的女儿，不要是谁谁的姐姐，不要是谁的妹妹，她就是她。她今生过得糟，不能凭兴而至地挥枪舞棒，宁愿相信算命师对她前生的身份定位，某王爷的小儿子。开赛车她都嫌不过瘾，她要风华正茂，策马奔腾。

知了即将展开的美国之行风光耀眼。

为此她专门请我们吃饭。

知了请客，大姑娘上花轿头一遭，因此我们都簇拥着去捧场。

前一段她已经高价报了某培训学校的境外学习班，去考察过一次了。学习历时一个月，回来后像被洗了脑，六亲不认，压根就已经觉得自己是老美了，头发都染成了美国色。

咸子很配合地对她此行见闻表现出极大兴趣，让知了过足了嘴瘾，她说一踏上美国的热土就有回家的感觉。

咸子恭维她：那当然了，你是美国的女儿嘛！

知了认为全体中国人民都像咸子一样渴望美国，特地印制了五厚本相册，全班传阅，她东南西北中五个方向全线出发，主动担任讲解。这里是著名的哪哪哪，那里有什么特色……

知了的信仰日益强大，经过文化碰撞才知道，还有如此自由开放的国度。走在美国街头，看那些同性恋可以大摇大摆地手拉手走在街上，而旁边无人指指点点，说三道四。街头的外国女人穿着暴露，袒胸露乳，果然是大国公民，热情地向世界来客展示所有。相比之下，T 大女孩儿们的嘴巴无处不在，每个人的背后都跟着是非，她知了放怀一笑便引来四方围观，太没见过市面了，简直是一群新时代的小家女流之辈，缺乏胸襟和气度。原来高调行事是人的本能，根本无须顾忌，男女如此，有了欲望你就做，有了快感你就喊，管下铺的人做什么。

带队的女领队 Tina 被知了奉为最新的精神导师，她跟导师的合影无数。

Tina 在出国机构工作，这些年见识的高校学生多如牛毛。她说T大是个挺奇特的混合物，里面的女生中西合璧。这里的女生爱打扮，“三带三不带”的笑话广为流传：不带书，不带笔，不带本；带镜子，带梳子，带化妆品。这里的女生学识少，整日吃喝玩乐谈情说爱，说它土吧，又带点儿洋味道。

太精辟了！知了一拍大腿，相当苟同，说这跟T大的地理位置特别一致，属于城乡结合部，周围一共一所学校，很多人的家庭是咸子式的。又感叹当时建校的时候北京不缺土地啊，不像现在连一个厕所的面积都要耗资十万，怎么选了这么个鬼地方，回趟家跟进城似的。不像中关村那种大中院校聚集地，简直就是风水宝地，交个男女朋友像玩一样。两校之间车程五分钟，自行车程十五分钟，走路三十分钟，再如何阻隔，相见也跨不出半小时的空间。你来我这儿听听课，我去你那儿看看电影，一来二去俩人就好上了。可T大呢，如果一方在校外，谈的便是跋山涉水的恋爱，艰难险阻经常秒杀牛郎织女，大有“众多美女初长成，养在深闺无人知”之态。

以知了自我为例，求偶求得少白了头，空悲切，几年时光春如梦，无人想，无人念，自我娱乐度良宵。这个社会男女调配和人才结构失衡是一样的道理，整体拧巴着来。

Tina笑笑，她原本对外语院校的女生也存有偏见，学外语嘛，开放。不过见久了，接触多了，发现外语院校的女生其实更单纯一点。学语言不比学别的，差一点儿就跟不上，无暇顾及其他，不像现在有的综合性大学，里面更乱，炮友横行。

知了想了想问：那如果两个人“炮”出真感情怎么办啊？

Tina耸耸肩，那就发展成N夜情呗。

Tina带知了晚上去酒店的迪厅喝酒，喝的是黑扎啤。知了鲜少到这种地方，与Tina频频碰杯，笑声高昂，喜欢如此狂放的感觉，不断甩动一头灰白发丝，一身肥肉乱颤。

这时走来一老外帅哥，对着两人一人奉送一记媚眼，电力十足，之后转身融入扭动的人群疯狂劲舞。

Tina 兴致大悦，脱掉外套，只着一件红色低胸吊带，拿起相机去和那异国帅哥搭讪热聊合影。

知了在一旁观看，鼓掌助威，嘴里“嗷嗷”乱叫个不停。

知了毕竟是新手出道，远不如 Tina 喝功了得，喝到 22:00 便体力不支。啤酒的确是液体面包，只觉肚子膨胀，胃部难受，几小时下来也不知喝了多少杯，头晕难当。于是割爱告别了 Tina 和老外帅哥，晃着软绵绵的两条腿上楼去独自安眠。

Tina 继续狂欢，与老外小伙调情聊天到凌晨方才回房，关门声惊醒了沉睡的知了。

知了模糊着双眼，揉揉眼睛问 Tina：你上厕所去啦?

Tina 毫不避讳：聊天啊，聊到现在。那个 Mike 太有趣了。

Mike 是谁?

就是我们喝酒遇到的帅哥啊，后来他又叫了朋友一起来，大家一起玩来着。

Tina 说罢倒头便睡。

两小时后，Tina 起来化了淡妆，用眼影掩饰好略微肿胀的眼睛，继续带着一帮孩子参观学习去了，行为举止俨然一正派领队教师。知了暗暗惊奇，没想到 Tina 白天夜晚间的转换如此巨大，内心受到的激荡不小，回到祖国了还余波阵阵，不时泛起涟漪。

于是她铁了心要出去，各种考试，办手续，一步一步挨到临行。

她实在太热爱即将远赴的国度了，在国内最后一次请客还选了西餐自助。

前一天晚上大家商量着买礼物。阿姆说了，礼尚往来，否则知了会记恨我们一辈子。

我跟阿姆合送了一个旋转木马的八音盒，内置一个女孩儿骑马的模型，祝她前程远大。咸子拿出一个本子，在扉页上写下对知了的寄语。

我问咸子：你送什么呀？

咸子一举手中物：就这个本儿啊！

我和阿姆对视。

咸子加上一句：够贵的了，花了我二十多块钱呢。

咸子给她和知了的友谊定下价码。

我对知了请客表示感谢，让她破费了。

知了不咸不淡地说，提钱干什么，吃得好就行了。

知了她拿出相机要拍照。

第一个是我。我跟她放下前嫌，彼此拥抱了一下，留下一张虚情假意的亲密合影，一瞬间让我联想了许多种未来关系走向的可能。一、二、三，茄子！

完事知了马上把手从我身上抽开，多一秒都不肯逗留。

接下来是阿姆，跟我采取一样的姿势，没什么创意。

最后是咸子，两个女人上来就亲，你的嘴对她的脸，她的嘴再吻你的脸，再然后嘴对嘴，虚拟地贴合着，半碰半离。

我心绪凌乱。

你要走了，还拉着咸子给我秀亲密。你的余光瞟向我，我怎么可能遗漏。

你要走了，走之前有没有浪费你几粒脑细胞回想过曾经的我们，到底怎么搞成如此这般的紧张尴尬，想起来就窝心。

你要走了，我们彼此的内心还都不够坦荡和奔放，还有着小女生想不开搁不下藏着掖着的小别扭，错过了最后彼此澄清言和的机会。我们已经失去补救和追悔莫及，我们不再拥有未来。

何必呢，莫愁前路无知己，天下谁人不识君。

别了，我曾经的女友！

第十五章

知了走了，宿舍安静下来，四减一，还剩三个，可我总觉得少于三个，尤其是夜晚，我终于可以安安稳稳地睡觉了。这简直就是一场革命。

知了刚把东西搬走，阿姆就迅速地占领高地，把她几个超大的行李堆满我的上铺，商人女儿抢占商机的本能名不虚传。几个肮脏窝囊的女生，东西多得铺天盖地，再大的屋子也感觉不够用，何况是蜗居。

我躺在床上，一向欢蹦乱跳的上铺现在变得死气沉沉，一个又一个巨沉无比的包裹代替了那具充满欲望蠕动的肥硕身躯。我的天空永远沉重，迫使我永远长不成高挑的模特身材。

我郁闷。

上铺还是满的，我的心却空了。

再次给咸子过生日。这次三个人变成五个，秀秀也来了，还带来了她的男友。

胖子没来，鉴于阿姆在，他打算跟她单过一次二人世界的生日盛宴。

阿姆比我想象得要大度，大方参加前男友的现任女友的生日Party。

秀秀特意打扮了一番，说美女咸子的生日嘛，要隆重出场。

秀秀的男友拎来了名牌蛋糕，我们借咸子的光享用到了高级美食。秀秀男友说，我都到门口了，您一个电话，得，我又得折返回去买蛋糕。嘿，一回来又堵那儿了。

咸子笑眯眯地说：我刚还跟秀秀说呢，让她别总欺负你。

秀秀男友：她也就能欺负我了，别人谁还让她欺负啊。

秀秀贤惠地往他碗里夹菜，来，尝尝这个，歇口气儿。其实吧，我真没欺负你的意思。

秀秀自己也给咸子备了份礼物，一双粉色的毛绒拖鞋。

咸子接过去，高兴得吱哇乱叫。这本不是她的性格，但在这种场合却被她演绎得纯情而可爱。

去年咸子过生日，宿舍关系正紧张，知了自己拿蛋糕给她过了。

因为那块蛋糕，我跟知了彻底决裂，还险些引发一场事端。

而我现在怀念它，起码它是真诚的。

我的生活阴晴不定，由更加阴晴不定的梅接管。

她正经历着不同于我的人生路途，她早已走过我，越过我，也曾如我一般，从青春中奔逃。我对于跟同龄人打交道倍感困惑与腻烦，既无法获取其好感又格格不入，天生的犯克。小心思，小团体，小妒忌，小破事，小纠结，无病呻吟，太累。男人女人都一样，比如林旭，信写得人模狗样，字正腔圆，缺乏真诚与亲情。

我需要成熟女人的指导，又需要面对婴孩般的简单赤诚，这些梅都能给我。她能老能少，能男能女，她的存在是一个绝妙的奇迹。她惹我好奇、引我巴望的事情太多。她目前的生活状态极有可能是我即将展开的未来人生，我踩着她的脚印看十年以后的我，不知是否会像她一样淫乱。十年后那个充满肉感的女人缓步走来，跟现在的我合二为一，我打了个寒战。

梅是我见过的最性感的女人，她的性感来自观念、时尚、洒脱、人生态度和处世哲学，

她学钢琴，学大提琴，学开车，还想去跳伞，开飞机，驾潜艇，上天入地。

我想即刻收拾好行囊，随她去青藏高原攀登喜马拉雅。

她在疯狂地挥霍青春，我从未见过像她这样全情投入生活的女人。她是一枚里外全部熟透的香蕉，岁月的风雨侵蚀尚未剥夺她面庞上的青春朝气，文艺青年大多如此。

她开着车，跟我笑嘻嘻地谈论她最近交往的几个男人，日本的弟弟，美国的哥哥，单位的猥琐男同事，女同学新交往却被她撬行的男朋友；还有一个是小学结下的缘，一路追随她来京，是她生活上的保镖兼军师。他们待她如婴孩般娇宠，如女王般周到。那个刚来的帅哥教师范建果然跟她有一腿，趁老公出差外地她把他领到家里。她给他煮一碗酸辣粉当晚餐，他吃得哧溜哧溜的，差点连碗都啃了。饭后她坐下来弹钢琴，献给他的独奏，他听得如痴如醉。她最大的魅力在于，她可以同时摧毁和重建男人对她的信心。

他怔怔地盯着她看，喃喃独白：我想有个家。

他们的家在床上。她和他疯狂做爱，彻夜难眠。小憩的时候她做了个噩梦，起来大喊大叫：这是哪里？然后蹦下床疾走。

他赶紧翻身下床，抱起她哄：别怕，这是你家呀！

她清醒过来，感动于他的温存，猛扑倒他，骑了上去。她从小在黄河边就擅长骑术。

范建经历过的女人也不少，她耳熟能详的就有四五个。像他们这把年纪，早已不在乎什么处男处女，玩的就是心跳刺激，最好身经百战。

他跟她说：他跟那么多女人做爱，她的感觉最好。

我忙不迭地问：什么叫感觉最好？

她想了想说：是一种协调吧。又问我：你跟林旭怎么样？

我说我们没有过。

从来没有？

没有。

嘿！梅可怜我，你这恋爱怎么谈的呀。男人爱上女人通过肠胃，女人爱上男人通过阴道。这话绝对有道理。

是吗？可我不知道用什么语言来形容我和“林旭”这个名字命中注定会相遇相恋的美妙和激动，当然是以前。也可能是梅说的那样，曾经的甜蜜是真的，但我独处太久了，快要记不清他的样子。有时候觉得林旭只是一个爱情的概念，我爱的是爱情还是林旭，我不清楚。男人这东西，留在身边才叫男人。何况他没有电话，没有短信，甚至没有一段笑脸模糊的视频，留给我几页载满励志话语的信纸，拿连绵不绝的失落换取只言片语的安慰，凭什么要我相信一个不算糟糕的结局？

我突然就失落了。原来我不曾和林旭互相占有过，我所具有的仅仅是一个他的电话号码，躺在我冰冷的手机里，跟任何一个有他电话的人没什么两样。一旦失去联络，我不过是他过往记忆里面目混沌的路人甲或乙。或者他会炫耀地向他的朋友讲起，年轻时遇到过一个女孩儿，多么痴狂地爱着他，却没有成为他的妻子，而他对于这种失去不过是轻微的遗憾话题。

我不再是我，只是依恋他的女孩儿的代名词。哪个女人真心爱一个男人，都会变得贪心，都希望满满当当地填补他的未来，横着躺着卧着，采取各种姿态和方法占有他的全部空间，而不仅满足于和他的记忆藕断丝连，无论这记忆再怎么金碧辉煌。

梅活色生香的生活蛊惑着我，我以前的人生全部都是白话文。而林旭那个愚蠢的男人，竟然那样笨拙而克制地配合我。他此刻也许已经开了窍，在恨我的吝啬。

梅喋喋不休，细数了一圈儿艳遇后提起老杨，她名义上的男人。听到他的名字我一愣。实在太久没从她嘴里得到关于他的信息了，这么一提好像老杨是天外来客，失足来到了地球，又恰巧顺着烟囱跌到梅的家里，面目倒霉透顶，倍感突兀。

他气息羸弱地活在他的房子里。我见过老杨的照片，是那种中规中矩的男人，老实的一副应试教育相，每个月可以只花二百块钱。他无限度地包容梅，在不上班的时间早晨六点起床为她做早餐，晚上做好了饭等着她回家。他每月的工资用来交水电费，维持家庭的日常开销，她的钱都用去购买各式各样的时尚衣服臭美，堆积起来声势浩荡，霸占家里的大半壁江山，而他的衣物则蜷缩在卑微的角落里“心”字头上悬一把刀。

据说范建回农村老家省亲时偷穿过老杨的衣服，回来的时候被梅发现。

我义愤填膺，这种男人太不地道了，不花钱白占了人家老婆的便宜，连衣服也偷，你怎么不揭发他？

她摇摇头，太伤感情了。

怎么，真爱上了？他不是你发展成N夜情的床伴吗？服务不错，你才和他继续合作。用你的话说，他是你趁老杨不在，包养来的高级工人。

她又摇头，不说话。

房子是老杨家里买的，车子也是。可梅却用这两样高级商品填充自己无度的欲望，敞开大门欢迎她的情夫们，免费消费。

我有时候替老杨难过，替他抱不平。我冷言冷语地说：你的姐和妹都离婚了，看来三姐妹中还是你最幸福嘛，跟老公和平共处。

梅笑了笑，流露出一丝得意。

她的理想是发展一千个情夫，谁又能指责她什么呢？她天性如此。如果不是放荡不羁，她或许不会才华横溢。

你玩来玩去，被老杨发现了怎么办？

他又痴又傻，怎么会发现。

情夫们跟她做爱过后都留下过夜，从来没有东窗事发。

那你老了呢？他们会娶你吗？

老了怎么了？老了我就找个老头玩儿呗。

我又笑又气。可当我看到她和老杨的合影，我便原谅了她，那个男人跟她在一起比肩真的不配她，她是多么有灵气的女人。他最大的期望就是跟她恩爱携手白头到老，可跟这样的男人恩爱会磨平志向，丧失灵气。她结婚已经有几年了，同在屋檐下跟老杨各过各的，努力保持独立品格，他们连牙膏洗发水用的都不是同一个牌子，彼此的物品毫无牵扯。晚上他回家看黄金档电视剧，她搬个小板凳在一旁读书。她的冷板凳挨着他的沙发，放在一起看极富后现代感。

我的林旭是个没有创意的人，他没能逃脱我的猜想，带来惊喜。

在一次电话中他提出分手。

我的精神世界“轰”的一下垮塌了。我最亲密最亲爱的人跟我说分手，支撑我活在T大最长时间的人跟我说分手，我的初恋跟我说分手……

我极少给他打电话，因为他总是匆匆讲两句便挂掉，让我陷入新一轮的失望、猜忌和挣扎。还有一个原因，我怕他跟我提分手。我的生命周期被他拖得黏长而无趣，像一挂陈旧的破钟。再不跟他汇报我的生活，再不听取他的意见，我们彼此就像两条毫不相干的平行线永无交集。

我早已晋升为通讯社的社长，完全是为他做的，他喜欢那个充满斗志的激进分子。为此我整天被怀正的口臭所熏染，替他打下长达几十万字的手稿，其中还包括他的家谱，否则他哪里肯推荐我，数选举票数时一副走私贩卖的神情。

我怀疑林旭移情别恋，他在电话那端长久沉默。

到底是不是?!你他妈的这个混蛋！我抛开由距离和缺乏交流产生的矜持，急着要他给我一个理由。我咬牙切齿的对象离我那么遥远。

他还是沉默。

我问他，你走之前说过，我们的人生那么长，十个月等不了吗？现在我告诉你，我能等，我也等了，你呢？

他终于开口了，说我没有他一样优秀出色。

可你知道是为了你，我才这样吗？我没办法，没办法摆脱没有你的无助与恐惧。如果你在我身边，通讯社算个屁。

他道貌岸然：不要这样，你好了我才高兴。

我不好！你不要我了，还要我好？你真他妈狠！

可事实是你好了，不要否认。你要我数给你，你抓住了多少机会吗？

哼，我真好，你看我过得太好了，不忍心我继续好是不是？

他生掰硬扯地跟我分手，连面对面说的机会都不给我，连让我最后一次靠在他胸怀哭泣的机会都不给我。这个我最爱的男人，他原来在暗中跟我较量，在我最困难的时候没有扶我一把，现在反过头来嫉妒我。

坦白跟你讲，我来到这边以后，感觉自己的状态太好了，从来没这么好过，最起码没有辜负各方对我的期望。

哼，你是不是早就想分手了？在你不愿跟我多讲话的时候，在你像勉励苏维埃同志一样勉励我的时候，在一打电话你就跑步的时候……

他又沉默。

为什么不早点告诉我？早死早超生。

我不忍心！

妈的，在我他妈的付出那么多时间，陷入那么多期待的苦难岁月里，他正在大洋彼岸为甩掉之后如何跟我挑明这件事儿煞费苦心。

不过……他低沉着声音说：我没有爱上别人哦，这点我跟你保证。

少跟我来这套，我不在乎了，你找十万八千个婊子都跟老娘无关。

真的，林旭，不需要你维持我最后的自尊，你没爱上别人我也许会更难受。没有人把你勾走，你就主动离开了我，这不比第三者插足更让人觉得讽刺吗？难道我就那么贱吗？放弃我这么容易。一个为了安心学习不要我的男人，真有毅力。我祝你今后成为一个伟人。

我永远记得他跟我提分手的日子，是在那一年的情人节。

我跟怀正说我不干了。

他浑浊的玻璃球眼珠差点儿跌出眼眶，他直勾勾地盯着我看，感觉不可思议，给他卖命干了那么多糟践活儿，写新闻报道已经非常优秀的通讯社长说不干就不干了，他还没见识过这么潇洒的女孩子。

他不想放我走，说我不该撂挑子，培养起一个顺手能干的人的确也不容易。

我说我为了一份很好的工作要去实习，实习过后肯定留下。

其实哪里有什么工作。我现在根本不在乎未来，玩了命的破釜沉舟，我倒要看看什么时候沉底。

怀正听了以后不再吭声，他耽误不起我的前程。别说他，就连我亲爹老子都不敢。

这年头找工作比什么都重要，能够找到一份理想的工作是中国教育的最高境界，更是所有家长和学子们孜孜以求的宏大夙愿。没办法，我们不会创造，我们只会削尖了脑袋挖门子盗洞祈求老天爷开恩找到一份好工作。找不到工作你就认栽吧，只能在学校高墙深院的掩护下像傻逼一样再装几天心高气傲，等一旦毕业那天学校六亲不认一脚把你踢出大门以后你就等着出去撞南墙吧。毕业那天我们一起撞墙!

办公室的钥匙还在我手里，我说我忘了带，明天来还给他。

他没计较。摆摆手，你可以走了。

我走到门口，他叫住我。

我回头。他的目光殷切：雅雅，谢谢你！

我险些落泪。老师，别这么说！

晚上我独自去办公室。走廊里，同属新闻中心的电视台还在加班，我路过门口的时候有人叫住我：雅雅，你也来加班啊？

我笑笑，是啊，我敬业嘛。

我打开办公室的门，扭亮灯。这是我私自为自己保留的一夜。我曾为逃避宿舍里的几个魔鬼而选择扎根到这个小小的空间，我在这里奋斗和奉献过。

我抚摸几台蒙满灰尘的电脑，按下插板上的开关，为自己能熟练地敲下密码而沾沾自喜。这台是我经常排版坐的位置，那台是怀正喜欢让我为他敲击的专区。有时候偶尔会有学生记者过来传稿子，正赶上怀正便秘或者牙疼，不耐烦地对他们发了火，事后又很内疚认真地问我，是不是对他们太凶了？这个可怜又可爱的男人，想想他一切烦恼都是风轻云淡。

林旭过去很少来这间办公室，我们却围绕它展开了无数次甜蜜的对话。他站在门外等我，给我发信息，商量我们等一下要去哪里吃饭，哪里逛街。有认识我们的人走动，或者怀正上厕所回来，会半推着他进来，有什么不好意思的嘛，有话进去说。

我们会在大家善意的说笑中脸红。

我跟怀正闹别扭，趁他不在和梅插科打诨，度过无聊又快乐的一个下午。她把自己的彩照变色龙般依次放在桌板下面，有各种男教师进来欣赏，或者为了猎美激励她，这些我们都看好几年了，什么时候换新的啊？

她骂他们变态，让他们滚蛋，之后传递给我一个“男人都是贱货”的眼神。

我懂她的潜台词，乐不可支。

跟我分手失恋比较起来，那些日子还算美好。静谧的办公室储满我跟林旭会心交流的眼神，我、怀正、梅三个既可笑又和谐的情景剧，怀正的窘态，梅的倒立，记者团成员的欢声笑语，喜怒哀乐，像默片一样一幕幕在我脑海里回放……

我泪水涟涟。

都过去了，我的好日子，好事情，一页页都翻了过去，谁知道还有没有明天？

我关掉网页，关掉电脑，关掉电源，关掉灯。一如关闭我的爱情。

我跟梅说人生真他妈虚无，分手快得像闪电。

女友跟我分手为了男人，男友跟我分手为了未来，好像我生来专为牵绊他们，他们一个个像丢包袱一样抛开我，让我自由落体……

梅轻描淡写地安慰我：那有什么，一个男人嘛！

我哭着，鼻涕一把泪一把的，大姐，我可是初恋啊！

她“哈哈”大笑，一副幸灾乐祸的样子，然后借助我的失恋回忆自己的初恋：一个很有才华又很轴的哥们儿，照相非拉着我去天安门，轧马路去，走一晚上，累得半死还说浪漫。多俗啊，可他拍出来的片子真他妈有创意。后来我不爱他了……

为什么不爱他了？我不解。

嘿，你还不知道我嘛，哪能长期爱一个男人呢，多傻帽啊！

真符合你性格。你能数清楚你真爱过的次数吗？

她笑得更欢畅了，我不爱他了，他说等我八年。他真的等了……

你这个女人就是一祸精，谁爱上你谁倒霉。八年？抗战都结束了。要是有人肯等我八年，我准保第八年零一天就跟他去领证。真不公平，我遇上的男人这样无情，而碰上她的都是痴情种。

他等了我八年，可是八年以后……他真的结婚了。不要脸，还发结婚照给我，我在他空间一通乱骂……

为什么？不怕他媳妇看见？

看就看呗，发泄我滔滔不绝的不满！

你明明就是嫉妒。

她笑了，笑完接着哭……

我俩并排坐在沙发上，四条腿没形没象地架在茶几上，都褪了外裤穿秋裤，一看就是野女人。梅的秋裤和袜子都是彩条的，各种颜色交织，斑斓成一片，她的下半身浸没在条纹里。

她说她曾穿着这身儿要跟范建去楼下超市买东西。

范建不答应，我可不跟马戏团的小丑一起出门。

我们中间放着纸巾袋，一人一张地抽取堵眼泪。她窜回到我的年龄跟我一同缅怀。

哭完又笑，笑完又哭。

梅先后介绍了几个男人给我，都是貌似头顶光环的水货：名校，海归，金融界……细聊起来，要么是函授，要么是在国外混不下去的“海龟”……这个社会很神奇，假冒伪劣肆意流行无孔不入，有人保驾护航，有人获得利益，各取所需。

她称呼他们不是亲哥就是亲弟，由此可以判断都是些她挑肥拣瘦甩掉的尾货。

我跟着梅和男人一并约会，他们看看姐姐又看看妹妹，说我俩长得真像，一对姐妹花，秀色可餐。

我才懒得搭理他们，一个个贼眉色眼的臭男人。

梅在男性社交圈里如鱼得水，游刃有余，放荡谈笑，她的唇、她的胸、她的腰、她的臀、她的俏皮话都演绎得异常生动性感，她天生就是一顶级性符号。

晚宴结束后回家的路上，梅依然兴致勃勃地跟我聊男人的话题。

看我一副不屑的样子，她说你不能太清高了，这样怎么嫁得出去？

我讽刺她，你不清高，你去坐台呀。我就这品质，我可不需要一群臭男人围着讨好我，再空虚也不能跟这帮人为伍，跌份。

她承认说，真是这样，女人什么都没有的时候想靠男人，有了车和房，大把的男人想来靠你，男人比女人更势利。她现在的住处是老杨和他母亲联合署名的户主。老杨傻，他七十多岁的老母亲可不傻，知道儿媳妇不是省油的灯，整天在外面光芒四射，提防之心昭然若揭。

梅有危机感，说有一天我们离婚怎么办？我去哪里住？遂坚持要拥有一套属于自己的房子。

老杨说：折腾什么？另一套房子改你名不就行了。

他母亲不同意，扬言要把那套房子卖掉，私下里跟儿子讲：你什么都给她，将来她跑了怎么办？你哥哥怎么办？

等父母不在了那一天，老杨要承担起抚养他傻哥哥的责任，哥哥在恢复高考那年因为落榜而疯掉了。

梅于是跑到郊外去选了一处地点一般的小户型，硬撑着买下来，钱不够，东拼西借，还搜刮来老妈的养老钱付了首付，然后跟老杨说，月供她付不起。

老杨肯定上辈子欠她的，一拍胸脯，反正买都买下了，掏钱替她月供。

我说你珍惜老杨吧！

她张狂地说：你不提他，我都快忘了有这么一号人了。

我帮助她回忆他的好。

她极容易动感情，说这么一来还挺想他。他回国还要几个月，她正在办理签证出去家属探亲，顺便度假。在车上她给我炫耀签证上的证件照比别人的不知好多少倍，美国大使馆的签证官员见到证件照上的自己都不会写字了，手直哆嗦。

我说你就吹吧你！那是因为美国佬遇见活鬼了吓的。

我们一起拍大腿纵声大笑，把汽车颠得跟“车震”似的。

我提醒她也不要太过分，刚饭桌上那个难得看着还算老实穿红毛衣的男人，她直言问他怎么一年到头穿得这么土？活像猪八戒。

当时那男人的脸跟毛衣一样红，坦言他一共只有三件毛衣，不像她，金山银山摞在家里。

梅双眼直勾勾地看着他出糗，坏坏地笑。

她去厕所，我替她解围，说她不是有意盯着他看，纯粹是个人习惯不好。

他反而在我面前装大，说就喜欢梅这样纯真坦诚的个性，跟这种女人交朋友，心里那叫一个踏实。

我跟梅说这事，她说你还是太善良了，太把男人当盘菜了。其实根本用不着对男人客气，都是贱种，你越可怜他，他越来劲。

梅真是把男人彻底看透了。

我在她的影响下也对他们哀莫大于心死，他们远不如梅那样可爱，可亲，可供调戏。

我和梅已经同居。

我再也不想回那间令人窒息的宿舍。

书房里有单人床，梅不让我睡，坚持携手和我同床共眠。当然我不能天天来，跟范建分一、三、五和二、四、六交叉报到，间或夹杂别的男人。

我憎恶这种轮班制度，梅，你到底选择男人还是女人？给我个明确说法吧。对于我，你可男可女，我说死不跟范建睡同一侧，感觉那里肮脏丑陋不堪。

她指指右边，睡这儿吧，平时我睡这里。

我要她发誓是她睡过的。

她发誓。

我安心躺下。

她呵呵乐着告诉我，其实我躺的地方是范建平时睡过的一侧。当然还有老杨及其他。

她拿我当猴耍。

我愤怒地一跃而起，抱着枕头跑到沙发上睡。

她过来拉我回床上睡，跟我说逗你玩的，你那一侧是我雷打不动的固定位置。

我用枕头狠狠地砸她。

她是那样依赖我，范建是她的欲望释放工具，而我才能跟她共享精神家园。

有的时候我真希望自己变性，连同她的物质和精神共同蹂躏。

梅打电话叫我去家里。

我说明天吧，太晚了。

她挂掉，马上又打过来，你来吧，我不好！带着哭腔。

我惊讶，发生了什么事？

她不说，催我快去，眼见为实。

我立马用军训速度穿衣，冲出校园打车。

在梅门口我抬手欲敲门，又停住了。里面传来钢琴声，猛烈，铿锵，歇斯底里，欲摧毁世界，同样不吝惜自己，玉石俱焚。

我真心疼这个女人。

她给我开门，扑入我的怀抱。

你怎么了？我紧张地问她。

没什么！她倒显得很平静。

她坐下来还想继续弹琴，我劝她别弹了，弹出的东西比哭还难听。

她问我饿了没？

我说有点。

她去煮了酸辣粉给我。

我也哧溜哧溜地吃，像范建一样。

她手舞足蹈，雅雅，你这辈子没吃过饱饭吧？

我说那是呀，山珍海味怎能和你的酸辣粉媲美。

我们一起刷碗。

她看我穿着睡裙洗锅，超级自恋地说：哇噻，我把你培养成居家女人了，我骄傲！

电话铃响了，她去接，是老杨打来的。她告知老杨她最近上进，又在准备考新的资格证书，然后唤我来接。

我扭捏地说还是别了吧。

她把话筒往我怀里塞，快点，害什么羞啊。

我颤颤地叫声哥哥，不知道下面的话该往哪里走。

他的声音很好听，问我最近忙什么呢？

我说快要期末考了。

他要我照顾好梅，提醒她按时交水电费，交车险他在网上催了她好多次，她还无动于衷。又说我俩玩的时候最好分开屋，他还不知道梅嘛，学习起来三分钟热度，没一会儿俩人准头对头聊开了。她考不过证没关系，别把我拖累了，期末挂科。他把他的邮箱强行塞给我，要我一旦有什么紧急情况发邮件告知。

我抓过纸笔歪歪斜斜地记下，随手揣在兜里。能有什么紧急情况啊？这女人强悍得能去斗牛，即便跟人对抗，要紧急也是人家紧急。可听他的口气，担心她生活不能自理，出个门都怕她被车撞。

挂掉电话，我和梅相视叹气。这男人真啰嗦得可以！

她说幸好有你陪我，没有你，我不知道现在正在哪里浪荡。他狡猾得很，不打手机，单往家里挂，我不在他就不高兴，我在他就乐得不行。

他那是爱你，在乎你。谁让你不让人家放心。跟自己老公都不交流，拿我当垫背。

烦！

然后我们开始试衣服。她满柜子的衣服，还有我带来的几件新衣服。春夏秋冬试了个遍，直到大汗淋漓。

她风骚的紧身毛衣我套不进去，鼻腔灌满浓烈的香水味，我双手举起，卡在半中央，像被扒了一半的战俘。

梅过来替我解围。

好不容易穿上了，包得像粽子，脱下去的过程像扒一层皮。

她找出几件奇装异服，号称是她状态诡异的时候买的，那时候每天灵光四射，专挑个性的衣服买，套在身上感觉全世界都向自己行注目礼。有一件T恤，印着超大一张脸，一半是女人，一半是魔鬼，或许象征着女人一半是人一半是魔鬼，惹得我俩对着它研究了半天。还有一件长款毛背心，无袖，通身是黄驳灰杂的毛，肩膀夸张地翘起，两块椭圆的灰色垫肩盘踞在两肩高高耸起，像为即将挥戈出征的花木兰插上翅膀，看造型定能凯旋。

试到半夜我们得出结论，男人们嘴里的姐妹花并不适合同一款型，我穿她青春洋溢的T恤感觉一下子老了十年；她穿我的韩式酷装，活像一个刚从地狱上来的妖精。

我没见过啥世面，整个过程乐到半疯。

她说我去她家就是happy之行，有我在满屋子都是欢乐，如能一辈子陪她住该有多好。如果这房子她能做主。她说终有一日会对现有的生活策反，新买的房子就是她离婚的后路。她姐姐和妹妹都离了，说明她家族血液里就具备离婚的因子，她打算顺从天意。她还没忘记当洋博士的梦想，让我跟她一起漂洋过海，一边留学一边勾引老外男人。

我有自知之明，在这方面甘拜下风，拒绝了她的邀请。

其实，她不能做主也迎来了那么多男人。不光这屋里，在校的男生就有几个，有的在她课上给她送水，有的佯装文艺男青年，写矫情的青春文字拿给她看。我希望她有一天能回归本我，不再玩了。到时候老杨变身她的表哥，我是表妹，三个亲人住在一起。我并不嫉妒老杨，他永远不会真正占有这个女人，他只提供房子供养她。在家里我看到门楣上留下的一处刀痕。她向我讲述，是她跟老杨半夜吵架，她抡起菜刀挥舞的结果，扬言要杀光他全家。

你不怕激怒他？

哼，怕什么，我命硬得很，全世界人都死光了也轮不到我。

我能想象到灯光下老杨怯懦扭曲的一张脸，心里掠过一阵快感。这个女人，她敢于做任何我敢想而不敢做的事，甚至用行动超越了我幻想所能达到的极限。她是我的盖世英雄。

梅冲澡过后带一身香气扑鼻，往身上涂大把的保湿乳液，准备裸睡。

我一眼看到她干瘪弱小的乳房，它竟生长在如此具备强大攻击性的身体上，真为她遗憾！我想这乳房是她身上唯一弱势的地方，是她的死穴。我想象不出这具娇躯在华服的包裹下曾令多少男人为之荡魂，而当她裸身袒露在男人面前时又如何让他们感到坠入陷阱般的失望。

没错，梅就是一口陷阱，有时我真想离开她。她预先下了什么蛊，让男人面对她干瘪的乳房时仍能保持激情达到高潮？

我不禁上前，把玩她的乳房，攻击道：它真小！

我想看她尴尬的样子。

她毫不在意地笑笑，好像乳房之过罪不在她，这还是它大的时候呢。

我笑了，我又坠落梅的陷阱，安于跟她同眠，做风起云涌的梦。

我说过，梅是一口深不可测的陷阱。

陷阱要出国去探望老杨的消息让我高兴。我说你终于想明白了，放过我去祸害老杨。

她搂着我的脖子，尖叫着让我去死，我才不会放过你呢，你这个小贱人！她吃定了我。

我问那你跟范建怎么办？

她的魔爪松开我，就那样呗。

你跟他怎么联系？

我傻啊，在老杨跟前还能联系他嘛。

这正合我意。多少次我劝她离开范建，另觅新欢。

她口头答应，然后隔三岔五又向我汇报他们的最新进展，做上一次爱，就好了。

什么东西！

范建没去学表演真是人民艺术的一大损失，我不知道他如何在这个盐油不进的女人面前表演，编造出一连串蹩脚的谎话，让她相信了他。或许是他服务太过周到，总之他有办法让她回心转意。或者她从没真正想跟他掰。

记得我跟梅在她家吃菠萝，她不听我劝，非要把吃剩的倒厕所里，结果马桶堵了，每天拉屎都要用盆接。

梅给范建打电话，让他马上过来维修。

他说脱不开身。

梅火了，跟他大吵。

他在电话里就哭了，别这样，你是我最爱的人！

梅眼都没眨一下，咆哮道：你最爱的人的马桶坏了，你快滚过来修！

其实她从骨子里就看不起他，却还要纠缠他，为满足她野兽般的欲望。

人往往这样，倾向于选择用悲剧编织的陷阱。作为一个女人，她足够幸运了，却甘愿让自己的生活经受挫折和磨难。如果每一个女人都甘于平静，选择家庭相夫教子，那这世上该毁灭多少动人而又凄婉的爱情故事。

幸好她爱的是范建，他们之间永远没有可能。

幸好她不爱老杨，我现在陪伴她还有可能。

她出走得不顺，为应付范建没完没了的深情争吵。他太清楚她是什么样的女人，他有一种预感，感觉她这一去，他们见不得人的恋情飞逝得比流星还快，极有可能黄鹤一去兮不复返。于是他做垂死挣扎，困兽犹斗，日日向她索爱，见了面就哭闹，见不到面便在QQ上狂轰乱炸，要求她给他一个承诺。纯粹的虐恋戏码。

我真看不起他，可也没在梅面前多说什么。人太聒噪不是好事，噪音太大有损健康。

我去梅的办公室看她，发现她的脸残留过度纵欢的遗迹。她很疲乏，黑眼圈，甚至冒出几根白发。

我开她玩笑，怎么，转行干考古了？

她没听懂我的意思，瞪一双大眼睛迷惑地看我。

她戴了一副紫色镜框，要俯视她才看得清两个黑色的半圆形眼袋。

没事戴什么假镜框啊，装嫩！我持续揶揄她。

她伸手够我，没摸着，十分慵懒的样子。

唐僧啊，你快去西天取经吧！那里才是你那颗躁动不安灵魂的归宿，那里有对你无限忠诚的一根筋夫婿，有你魂牵梦绕的洋博士文凭，有你喜爱的奇装异服，还有高高大大高鼻梁蓝眼睛的良种男人……

更重要的是，你即将跟范建这种卑微猥琐的男人分离，这对于你来讲，无疑意味着一场性的革命，是一场轰轰烈烈的生物进化。

我带着前所未有的欢欣跟梅在办公室拥别，亲爱的，几个月后见了，我会想你的。

我也想你。

梅临走仍在抱怨，抱怨她的表弟，说好了开车去机场送她，又临时变卦。

人工作以后都会变，怎么也回不到学生时代他对她的那种好。

表弟解释说公司有事实在脱离不开，等她回国请她吃饭作为补偿。

她恨恨地说等你个头啊！我回来以后你别来找我，我也懒得理睬你这个土包子。

梅说她表弟也曾经喜欢过她。

我问她哪种喜欢？

她说爱恋，思慕，说的时候表情神秘，暗藏玄机。

几乎所有跟她有关系的男人，堂兄，表弟……无论血缘远近，似乎都像男人热爱女人那样爱过她。

梅这个情种。

我要跟梅暂时分离，彻底回归到咸子和阿姆的世界里去苦夏……

尾 章

梅大着肚子回来了。出乎所有人的意料。

对于我，这就是一部神话。

原来末日也分等级，过程也可以轮回。像渐变的色调，浅灰之后有深灰，深灰之后有银黑，银黑之后有漆黑。

她带给我漆黑的惊喜，黑得伸手不见五指。那感觉好像意外中了流弹濒死的政客，迟迟不见断气，需要交代身后巨额财产分配和政治遗嘱，并且为自己的生命时刻倒计时。

我撞上了南墙。剧烈而沉重，血液染红了整面墙壁，像对你的祭奠。

是的，过去的梅已经死了，现在的梅是一个全新的将面临一分为二的圣母，即将要脱胎换骨重新做人。

你的小腹微微隆起，说不清是因为怀孕还是由于发胖，我总是不能相信。看你快活的样子依旧，跟往日没有什么区别，甚至扬言要独自登上神农架。你的笑容灿烂如绽放的菊花，闪耀着平日里我熟知的光彩，还有日渐清晰的皱纹勾勒出的岁月沟壑。我看久了你，感觉不对劲，你暗自偷梁换柱偷换了自己。你素面朝天，黑发油腻，像邋遢的中年妇女，穿样式简单、洗得褪了色的上衣，有种自甘堕落的劲头。

我对你彻底失望了。

老杨一直在忙里忙外，脸上洋溢着即将做父亲的光彩。他提早告假回国，为能照顾你替你端茶倒水做饭做你的店小二，房间角落里叠放着已经提前置备下的一套套婴儿的服装。

老杨嘴上也不闲着，叨叨念念，顺便感谢他出国期间我对你的照应，爱屋及乌，像要把我也当娘娘一般供奉起来。

他真是个好人，这年头好人的代名词就是傻。而你正在向他靠拢。

我对于沉溺于家庭氛围的你不能适应，越看你越显得陌生。

你问我是不是不舒服？

我却大煞风景地蹦出一句：范建怎么样了？

我发现你瞬间的惊慌，脸都白了，遮遮掩掩的口气，然后极不自然地高声叫嚷：老杨，给雅雅端杯苹果汁过来。转而对我说：新买的榨汁机，尝尝。风马牛不相及。

你逼迫我将鲜榨的苹果汁喝下，堵住我的嘴。

我一仰脖喝下去，咂摸咂摸没有毒药味道。

你生怕我再度蹦出什么平地起风雷的敏感字眼，拉过我的手，我们出去逛逛吧。目标是我们以前常去的服装店。你对那家店的贡献让老板娘刚刚去了一次欧洲旅行。

你应付老杨的说辞是，我跟雅雅去买两袋奶回来。

老杨抢白，我去吧！

你坚持要出去透透气。

老杨说也好，怀孕前期应该适当运动运动。

老杨目送你出门时充满担忧。

你真可怜，连下楼转一圈都受到监视。你什么时候变得忍辱负重，性情温柔。

我受不了能耍爱闹的你变成良家妇女的模样。

我们携手出门，天空阴霾。

你叹了口气，说：我和范建分了。说话的你恢复了本性，狡黠和失落交替在你脸上演变。

你说我们是两个分了手的女人。这话真不要脸，我们是分手了，那个曾经叫嚣着要策反的女人没打声招呼，自行向生活妥协，让我独自去承受孤独。

我们去了服装店，你挑选了几件，眼光不如以前独特。你试衣服的过程动作优美姿势难看，两条裤子都穿不进去，你认命地笑笑。

老板娘谈起她最新的旅行，和她十几年前的育儿经。她盯着你的肚子和肿胀的腰，凭经验判断是女孩儿。

你乐了，说喜欢女孩儿。你家有三个女儿，你排老二。姐姐和妹妹都已经早于你生了孩子，都是女孩儿。这太富戏剧性，三个女人再生三个女人，世代繁衍的都是弱者，像受到了神的诅咒。你不是自称上辈子是王爷家的小儿子嘛，那么这都得怨你，你是所有阳性因子的继承者，你吸光了家族骨血里的精气，让一茬接一茬的女人怀胎生女。

不过这也好，现在社会男人比女人多出几千万，女孩子的社会地位如日中天，让男孩子们排队拜倒在我们女孩子脚下吧。世界是属于我们的！

你什么也没买，说没有合适的，生完孩子减完肥再说吧。其实有你能穿下的，并且穿上比现在看着年轻，可你没买。我知道你打算听老杨的话，省钱养孩子，曾经赚一花二无度挥金的你，一去不复返了。

没想到你去了趟美国看老杨，丢掉的不仅仅是范建，还把你自己给走丢了。早知道这样，我说什么也会拦着你别去。

截至目前，我还认为你有苦衷。我等待你，等你向我哭诉，然后再向我表达歉意。我想，给我一段时间，我最终会原谅你。

可你迟迟不谈怀孕的始末，这个孩子像天外来客。

你说起探望老杨的经过。他是公司一个项目的小组长，还有一男一女，三个人的关系很微妙。你去了，和另外的男女交好，几个人空前团结。这我相信，你一向上蹿下跳，笼络男女，只要你想，嘴上像涂了有毒的蜂蜜。可你对老杨并不待见，露出本性，几个月没见的夫妻只顾得吵架。那男人频繁约老杨吃饭，一开始老杨还答应，后来渐渐推辞。他其实是想见你，你知道的，于是在一个晚上趁老杨不在，你悄悄约他出来，跟他上了床。

胆大包天。你在老杨眼皮子底下勾引了他的同事。

老杨知道吗？

当然不知道了。知道了他会受不了，撞墙去的。

我心里一紧，难道孩子是那男人的？

想什么呢你。

孩子是老杨的，你确定。你和那个男人做了很好的防备措施。

范建彻底成为过去式了？

当然。不然还能怎样。

范建得知消息的时候还算平静，最坏的情况已在她出国之前预料到，激烈的动荡已经过去。这种人具有共通的特质，没有什么感情的坎儿在生命中是迈不过去的。他也开始为自己做打算，找个真正能为他提供车房和未来的女人结婚。两个对生活有着强烈渴求和占有欲的男女最终不可能走到一起。他们都擅长不劳而获。

这个孩子到底是怎么来的?

你不说话。

难道……是计划来的?

你低头，假装不经意地踢着小石子，灰尘在你的鞋尖翻跟头。

是不是计划来的?

算是吧。

我感到某种信仰在迅速流失。

你这个骗子! 我险些跌倒。你不是说过此生不婚，终身不育吗? 你曾经为了生活妥协了一次，你都为此鄙视自己，绝不会再来第二次。等老杨替你还完房贷，你就和他办离婚手续。你有傲骨，有原则，只是缺乏机遇，你所做的一切都为了不再次忤逆内心而活着。

那现在他妈的又是怎么回事?! 我咆哮道。

你只说老杨的母亲逼你，但又说不出个具体的一二三四。她既没有让你交出房子，也没有让你离婚，更没有要剥夺你的工作。我懂得你们吵架的内容和实质，无非是你想更舒服地过日子，占着车房也不满足，你要继续争取，争取在这个家的绝对霸权。

我早该想到的，妥协过的女人没有底线，像妓女一样，一旦让第一个男人在你身体里扎根，接十个男人和十万个男人对你没有区别。你也一样，伺候同一个男人十年和五十年，你都可以忍受。我不是说你不可以做爱，做爱让你魅力四射。你知道我指的是什么，你知道问题的根源在哪里。你不爱他，从头到尾都没有爱过。你曾说过要写作，你每时每刻都有灵感，多得像喷涌的奶水。我请你不要玷污写作，因为写作是一件神圣的事业。

我遭遇到此生最沉重的背叛。

我把我内心的重量倚靠给了梅。我崇拜她，追随她，没有给自己留下任何后路。我的人生业已沿着她的轨迹踏上征程，像预埋的地雷，不可能重头来过，否则我们都将被炸得死无全尸。为了她，我抛弃了太多，甚至为爱恋过林旭而自责。在我看来，她的能量好比盘古，能开天辟地，创造山川河流。而她告诉我，她要回家，她要生孩子。多么虚伪，也许她跟老杨造人的前十分钟，刚刚从他同事的床上下来，她该多么愧对她的下一代，他或者她，不是浪子，就是荡妇。天生注定。这是场赌博，我把所有的鸡蛋放在同一个篮子里，而她却告诉我，她是另一只母鸡，要去下另外一窝蛋。

我遇到她，像开了天光，而她预备收回灵光，重让我变得平凡而又平庸。

我阻挡她。

跟她比起来，我曾经历过的人，知了、咸子、阿姆、龙腾跃、林旭，他们是多么的卑微而又善良。他们说一不二，把伤害摆在明面，做人坦荡，充满正义。不像她，摧毁我，风轻云淡。

她到现在都没有道歉。她从不曾觉得需要道歉。

我必须要做些什么。

我翻箱倒柜，破坏了一切可以破坏的物品，包括我的电脑、手机、床板、被褥，我要和这个世界作别，我什么都不需要了。做这些活动时我头脑清醒，思维缜密，并深深为自己感到痛惜，痛惜我丢在 T 大的几年宝贵时光。直到此时我才发觉自己是个人才，如果这几年善加利用，也许我以后会成为一个优秀而正直的普通人。不过这一切都不可能了。

我翻到了一张字条，是梅出国前老杨留给我的邮箱，他的工作邮箱，每天定时查看。我潦草记下了，随手揣在裤兜里。他当时真不该如此，也免得日后产生事端。

我给他发了邮件，揭发了梅的一切。那信更像是一份泄密的名单，上面罗列着梅所有情夫的名字，以及她和他们的美好行径。名目详细，也许她自己都没有我总结得全面，她是个健忘的女人。老杨可能将信将疑，而我有更细致的证据，在她办公桌右侧的第二个抽屉，里面有大叠范建的照片，包括她跟他的私密照。还有他的同事，我都没见过，怎么会说得清他姓谁名谁，他不可能不起疑。我说他是个好人，难得的好男人，我希望没有破坏他的幸福，只是帮助他看清一些事实，没有哪个男人甘愿戴绿帽子做乌龟王八蛋。我甚至在信尾留下了开放式的结局，她肚里的孩子究竟是谁的？算算时间，请他想清楚。

我的手指在颤抖，在犹豫。犹豫过后点击了发送的按钮。

做完这一切我舒了口气，不禁对梅的命运浮想联翩。

她的命运就是孩子的命运，孩子的命运就是她的命运。当然也许事发之后，凭借她异化的刚烈性格，很有可能出于激愤和羞恼去堕胎，可我希望不要。我要看到这对母女的结局。她孕育的是否也会背叛她，欺骗她，也许她孕育本身就是欺骗。实话说，我现在对此没有把握。谁知道她会不会在骗我，连环骗。越长大，经历得越多，能把握和确定的事就越少。

这一切都是我的想象，我没有那么做，也不能那么做，即使梅深刻地伤害了我。

我再一次站在T大的小道上，这里曾经是我上课和约会的必经之路。

而我即将离去。其他三个人的未来都有了明确的方向。阿姆和知了都远走高飞，到别的国度去释放她们的热情。是该走，走得好，她们早已对这里失望。而我相信，在她们短暂的新鲜过后，会迎接一轮又一轮新鲜的失望，那些失望会像越堆越高的垃圾将她们掩埋。如果她们尚未看清楚自己，会醉心于掩埋的过程让她们充实而忙碌，她们的人生没有白活。

胖子已经为咸子安排好工作，一个不错的职业，留待她走向更好的平台，勾引更好的男人。宿舍四个人里，只有我前途叵测。我原本打算一辈子陪伴在梅身边，现在她和我联手推翻了这种可能。四年的孽缘，几番轮回，几番纠缠，然后各自奔走，从此在人群中走失。

新的人群在会集，在更迭。长江后浪推前浪，一代新人换旧人，招生的摊位林立在校园每个显著的位置，仲夏的校园聒噪而热闹。刚刚走出高中校园的学子们，目光好奇而清澈，对即将步入的大学校园充满向往。

兜了一圈，我还是处女，这感觉真好。也许这是唯一值得我欣慰的事，即便地球明天就毁灭，我仍然可以完璧归赵。除此之外，我所有的所有，都在T大度过的四年当中一点一滴遗失了。我们都曾心怀梦想，并为之奋斗过，纠结过，冲撞过。结果证明，我们不过是一群碌碌无为的匆匆过客。

不能再待下去了，我将要启程。走到哪里我不确定，也许光明，也许黑暗，而在此之前，我必须将我在此学到的一切传承下去，像母亲传给女儿，父亲传给儿子。我曾在这个世界留下印迹。

人来人往，人潮汹涌，我在成千上万的面孔中很快锁定了人选。一个迎面走来的女生，梳马尾辫，远远看去是我喜爱的清纯形象。

她走近了……

我终于看清她。

模糊的视线再一次欺骗了我，近景的她和远观的她有着天壤之别。我细细打量她，她的目光迎向我，不卑不亢，不畏不惧，她有咸子的精明，梅的不羁，知了的纯真，阿姆的爱拼敢闯，她似乎强大过我千百倍。我是个身怀秘密的人，而她好似早已越过了我，她的神秘更加高远叵测。

我开始感觉自卑，像初来乍到的我，羞怯而高傲，懵懂而坚定……

我有些怀念我的朋友们了，在最初的最初，在混沌懵懂的状态，我们并未对彼此怀有恶意。时间像沙漏，过滤了又过滤，筛选出精少而真诚的记忆留给我。

我想念知了电影课堂上的眼泪……

后 记

小说写在我行尸走肉的本命年，充满惊险和动荡。

我担心日后有心无力，所以插空记录下我的大学时光，我一直视之为我生命的拐点。那之后我便开始接触世事，好似经历许多个轮回，很多时候不辨是非，不明真假，误入过无数条河流，颠沛流离。我难以预料它最终会成为什么样子，正如我始终莫测的未来。

我努力想写得好一点，再好一点，然而出来的胚胎并未如我所愿。情绪和文字总是挣开我手指间的缰绳自由裸奔，如同最顽劣的双胞胎。

盯视和背叛是我想要表达的东西，讲成主题就俗了，当然其中夹杂温暖。我们无时无刻不在观察别人，同时被别人观察。生活没有绝对真空的状态，无论你愿意与否，总要被推搡裹挟着进入红尘，卷入旋涡，进行某种博弈。生命不止，折腾不息。颠来跑去，凑看别人的热闹。我们始终学不会和自己相处，找到最舒宜的状态，在汹涌的人潮里求得平衡，站稳脚跟。真正敢于正视自我，顺从内心的人，不是天才就是疯子。

阴暗的另一个我们总是躲藏在远处的好望角。

还有背叛。没完没了，知了背叛我，林旭背叛我，梅背叛我，我再背叛回梅，附带有前几任伴侣加诸于我身上的恶念。他们是我的初友和初恋。我们在怪圈内相互厮杀，如同萨特的经典名剧《禁闭》中的三个亡灵，死不悔改，不曾妥协。

欲望必将引导人类走向毁灭。

我们总在寻找伴侣，没有男人找女人，有了男人又失掉女人。

可能你读着有点蒙。其实我没有对这世界怀有深仇大怨，相信美好永存，只是偶尔愤世嫉俗，也并不真动感情。之所以记录这些，是不想让年轻时的敏锐和张狂轻易消散，料想往后的日子没有多少霸气可供挥霍，因此格外感激那几年的愚钝和无知。将点滴的生活粘合成标本，放在枕边，劳神损肌的时候看看，提醒我从前的日子如在昨天。

感激我周围的人们对我的教诲和包容，如果不是他们的宽容，我不会那么乖张妄为，那么任性生硬，也许早就被正义之士整顿出人形，暴烈性子打磨得圆滑无比，更不会经历一点小事便耳热心跳，童心未泯。

乍暖还寒，浮想联翩，文尽而情未尽。

如果一切的如果都成立，也就不会有这部小说的存在了。

恋爱是容易的，友谊也是容易的。

坦白讲，所有关系的建立都是容易的，所以也是脆弱的。

自己都会背叛自己，何况友情和爱情。

按照这种思路去想，我们都缺伴儿。

2012 年 5 月 3 日晚修改于北京解放军艺术学院研究生宿舍

图书在版编目（CIP）数据

我们都缺伴儿 / 徐艺嘉 著. -- 北京 : 作家出版社，2015. 6
（星座角都市言情系列）
ISBN 978-7-5063-7902-1

Ⅰ. ①我… Ⅱ. ①徐… Ⅲ. ①长篇小说 - 中国 - 当代 Ⅳ. ①I247.5

中国版本图书馆CIP数据核字（2015）第067629号

我们都缺伴儿

作　　者：徐艺嘉
策　　划：张　陵
主　　编：白　烨
责任编辑：李亚梓
装帧设计：薛　怡
出版发行：作家出版社
社　　址：北京农展馆南里10号　　邮　　编：100125
电话传真：86-10-65930756（出版发行部）
86-10-65004079（总编室）
86-10-65015116（邮购部）
E-mail:zuojia@zuojia.net.cn
http://www.haozuojia.com（作家在线）
印　　刷：三河市紫恒印装有限公司
成品尺寸：133×210
字　　数：221千
印　　张：9.875
版　　次：2015年6月第1版
印　　次：2015年6月第1次印刷
ISBN　978-7-5063-7902-1
定　　价：27.00元